捨てられ男爵令嬢は
黒騎士様のお気に入り

水野沙彰

illustration 宵 マチ

ICHIJINSHA IRIS NEO

CONTENTS

この作品はフィクションです。
実際の人物・団体・事件などには関係ありません。

捨てられ男爵令嬢は黒騎士様のお気に入り

1章　令嬢は黒騎士様に拾われる

「端的に申し上げます。私はビアンカ嬢を愛しています。だから、ソフィア嬢との婚約を破棄させてもらいたい。――なに、男爵にとっても、悪い話ではないでしょう」

　ソフィアの婚約者であったフランツ伯爵家の嫡男であるアルベルトの、何一つ悪びれた様子のない爽やかな声が聞こえる。レーニシュ男爵と男爵夫人は、きっと満面の笑みを浮かべているのだろう。

「私共の娘がアルベルト様のお気に召されたのでしたら、大変光栄なことでございますわ。ねえ、貴方」

「ああ。大変有り難いお話でございます。是非ともお受けしましょう。いやぁ、親として、とても嬉しいことですよ」

「では以前の婚約の誓約書を破棄させてください。両親も賛成しているので、心配は要りませんよ。新しい誓約書に署名もお願いします」

　男爵は、ええ、ええ、すぐに、と上機嫌に返事をして、使用人にアルベルトとソフィアの婚約誓約書を取りに向かわせた。別の使用人にはビアンカを呼びに行かせる。男爵夫人は愛想良く、アルベルトに自慢の娘であるビアンカについて語っていた。アルベルトはビアンカの話に興味深く聞き入っているのか、たまに相槌を打っているようだ。

　使用人が部屋から出ようとする気配を感じ、ソフィアは扉に押し当てていた耳を離して、慌ててその場から離れた。震える足を叱咤し、自室へと駆け込む。男爵邸の二階の一番小さな部屋だ。扉を閉めた瞬間、力が抜けてその場に座り込んだ。手も足も震えているのが分かる。足元ががらがらと崩れていく音が聞こえるようだ。

ソフィアが不遇な扱いを受けてもこの家を追い出されることがなかったのは、『フランツ伯爵家嫡男の婚約者』という立場があったからだ。それが無くなってしまえばどうなるかは、ソフィア自身が一番分かっていることだった。

ぱたぱたと軽やかな足音が聞こえる。美しいと評判のソフィアの従妹、ビアンカだろう。降って湧いた幸福な婚約話に浮き足立っているようだ。

「お父様、お母様。アルベルト様がいらっしゃったって本当？」

ばたんと大きな音と共に、ビアンカの声が聞こえてくる。

「ああ、可愛いビアンカ。約束通り、君に求婚しにきたよ！」

「嬉しいわ、アルベルト様。これで、ずっと一緒にいられるのね！」

扉を開けたままにしているのか、あまり大きくないレーニシュ男爵邸に二人の幸せそうな声が響き渡った。二人はどこで出会ったのだろう。考えるまでもなく、出会える場所などいくらでもある。少しでもこの家から出ないようにと暮らしてきたソフィアとは違うのだ。

ソフィアがアルベルトと婚約したのは今から七年前、十歳のときだった。まだソフィアの両親が生きていた頃、当時のフランツ伯爵家当主であったアルベルトの祖父を助けた礼として、家格違いの婚約が決められたのだ。

ソフィアの両親は馬車の事故で崖から落ち、アルベルトの祖父は老衰で、それぞれ死んでしまった。アルベルトに好きな人ができて、しかもそれがレーニシュ男爵家のソフィアと同い年の娘のビアンカであれば、対外的にも何の問題もない。最初からビアンカと婚約していたことにすれば良いのだ。ましてソフィアはビアンカと違い、社交界デビューすらしていないのだから。

しばらくして廊下から聞こえてきたがやがやと賑やかな声に、ソフィアははっと意識を取り戻した。アルベルトが帰る音だ。

「――駄目よ。しっかりしなさい、ソフィア」

ソフィアは自分自身に言い聞かせるように呟いた。

ソフィアには時間が無かった。大急ぎで簡素な寝台の下に潜り込み、そこに入れた木製の小箱を取り出し、裾の広がったスカートのポケットに雑に突っ込む。クローゼットから小振りのトランクを取り出し広げ、シンプルな着替えを何着か押し込んだ。お金は殆ど持っていないが、トランクに一緒に入れる。少し悩んで、読むと元気になれるお気に入りの絵本も一冊だけ入れた。

ぎゅうぎゅうとトランクの口を押し込むようにして閉めると、ベルトをしっかりと留める。

ソフィアはそのトランクを、部屋の窓を大きく開け、手入れの行き届いていない庭の草叢目掛けて投げた。がさりと音がして、トランクは草に埋もれて見えなくなる。

馬の走る蹄の音が聞こえ、ソフィアは慌てて窓を閉めた。少しでも痕跡を消そうと、クローゼットを閉じ、マッチで机上のランプを灯す。引き出しの奥の小さな魔石をポケットに入れるのと、部屋の扉が開かれるのはほぼ同時だった。

「ソフィア、貴女とアルベルト様の婚約は、たった今破棄されたわ」

遠慮なくソフィアの部屋に入ってきたのは、レーニシュ男爵と夫人、そしてビアンカだった。

「――はい」

ソフィアは憔悴した顔で俯く。薄茶色の長い髪が視界を遮り、勝ち誇ったビアンカから深緑の瞳を隠した。演技などしなくとも、ソフィアは落ち込んでいた。視界が滲んで、涙が出てしまいそうだ。

ぎゅっと瞼を閉じて必死で堪える。

「ふん、なら話が早いな。さっさと出て行け、この役立たずが！」

レーニシュ男爵がソフィアの肩を強く押した。細い身体はいとも簡単に床に叩きつけられる。床についた手が痛みでじんと熱を持った。

「やぁだ、お父様。役立たずだなんて。お荷物の間違いでしょう？」

ビアンカがその美しい顔を歪めて笑う。男爵夫人もビアンカの言葉に笑い声を上げた。

「本当だわ、貴方。こんな子のためにこれまで男爵家のお金を使ってきたなんて……本当、馬鹿なことをしたものよ。――この家の物は、一切の持ち出しを禁じます。その身一つで、どこへでも行っておしまいなさい」

ソフィアは唇を噛んだ。こうなるだろうことは分かっていたが、それでも死んだ両親との思い出が残るこの男爵邸を離れるのは辛い。今より優しくて、綺麗に手入れが行き届いていて、領民とも仲の良かった、ソフィアの愛したレーニシュ男爵家。

叔父が当主となってから、その財産が食い潰されていることを、ソフィアは知っていた。だからこそ伯爵家嫡男のアルベルトと婚約しているソフィアを追い出すことはないだろうと、高を括っていたのだ。役立たずで、お荷物な――何もできないソフィアでも、捨てられることはないだろうと。

「さあ、今すぐ出て行くんだ。無駄に怪我をしたくなければな」

レーニシュ男爵が冷たく言い放った。ソフィアはその言葉に肩を震わせて、のろのろと重い身体を起こす。

「お世話に……なりました」

絞り出すように呟いたソフィアに、三人は満足げな表情だ。

ビアンカの艶やかな金髪がソフィアの視界で揺れる。ソフィアは自身の手入れなどできていない髪が悲しかった。ビアンカは両親とアルベルトに愛され、美しく輝いている。ソフィアが男でも、その容姿だけならば間違いなくビアンカを選ぶだろう。

開かれたままの扉から重い足取りで廊下へ出ようとするソフィアの腕を、不意にビアンカが掴(つか)んだ。

「待ちなさい。貴女、ポケットに何を入れているの」

ソフィアは加減することなく掴まれた腕の痛みに顔を歪める。

「――何を入れているのと言っているのよ。出しなさい！」

何故(なぜ)分かったのだろうか。ソフィアは逡巡(しゅんじゅん)し、ポケットから小さな魔石を取り出して見せた。ビアンカはソフィアの震える掌(てのひら)の上に乗せられたそれを見ると、鼻を鳴らして笑う。

「なんだ、貴女の大好きな屑石(くずいし)じゃない。貴女、それが無いと生きていけないものねぇ」

ビアンカは興味を失ったように手を離す。掴まれた腕が赤くなっていた。ソフィアは深く頭を下げて、魔石をポケットに押し込んだ。

逃げるように廊下を走り、玄関から外へ出る。誰にも見られていないことを確認して、庭の草叢からトランクを引っ張り出した。服や髪に付いた葉を払うこともせず正門を駆け出したソフィアは、左右を見渡し、目に入った細道に身を隠した。


夏が終われば、議会が始まり貴族達が領地から王都に集まってくる。華やかな社交シーズンの幕開けだ。商売をする者や、買い物を楽しむ者、家族で出かける者――王都は人で溢れていた。

ソフィアは、今いる場所が領地のマナーハウスでなく、タウンハウスであったことに失望を隠せなかった。領地であれば、幼い頃に遊んでもらった知り合いもいたはずだ。しかし王都では知り合いなどいるはずもない。

何度も道に迷いながらもどうにか貴族街から抜け出したソフィアは、商業地区の端の小道でトランクを置いて腰掛けた。ワンピースと合わせた靴は歩くのに適しておらず、踵は擦れて血が滲んでいた。

「これからどうしましょう」

ソフィアの所持金は幼い頃両親に貰ったもので、どんなに切り詰めても食事三回分程にしかならない。着替えも最低限しか持ち出していなかった。もし売ったところで、すぐに行き倒れてしまうだろう。

ソフィアは夕焼けに染まっていく街をじっと見つめた。少しずつ暗くなるにつれて、ランプが次々に灯されていく。使われているのは、魔力がある人間なら誰もが使える安価な魔道具だ。

「仕事……探さなきゃ。でも、私にできる仕事って――」

ソフィアはポケットの中で小さな魔石を握り締めた。

この世界では、ランプもオーブンも洗濯機も、様々な道具が魔力の循環を動力としていた。魔道具に埋め込まれた魔力の回路が、人間の持つ魔力に反応して起動するのだ。スイッチに触れれば、子供でも簡単に扱える。

人によって生まれ持つ魔力量は異なるが、誰もが多少なりと魔力を持っているこの世界では、皆が扱える便利な道具だ。しかしソフィアはそれらを扱うことができなかった。生まれつき体内の魔力が一切無い――ソフィアは特異な体質だった。

両親が生きていた頃は、レーニシュ男爵邸内の様々な道具が魔道具ではなかった。ソフィアが暮らしやすいように気を遣い、魔道具が発明される以前の家具で揃えられていたのだ。

しかし叔父が当主となってからは、便利な魔道具をどんどん購入し、アンティークで高く売れる家具は全て現金に換えられてしまった。

ソフィアが唯一魔道具を使う方法が、この小さな魔石だった。使用回数は限られており、使い過ぎると割れてしまうが、魔力の無い人間でも魔道具を使うことができる。魔力を帯びている魔石は、大きな物は魔道具の核となり、小さな物は貴族の子供が勉強で使うことが多い。

元々の使い道とは異なるが、家を追い出されたソフィアにとっては、この小さな魔石が命綱だった。子供の頃に両親に買ってもらってから大切に持っていた小さな魔石は、きっとあと数回しか使えないだろうと、ソフィアは溜息を吐く。

少しずつ空が赤から紺へと変わっていこうとしていた。

「——もう夜になるわ。何処か……眠る場所を探さないと」

ソフィアは歩き続けて疲れた足で立ち上がった。今夜は野宿を覚悟していたが、人が多い場所で若い女が無防備に眠っては危険だろう。世間知らずなソフィアでも分かることだ。

ソフィアは王城の裏から商業地区の端まで延びている森を目指すことにした。王家で管理している森は、奥まで入らなければ危険な獣が出ないよう、結界が張られているらしい。勝手に入るのは心が痛むが、背に腹は代えられない。

小道から出ると、少しでも人に紛れるように歩いた。トランクは小さくともソフィアの手には重い。よろけてぶつかりそうになるのを踏み留まりながら、どうにか森に辿り着いたときには、すっかり日が暮れていた。

「お邪魔します……」

誰もいない暗闇に向かって挨拶をして、森の中へと足を踏み入れた。王家で管理されている森には、商業地区側からの道はない。草が生い茂った木々の間を抜けるしかなかった。葉が柔らかな肌とワンピースの生地を小さく切り裂いていく。梟（ふくろう）の鳴き声が静寂に響いた。

それでもしばらく進むと、少し開けた場所に出た。近くから小さな水音も聞こえる。暗闇に慣れてきた目で水音の元を探すと、岩の間から細く流れ出ている湧き水を見つけた。

ソフィアはトランクを置き、足元に気を付けながら近付いてまじまじと見る。洗った両手に水を溜（た）め少し舐（な）めると、それは澄んだ水のようだった。

「美味（おい）しい……」

水も食べ物も持たずに歩き続けてきた今のソフィアには、ただの水でも嬉しかった。水を手に溜めて、繰り返し口に運ぶ。

渇いた喉が潤うと、忘れていた痛みが戻ってきた。手足には小さな切り傷がたくさんあり、酷（ひど）い靴擦れで踵は血塗（まみ）れだった。ソフィアは靴を脱いで、手足の傷口を洗うように水で流す。痛みを堪えてハンカチでそれを拭った瞬間、その場にぺたりと座り込んだ。

魔道具を使えないこの身体で、保護者もいないまま、仕事が見つかるとはとても思えない。魔石を使ったとしても、これが壊れてしまった後に買い直すことは資金的に不可能だ。

虐げられてきたレーニシュ男爵家での暮らしでさえ恵まれたものだったのだと、今更になって実感する。まして、アルベルトは会う度ソフィアに優しく紳士的であったのだ。たとえ作り物であっても、そこに恋情がなくても、ソフィアにとっては唯一の救いだった。

「――どうして」

両親が死んでしまったこと、叔父が男爵位を継いだこと、ソフィアが屋敷の隅に追いやられたこと、アンティークの家具が最新の魔道具に変わっていったこと、叔父に殴られたこと、ビアンカと比べられ蔑まれたこと、アルベルトからの婚約破棄、そして追い出され行き場のない今――小さなソフィアの身体では抱えきれないほどの理不尽が、一気に現実として突き付けられたようだった。

感じないようにしていた心の傷は、見ない振りをしていたことで膿(うみ)を溜めていた。誰もいないこの森なら、もう泣いても構わないだろう。

ソフィアは草叢の中で身体を丸め、しゃくり上げた。瞳からぽろぽろと涙が落ちてくる。泣いているせいで身体は熱く、草叢は意外と温かく、秋の寒さを感じなかった。

泣き疲れて眠ってしまったようだ。

ソフィアは腫れた瞼を持ち上げ、目を開いた。朝日が痛いくらいに突き刺さってくる。寝過ぎてしまっただろうか。人の話し声が聞こえる気がする。丸めていた身体を起こすと節々が軋(きし)み、今が現実だとソフィアに示しているようだった。

「おい、お前は何者かと聞いているんだが」

耳にすっと入ってきた低く良く響く男の声に、ソフィアは一気に意識を現実に引き戻された。目の前には金属の冷えた輝きがある。気付けば見知らぬ男に剣を喉元に突き付けられていた。

「――ひゃ……っ」

「さっさと質問に答えろ」

顔を上げると、そこには黒い騎士服を纏った厳しい表情の男がいた。これまでに見たことがないほど整った顔立ちだ。うなじにかかる襟足の長い銀髪が日の光に透けて輝き、深い藍色の瞳がソフィアの様子を窺っている。

少しでも動けば剣に触れてしまいそうな距離に、ソフィアは呼吸すらままならない。

「こらこら、ギルバート。初対面でレディに剣を向けるものではないよ」

少し離れたところから、窘める声が聞こえる。ソフィアはそちらに顔を向けようとしたが、すぐに動かされた剣によって阻まれた。

「しかし、殿下」

「いいから。ほら、怖がっているよ。剣をしまうんだ、ギルバート」

ソフィアに剣を向けていた男――ギルバートは剣を鞘に収め、じっとソフィアを見つめた。剣など無くても、きっとギルバートはソフィアなど簡単にどうにでもできてしまうのだろう。

「――それで、お前は何者だ」

向けられた問いに、ソフィアはおずおずと口を開いた。

「ソフィア・レーニシュと申します。勝手に森に入りましたご無礼、心から……お詫び申し上げます」

掠れた声で名乗ったソフィアに返事をしたのは、ギルバートではなくもう一人の男だった。

「レーニシュというと、レーニシュ男爵家の縁者かな？」

ソフィアはギルバートから殿下と呼ばれていたその男の身分に思い至り、息を呑んだ。今、金色の髪に涼しげな空色の瞳の王族といえば、王太子であるマティアス殿下しかいない。ソフィアは狼狽え瞳を揺らすが、ギルバートは興味無さげにソフィアを一瞥し、冷たい瞳で鼻を鳴らした。

「早く答えろ」

ソフィアはびくりと肩を揺らし、深く頭を下げた。

「私は……先代男爵の娘でございます」

声が震えてしまうのが情けない。早くこの場を去らなければと思うのに、怖くて顔を上げることができなかった。

「ほう、そうか。──何故男爵家の令嬢が、こんなところで寝ているのかな？」

ソフィアはぎゅっと目を閉じた。あまりに惨めな理由を、マティアスにもギルバートにも、知られたくはなかった。

「申し訳、ございません……。すぐに出て行きますので、ご容赦くださいませ」

脱いだまま近くに置いていた靴に手を伸ばす。少しでも早く逃げ出したかった。しかし伸ばした腕はギルバートに掴まれ、靴に届かない。腕を伸ばしたことで袖口が上がり、昨夜できたいくつもの切り傷が露わになった。

ソフィアは顔を上げ、非難の気持ちを込めてギルバートの瞳をまっすぐに見上げる。

「──お前……」

ギルバートは少し屈んだ姿勢でソフィアの腕を掴んだまま、目を見開いていた。その右手首で、細い白金の腕輪が揺れている。何にそんなに驚いているのか分からず、ソフィアは毒気を抜かれて首を傾げる。

「あの……騎士様？」

控えめに様子を窺うソフィアの声に、ギルバートははっと手を離した。ソフィアは気まずさと恐怖から、掴まれていた手首にもう一方の手を添え身動ぎする。ギルバートは地面に座ったままのソフィアを、頭の先から足の先まで観察するようにまじまじと見ていた。

「ギルバート、何か見えたのか？」

ソフィアの代わりにギルバートに問いかけたのはマティアスだった。ギルバートは首を振り、マティアスに向き直る。

「いいえ、逆でございます。……何も見えませんでした」

「……何も？」

訳が分からずにいるソフィアに、マティアスの興味深い目が向けられた。ソフィアは畏れ多く、足で地面を押してじりじりと後ろに下がる。動いたことでスカートの裾から見えた足の傷に、ギルバートが目を細めた。

「——とはいえ、ソフィア嬢は暗殺者でも罪人でもなさそうだね。家出でもしてきたのかな？　早く帰った方が良いよ」

マティアスの言葉に、ソフィアはびくりと肩を震わせた。家出ではなく、帰る場所などどこにもない。

「そう……ですね。ご親切にありがとうございます。——では、失礼させていただきます」

ソフィアは今度こそ靴を手に取り、まだ靴擦れが癒えないままの足に履いた。立ち上がり、トランクの重さに耐えて両手で持つ。一歩踏み出すと、身体のあちこちが痛んだ。それでも気取られないように奥歯を噛み締め、数歩足を動かした。

ソフィアの背後から、声が追いかけてくる。

「ソフィア嬢——帰る場所なんて、本当にあるのかな？」

マティアスの声だ。ソフィアはその核心をついた言葉に、思わず足を止めた。

「その様子じゃ、ただの家出ってわけでもないだろう？」

マティアスは喉の奥でくつくつと笑う。

「何があったかはギルバートにも分からないようだが。……それなら、私が命令しようか」

「殿下、何を——」

振り返ることのできずにいるソフィアだが、マティアスが心底楽しげな様子は分かった。ギルバートの声は、困惑と焦りを含んでいる。ソフィアはトランクをぎゅっと握り締めた。

「王太子マティアス・ライヒシュタインの名において、ギルバート・フォルスター侯爵に命ずる。ソフィア嬢を侯爵家で保護し、万一にも、行き倒れやスラムの住人になどなることのないよう——面倒を見てやりなさい」

ソフィアは目を見開いた。マティアスは事情も分からないままに、ソフィアを助けようと言っているのだ。ましてマティアスの言葉によると、ギルバートは侯爵だ。慌てて振り返った拍子に、トランクが手から離れる。地面に落ちて倒れた音が、どこか遠くで聞こえた。

「お待ちください、殿下——私は、侯爵様のお荷物にしかなりませんっ！　そのような……そのようなお戯れは——っ」

急に大きな声を出したせいで、喉が痛む。喉を両手で押さえながら俯くと、目に入ったのはところどころが裂けたワンピースの生地だった。中の白いペチコートが覗いているせいで、より表面の鉤裂きが目立っている。

「何なら正式に書面にでもしようか、ギルバート？」

「……必要ありません」

ギルバートは下を向いたままのソフィアに近付くと、足元に転がっているトランクを拾い上げた。

ソフィアが顔を上げると、眉間に深く皺を寄せたギルバートが、睨むようにこちらを見据えている。

「来い。……早くしろ」

温度のない声でギルバートがソフィアに言った。ソフィアはトランクを奪われている以上、大人しくついて行くしかない。マティアスはギルバートとソフィアの様子を一瞥すると、にっと口の端を上げた。

靴擦れの足でどこまで歩くのかと不安に思っていたソフィアは、すぐに現れた二頭の馬に別の不安を抱いた。白毛の馬と黒毛の馬だ。よく手入れされた艶やかな毛並みの馬は、それぞれマティアスとギルバートのものだろう。

「今朝はギルバートを護衛に森を軽く走ろうと思ったんだよ。いや、変わった拾いものをしたね」

揶揄うような口調のマティアスに構わず、ギルバートはソフィアに水筒を投げ渡した。反射的に受け取ったがどうして良いか分からず、水筒とギルバートを代わる代わる見る。

「飲め」

短い指示にソフィアは困惑し、咄嗟に口を開いた。

「え、あの。ですが――」

「……聞いてて痛々しい」

ギルバートは溜息を吐いてすぐに視線を逸らし、ソフィアのトランクを馬に繋いだ。ソフィアはまじまじと手の中にある水筒を見つめる。寝起きのまま水も飲んでいない喉は渇いて、声は掠れていた。

ギルバートはソフィアに興味をなくしたように、馬の鬣を撫でている。ソフィアが水筒の蓋を開けると爽やかな柑橘の香りがした。遠慮がちに少しずつ口に含めば、適度な酸味からそれが果実水だと分かる。喉を抜ける冷たさが心地良かった。

「ありがとう、ございます」

ソフィアが少しはましになった声で礼を言うと、ギルバートはソフィアから水筒を受け取った。

「行くぞ、早く乗れ」

ギルバートは顔を馬に向け、当然のように言った。ソフィアは困って眉を下げる。馬の背は高く、幼い頃に父と乗ったきりのソフィアには乗れるはずもない。ギルバートの馬は大きく、今より少しでも近付くことも怖かった。ソフィアは慌てて首を左右に振る。

「あの、どうか私のことはお気になさらず――」

慌てて一歩足を引く。不機嫌そうなギルバートに申し訳ないとソフィアが思ったとき、マティアスが馬上で苦笑した。

「ギルバート、令嬢が一人で馬になど乗れるはずがないだろう」

庇うようなその言葉に、ソフィアは少し救われた気持ちになる。しかしそれで物事が解決する訳ではない。逡巡したまま動けずにいたソフィアは、次の瞬間、距離を詰めたギルバートに腰を掴んで持ち上げられた。

「――きゃ……っ」

ソフィアは宙に浮かされる感覚に咄嗟に目を瞑る。座らされた場所の、少し不安定な固さにゆっくりと目を開けると、そこは既に黒毛の馬の上で、ギルバートの目の前に両足を晒していた。

「……っ」

恥ずかしさから慌ててワンピースの裾を押さえようとしたが、不安定な馬上では無駄によろけただけだった。ソフィアは居た堪れなくて頬を染める。しかしギルバートはまるで構わないとばかりにソフィアの靴に手を掛け、すぐに脱がせてしまった。

「馬の上なら靴など要らないだろう」

その靴をさっさとトランクと一緒に積んだギルバートは、驚きに固まるソフィアなど気にも留めていない。ギルバートは手綱を握ると、左足を鐙に掛けて馬に跨った。乗り慣れていることの分かる無駄のない所作と、腕の間に囲われているような姿勢に、ソフィアの鼓動は勝手に速くなる。

「それじゃ、早く帰ろうか」

少し離れた場所で、マティアスが笑っているのが見えた。

先に馬の腹を軽く蹴って動き出したマティアスに、ギルバートはすぐに追い付いて非難の言葉を向ける。

「殿下、森の中とはいえ離れないでください」

「剣など届かなくとも、ギルバートには問題ないだろう？」

「そういう問題ではございません。お分かりでしょう」

マティアスとギルバートは、馬で並走しているとは思えないほどに平然と軽口を叩き合っていた。ソフィアはただ、経験したことのない速さと高さと、背中を支えているギルバートの腕の確かさに、正気を保っているだけで精一杯だ。

鞍は一人用で、ソフィアはギルバートの支え無しではすぐに落ちてしまうだろう。ソフィアは縋るようにギルバートの腕を掴んだ。目を閉じるのも、開けているのも怖かった。

「——大丈夫だ、落とさない」

あと少し離れていれば、風の音に紛れてしまっていたであろうほど小さく低い声だった。はっとギルバートの顔を窺うが、ギルバートは何でもないように平然と馬を駆っている。ソフィアは、それまで抱えていた不安がその何でもない一言で消えてしまったような錯覚に陥った。

森の木々が次々と背後に流れていく。やがて目の前には、男爵邸の部屋の窓からしか見たことがなかった、美しい白亜の王城が現れた。

王城に着くと、ソフィアは裏手の馬車置き場へと連れて行かれた。先に馬から降りたギルバートに当然のように抱き上げられ、馬車に押し込むように乗せられる。これまでに乗ったことのないほど上質な箱馬車だ。トランクと靴は、返してもらえていない。柔らかな座席は、乗馬で硬くなっていたソフィアの身体を柔らかく包んだ。

突然の状況に頬はずっと熱かったが、それよりもギルバートの凛々しさと馬車の洗練された美しさと、ぼろぼろと言っていいほどの自身の姿があまりに似つかわしくなくて、この場から消えてしまいたいくらい情けない気持ちになる。

「あの……」

「ここで少し待っていろ。――逃げるなよ」

ギルバートはソフィアの心を読んでいるような言葉を吐いた。ソフィアがおずおずと頷（うなず）くと、ギルバートは黒毛の馬の手綱を引いて、マティアスと共に王城へと向かっていった。一人残されたソフィアは、今更ながら襲いかかってきた孤独に震える自らの身体を腕を回して抱き締めた。

「君はもう少し、女性の扱いを学んだ方が良いね」

「そうですか」

ギルバートは眉間に皺を寄せて短く返した。マティアスは執務机に肘を付き、両手を組み合わせている。そう言われても、令嬢と触れ合う機会など滅多にないギルバートには無茶なことだ。マティアスは嘆息したが、ギルバートは不本意に思う。

「そういうところだよ。私にとって付き合い易いのは有り難いが、言葉が足りないから皆に勘違いされるんだ」

「関係ない他人にどう思われても、あまり気にしませんので」

ここは王太子の執務室だ。今は人払いをしており、マティアスとギルバートしかいない。ソフィアをフォルスター侯爵家の馬車に乗せ、馬を戻してすぐこの場所に来た。王城内とはいえ、安心して密談をできる場所は限られている。

「──それで、ソフィア嬢から何も見えなかったとは、どういうことかな？　ギルバートよりも魔力の強い貴族が、この国にいるとは思えないが」

「いいえ、殿下。彼女はおそらく、魔力が強いのではありません」

ギルバートは僅かに視線を落とした。

近衛騎士団第二小隊副隊長兼魔法騎士──それがフォルスター侯爵であるギルバートの今の役職だ。王太子であるマティアスの護衛が主な任務だが、ギルバートは魔法騎士として前線に出ることや、被疑者の取り調べ等を行うこともある。それは、その類稀なる魔力量と剣の腕のためだけではなく、他人の魔力の揺らぎを読み取ることができる能力のためでもあった。魔力の揺らぎはときに映像となり、音声となり、触れた相手の記憶や想いを知ることができる。会話で誘導すれば、欲しい情報を引き出すことも容易い。

ギルバートはソフィアに触れた右手を広げた。

「ギルバート？」

マティアスが探るように見ているのを分かっていて、ギルバートは無言のまま、ソフィアの手首を掴んだ感覚を思い出していた。

驕っていなかったと言えば嘘になる。幼い頃から他人の感情を読み取ることができるのは当然で、その能力を周囲の人間に恐れられてきた。人に触れて、ただ肌の温度とその手首の細さだけを感じたことは、ギルバート自身が思っていた以上の衝撃だった。

「一体何だと言うのだ」

「失礼しました。……おそらく彼女には、魔力がありません」

「魔力が？　そのようなことが……」

マティアスが目を見張った。ギルバートの言葉が予想外だったのだろう。

この世界では、魔法を使えるほど魔力が多くかつ上手く扱える人間はそう多くない。それでも、一般的に魔力は血肉と同様にあって当然のものだと考えられていた。たとえ魔法犯罪者への刑罰であっても、魔力低下以上の措置を取ることはない。完全に失うことは、生活が不自由になることと同義だからだ。

「私も驚きました」

「ギルバートが言ったのでなければ、疑ってかかるところだな」

「恐れ入ります」

ギルバートは表情を動かすことなく言う。マティアスは平然としているが、内心ではとても動揺していた。

年若い貴族の令嬢が、ぼろぼろと言って良いほどの姿で森で眠っているなど、あり得ないことだ。まして魔力が無いのなら、より大切に扱われていて然るべきだ。今の時代、魔道具を使用しない職業など皆無と言って良いのだから。

「――それで、ソフィア嬢の荷物は」

ギルバートは足元に置いていたトランクを見下ろした。側には踵部分に血の付いた靴がある。

「こちらに。殿下が中を確認しますか？」

「いや、女性の荷物を勝手に開けるのは忍びないよ。念のため、何が入っているかだけ確認してくれ」

ギルバートは頷き、トランクに手をかざした。魔力を溜めて浸透させるように注ぎ込めば、脳内に直接トランクの中の映像が浮かび上がる。ざっと中身を確認すると、ギルバートはすぐに手を払った。

「服が入っていますね、慌てて詰め込んだようです。他に本が一冊と、小銭が少し……」

「ほう、一応金は持っていたのか」

少し表情を和らげたマティアスに、ギルバートはその金額を言うのを止めた。パンを三つも買えばなくなってしまう程度の小銭は、子供のお小遣いのようだ。

「はい。それで、如何(いかが)致しましょうか」

ギルバートは視界の端に映るソフィアの靴を見ないように意識して尋ねた。マティアスはギルバートの心など見透かしているかのように、微笑(ほほえ)みを浮かべて頷く。

「ギルバートは午前休にするよ。午後の合同訓練から出勤してくれれば大丈夫だから、ソフィア嬢を連れ帰ってあげるといい。こちらからも医師を向かわせよう」

「──ありがとうございます」

ギルバートは姿勢を正して一礼すると、片手でトランクと靴を持ち、執務室を出た。馬車に残してきたソフィアが気掛かりだった。魔力も金も無く、最低限の荷物だけを持って彷徨(さまよ)っていたソフィアの傷が、まるで彼女自身の苦痛を表しているように感じていた。

心が見えない初めての相手のその不確かさに、不安を覚える。

足早に王城の廊下を歩くギルバートは、周囲の視線に気付いていなかった。しかし、無機質な美貌と魔力を活かした冷徹な仕事ぶりから、陰で『黒騎士』と呼ばれているギルバートが、厳しい表情で急いでいるだけで、すれ違う人々は慌てて端に避けて道を譲る。後で何か事件があったのではと噂になるのだが、ギルバートには一切の興味が無かった。

◇◇◇

ソフィアは馬車の座席に座ったまま、じっと瞳を閉じていた。考えなければならないことはたくさんあるはずなのに、思考が上手く纏まらない。これからこの身がどうなるのかすら、今のソフィアには分からなかった。

レーニシュ男爵邸を追い出されたのはつい昨日のことなのに、随分前のことのように感じる。

心細さから両手でぎゅっとワンピースの裾を握り締めた瞬間、馬車が大きく揺れ、ソフィアは閉じていた目を開けた。

「──騎士様？」

急に開かれた扉から強い光が差し込み、ソフィアは目を細める。眩しい日の光の中、銀の髪が輝いていた。ソフィアの向かい側に座ったギルバートが、ソフィアのトランクと靴を馬車の床に置いた。

「待たせた。出してくれ」

短い言葉で指示をすると、馬車はすぐに動き始めた。ギルバートは組んだ手を膝の上に乗せ、じっとこちらを観察しているようだ。ソフィアは惨めな姿を見られていることが居た堪れなくて、また下を向く。無言のままの二人を乗せ、馬車は走り続ける。

しばらくして、ソフィアは勇気を出して口を開いた。

「――あの、私の靴、返していただけませんか？」

それは今のソフィアにとって、切実な願いでもあった。屋外で靴を履かずにいるなど、あり得ないことだ。傷のある足を他人に晒しているのも恥ずかしい。しかし、ギルバートは眉一つ動かさないまま、はっきりと首を左右に振った。

「すぐに着く。その足に靴など不要だろう」

ソフィアはギルバートの言葉に、ぱちりと瞬(まばた)きをした。何を言われたのか分からず、内心で首を傾げる。続けようとした言葉は、向けられたギルバートの視線によって阻まれた。正面から見るとその瞳は透き通った宝石のように綺麗だと、ソフィアはどこか冷静に思った。

「――靴擦れが酷い。大人しくしておけ」

すぐにふいと逸らされた視線は、馬車の床に置かれたソフィアの靴に向けられる。ソフィアもギルバートの見ている先の自らの靴に目を向け、踵に乾いた血液がしっかりと付いていることに気付いた。

「申し訳……ございません」

「何故謝る？」

「お見苦しいものをお見せしました」

「いや、構わない」

ギルバートが気遣ってくれていたのだと、ソフィアは初めて気付いた。初対面で剣を向けられた恐怖もこれからの不安もまだ消えないが、やはり悪い人ではないのだろうと、少し気を許す。

緊張が緩むと、靴の汚れは洗って落ちるだろうかと心配になった。靴はこの一足しか持ってきていない。ソフィアはギルバートに気付かれないよう、小さく溜息を吐いた。

「——着いたぞ」

ギルバートの言葉通り、目的地にはあっという間に着いてしまった。マティアスとギルバートの話を信じるのならば、ソフィアはフォルスター侯爵のタウンハウスに連れてこられたのだろうと当たりをつける。

外側から馬車の扉が開かれ、ソフィアの目の前に現れたのは、歴史を感じさせる予想以上に上品な佇まいの貴族の邸宅だった。タウンハウスらしい三階建ての造りで、古くとも外壁の美しい建物だ。庭の草花も丁寧に手入れがされている。ソフィアはその光景に目を見張った。

「ギルバート様、つい先程王城よりお戻りになるとの連絡がありましたが、何か緊急の案件でもございましたか?」

どこか慌てたように馬車に近付いた執事服の男は、中を覗き込み、ソフィアの存在に気付いて動きを止めた。雰囲気の柔らかい初老の男だ。

「……ギルバート様?」

「ハンス、今戻った。これを私の部屋に」

ギルバートは馬車の中からソフィアのトランクと靴を取り、ハンスに渡した。ハンスは反射的に受け取って、馬車の前から横に避ける。その所作一つとっても、叔父達と共にソフィアを邪険にしていた男爵家の使用人とはあまりに違った。ソフィアはとんでもないところに来てしまったと改めて思う。

「あの、私やっぱり……!?」

お世話になれません、と続けようとしたソフィアの言葉は、ギルバートに両手で抱え上げられたことで飲み込まれた。馬車から降りるときに大きく揺れて、咄嗟にギルバートの黒い騎士服を縋り付くように掴んでしまう。

邸内に入ると、使用人達の視線がソフィアとギルバートに向けられた。仕事をしていたであろうメイドや従僕が、その姿に驚いている。ギルバートは何も構わないとばかりに、サルーンを抜け、悠々と階段を上り始めた。

「あ、あの。歩けますっ！　歩けますから……」

「何度も言わせるな」

ぴしゃりと言われ、ソフィアはきゅっと唇を引き結んだ。黙ったソフィアに満足したのか、ギルバートはそのまま二階で最も立派な扉のついた部屋へとソフィアを運んでいく。

ギルバートはソフィアを抱えたまま、器用にその扉を開けた。

そこは見るからに侯爵家当主の私室で、インテリアは深い青の絨毯（じゅうたん）やクロスと、モノトーンの調度品で統一されていた。遊びの少ないシンプルな部屋にギルバートらしさが窺える。

ギルバートは続き部屋を抜けた先の個人用のバスルームの入口で、ようやくソフィアを降ろした。ソフィアは素足の裏で感じる柔らかな絨毯の感触に戸惑った。どこを見て良いか分からず、目の前にいるギルバートを直視しないよう、ただ瞳を彷徨わせることしかできない。

そわそわと落ち着かないソフィアと無言のギルバートの時間を動かしたのは、トランクと靴を運んできたハンスだった。

「――ギルバート様、ご説明をお願いします」

適切な距離を置いた位置で、姿勢を整えたハンスがちらりとソフィアに目を向けた。ソフィアはその視線から逃れるようにまた下を向く。

「ソフィア・レーニシュ嬢だ。先代レーニシュ男爵の娘で、殿下のご命令により、当面の間ここで面倒を見ることになった」

当然のごとく決定事項として言われ、ソフィアは思わず口をぽかんと開けた。ギルバートの言葉を信じるならば、ソフィアはしばらくここで暮らすことになるらしい。マティアスの命令を素直に引き受けたギルバートの内心は分からないままだ。

「また殿下のお戯れですか？」

「いや……」

ギルバートは僅かに目を伏せた。

ソフィアは申し訳なく思い、眉を下げて肩を落とす。見る限りでは、ギルバートはソフィアよりいくらか歳上（としうえ）のようだ。侯爵位を継いでいるのだから、既婚であってもおかしくない。

「あの……ご迷惑でしたら、私——」

「迷惑ではない。この扉の向こうは浴室だ。入ってこい」

ギルバートがハンスから受け取ったトランクを、気軽な様子でソフィアに突きつける。ソフィアは伸ばした手の先にある自らのトランクを見た。返してくれるのだろうか。両手で受け取って、上目遣いにギルバートの表情を窺う。瞬間、ギルバートの藍色の瞳とソフィアの瞳が正面からばちりと合った。

ギルバートの表情が、僅かに動く。

「あ、ありがとうございますっ」

ソフィアはびくりと肩を震わせギルバートからトランクを受け取ると、バスルームの扉を開けて中に逃げ込んだ。

あんな顔を見せるなんて、反則だ。それまでずっと無愛想で怖かったギルバートの目が、すうっと柔らかく細められたのだ。ソフィアはトランクを足元に置き、胸に手を当てる。速まる鼓動は驚きと戸惑いのためだと、ソフィアは自らに言い聞かせた。

「ギルバート様、彼女はどうしたのです。しかも私室のバスルームを使わせるなど……」

ソフィアが扉の向こうに逃げるように駆け込んだ後、ギルバートはハンスに正面から睨むように見据えられた。

ハンスはギルバートの父が当主であった頃から、侯爵家に仕えている。ギルバートもこうして向き合わされてしまっては、逃げることはできなかった。王城では気を張っていたが、自宅だと思えば少しは気が楽だ。ギルバートは小さく嘆息した。

「あの娘は、ここ以外の浴室は使えないだろう」

ここにソフィアを連れてくることになった経緯を大まかに説明すると、ハンスは眉間の皺を深くした。

「ではソフィア嬢は、男爵令嬢であるにも拘(かかわ)らず、行き倒れそうになっていたというのですか」

「そうだ。魔力が無い以上、仕事も簡単には見つからないだろう。殿下はそれを憂慮されていた」

ギルバートの言葉に、ハンスは納得したように頷く。ソフィアの傷だらけの姿と鉤裂きに破れたワンピースから、只事で無いとは思っていたのだろう。

「それで、ソフィア嬢は何故そんなことになっていたのですか？」

当然のように尋ねるハンスに、ギルバートは顔を顰めた。マティアスに説明したときと同様に自身の無力さを感じ、目を伏せ声を落とす。

「……何も見えないから分からない」

「――何と仰いました？」

ギルバートの言葉に、ハンスは訳が分からないとばかりに聞き返した。これまでにギルバートが誰かの内面を覗こうとして分からなかったことなど一度もなく、使用人に慕われているにも拘らずその能力故に距離を置かれていることも知っているハンスには、信じられないことだろう。

「私は魔力の揺らぎを読み取っている。魔力が無ければ、何も見えない」

ギルバートはこれ以上話すつもりもなく、ベッドサイドに置いていた本を手に取った。背を向けているので表情は読み取れないが、どうやらハンスは笑っているようだ。隠すつもりもないのか、声に喜色が滲んでいる。

「では、まずはゆっくり休んでいただきましょう。調度もありますし、こちらの部屋でよろしいですね？」

「いや、それは――」

慌てて振り返ったギルバートは、ハンスの笑みを正面から見ることになった。その表情は今朝早くにマティアスが見せたものと、同じ類のものだった。

　ポケットから魔石と木箱を取り出し、丁寧に置く。服を脱ぐと、生地が肌に擦れて痛みを感じた。傷を洗い流すべきだということは分かっていたが、きっと沁みるだろうと怖気付く。

　覚悟を決めて足を踏み入れた広く綺麗なバスルームで、ソフィアは驚きに目を見開いた。

「どうして……」

　古典的なタイルの装飾は見事だったが、ソフィアが驚いたのはそれではない。そこにあったのは、ソフィアが見慣れた二つのレバーだった。手の力で捻るだけで、湯量と水量を決め、シャワーの湯温を調節することができるものだ。

　両親に愛されて生活していた頃、レーニシュ男爵邸で使われていたものと同じ仕様だった。魔力の無いソフィアのためにと、両親が揃えてくれていたアンティークの調度。思いもよらず感じた懐かしさに視界が滲む。慌ててシャワーのレバーをそれぞれ捻れば、少しして適温になった湯が零れる前の涙を洗い流してくれた。

　浴室を出たソフィアは、トランクから適当なワンピースに着替えた。薄茶色の長い髪は水に濡れて重く、丁寧に水気を取るのには時間がかかる。水滴が落ちない程度に拭ってタオルを肩に掛けた。

　木箱と魔石をポケットに入れて扉を開ける。扉の前には、踵の無い室内履きが置かれていた。用意してくれていたのであろうそれに足を通す。扉が開けられたままの隣室から、数人の会話が聞こえてきた。

「――こっちに」

扉が閉まる音に気付いたのか、ギルバートの声がソフィアを呼んだ。ソフィアは迷った末にトランクを部屋の隅に置き、声のする方へと向かった。歩く度に鳴る小さなぱたぱたという音が頼りなく聞こえる。

隣室ではギルバートが白衣を着た中年の女と話しているようだった。ソファに向かい合い座っている。先程まではいなかったメイドが一人、端に控えている。

ソフィアが部屋に入ると、すぐに二人の会話は止められ、複数の目が向けられた。

「あの……ありがとうございました」

気まずさから慌てて頭を下げるが、ギルバートからの返事はない。不安になりおずおずと姿勢を元に戻すと、ソファから立ち上がったギルバートがソフィアのすぐ側に歩み寄ってきていた。背の高いギルバートに見下ろされると、圧迫感がある。

「髪が濡れている」

ギルバートは不意に右手でソフィアの濡れ髪に触れた。長い指が髪を梳いていく。

突然近付いた距離と耳元を擽る低い声にたじろぎ思わず足を引いた瞬間、ソフィアのすぐ前でギルバートの白金の腕輪が淡く光った。ソフィアは目を瞬かせる。

「……っ」

柔らかな温かさに包まれ、髪がふわりと揺れる。ギルバートが手を離すときには、濡れていた髪はすっかり乾いていた。ソフィアは不要になったタオルをぎゅっと握り締め、ギルバートを見上げる。

それはソフィアが初めて見る魔法だった。ソフィアの家族は皆当然のように魔力を持っていたが、魔法を使える才能のある者は周囲にいなかった。幼い頃、家庭教師に学んだ魔法というものは、もっと物騒なものだったように思うが、こんな使い方もできるのか。

「――すごい、すごいです……っ」

ソフィアは思わず子供のようにはしゃいだ声を上げた。これまでと違う理由で頬が染まる。ソフィアの瞳は、きらきらと輝いていた。

ギルバートがその反応に驚いたように目を見開く。固まっているギルバートに、ソファに座ったままの女が笑い声を上げた。

「これはこれは。泣く子も黙る魔法騎士も形無しですね」

「煩(うるさ)い。それより、早く診察を」

女に向き直ったギルバートは、短い言葉で言い返す。ソフィアは自らの大人気ない行動に、はたと気付き恥ずかしくなった。思わずスカートを掴んで俯く。女が面白がっているのを隠さずに話しかけてきた。

「お嬢さん、私は殿下から診察を任されて来ました。こちらに来て、私に怪我の様子を見せてくれませんか?」

「そ、そんなっ！　あの……私、ただのかすり傷です」

マティアスは、わざわざソフィアのために医師を遣わしたのか。丁重に扱われることに慣れていないソフィアは、助けを求めるようにギルバートを見た。

「診(み)てもらえ。私の魔法で怪我は治せない」

問題はそこではないと言いたい気持ちを呑み込み、ソフィアは遠慮がちに頷く。ギルバートは安心したように嘆息した。

診察を終えたソフィアの手足には軟膏が塗られ、あちこちにガーゼが貼られていた。日に一度は取り替えるようにと指導され、診察のために座っていたソファでソフィアは頷く。ギルバートがソフィアに向ける目が辛そうで、何故そんな顔をするのだろうかと不思議に思った。

「食事を用意している。私は仕事に戻るから、この部屋で休んでいろ」

ギルバートは医師と一緒に部屋を出て行く。ハンスもそれについて行き、主人のいない空間にはソフィアとメイドの二人だけが残された。

やがて運ばれてきたのは、小さく切ったパンが浸されているスープだった。食欲をそそる匂いに、ソフィアは昨日から何も食べていなかったことを思い出す。厚意に甘えて良いものかと悩みもしたが、空腹には逆らえなかった。

スプーンで一匙掬って口に運ぶと、ソフィアを気遣ってくれたのか、優しく柔らかな味が口の中に広がる。内側から感じる温かさに、強張っていた身体と心が少しずつ解れていくような気がした。

「お済みでしたらお下げ致します」

食べ終えて一息つくと、控えていたメイドに声をかけられた。ソフィアは頭を下げる。

「——あの、ありがとうございました」

メイドは一礼して微笑んだ。

「いえ。お食事が終わりましたら、お休みいただくようにと申し付けられております」

自然な仕草でソフィアを導くメイドに従って、立ち上がり歩を進めた。満たされた胃と温かさに何も考えられず、ふわふわとした気持ちになる。これからのことは休んでから考えようと気を取り直し、ギルバートの優しさに甘えることにした。

「ごゆっくりお休みくださいませ」

ソフィアの背後で、ぱたんと音を立てて扉が閉められた。その音にはっと正気を取り戻し、ソフィアは目の前の光景に困惑する。そこは先程ソフィアがトランクを置いたままにしていた場所——浴室の隣、ギルバートの寝室だった。

近衛騎士団の演習場には、鋭い剣戟の音が響いていた。

今日の騎士団の合同訓練では、団員によるトーナメント戦が行われている。この訓練では魔法の使用は不可とされており、普段は魔法で攻撃範囲を広げたり、防御魔法で援護に回ることの多い魔法騎士にとっては不利なものとなっていた。

模造剣での戦いは、どちらかの動きを封じるか、剣を手から奪えば勝利となる。

一戦終えたギルバートは額に浮かぶ汗を拭い、第二小隊の面々の戦績を確認した。数試合を残すばかりとなった夕刻では、まだ残っているのはギルバート以外に二人のみであるようだ。二人とも魔法騎士ではなく、うち一人はギルバートの上官である。

「ギルバート、今日は機嫌が良いな」

「隊長、お疲れ様です」

赤い癖毛を雑に散らした鋭い目の男――近衛騎士団第二小隊長であるアーベルが、ギルバートの隣に立った。アーベルは同じ第二小隊でも、ギルバートとは違う青色の隊服を着ている。背が高くよく日に焼けた肌に、がっしりとした筋肉。アーベルはその女子供に恐れられるような見た目で、顔をくしゃりと寄せて笑った。

「ギルバートもお疲れ。……それで、何かあったのか？」

アーベルは興味を隠し切れないようにギルバートに聞いた。ギルバートはそんなに分かり易い顔をしていただろうかと反省する。

思い出すのは、ソフィアの無邪気な瞳だった。魔法に対してあのように純粋な反応を返されたのは、久しぶりのことだ。俯いて表情を曇らせていたソフィアが、自らの小さな魔法一つで表情を変えた。そのことを単純に嬉しく思う。

「――何もありません」

「何もないってお前、剣の音が違うんだよ。俺に分からねぇはずがないだろうが」

言いたくないなら深く聞かないが、と言葉を足したアーベルに、ギルバートは内心で嘆息した。アーベルは、ギルバートがマティアスに気に入られ、魔法の才を見込まれ騎士団に入団した頃から面倒を見てくれた上官である。魔法騎士であるにも拘らず、ギルバートに剣だけで戦う術(すべ)を教えてくれたのもアーベルだった。

今戦っている者達も、順に決着がついていく。終われば次は準々決勝で、ギルバートはアーベルと当たることになっていた。

「今回は隊長と当たって良かったです。勉強させてもらいます」

飄々と言うギルバートに、アーベルは深い溜息を吐いた。眉間に皺を寄せ、声を落とす。

「お前、それはわざと負けずに済むからだろう。俺はそもそも、この雰囲気も好きじゃないんだ」

試合が進むにつれ、元々少なかった黒い騎士服が減っていく。黒は魔法騎士の証だ。勝ち進んでいるのは、ギルバートだけだった。

普段何かと重用されることの多い魔法騎士は、嫉妬の感情を向けられることも多い。まして剣の腕だけならば一般騎士の方が優れていることが殆どなのだ。

この合同訓練では、数の少ない魔法騎士は格好の標的でもあった。アーベルに鍛えられてきたギルバートは難なく試合をこなしてきたが、では優勝していいかというとそれは違う。一般騎士には一般騎士の誇りがある。互いの領域を侵してはならないのだ。

ギルバートはアーベルの言葉を聞かない振りで口を開いた。

「そろそろ始まります、向かいましょう」

笛が大きく鳴り、演習場にいた騎士達が端に寄った。準々決勝に当たる、四組八人の騎士が入れ替わりに演習場に出て、それぞれの位置に着く。既に負けた者は、この先の精鋭達の姿から少しでも何かを盗もうと、目を皿にして試合が始まるのを待っていた。

ギルバートは少し距離を置いた先で剣を構えているアーベルを見る。正面から向き合う隙のない構えに、ギルバートは嬉しくなった。好きこのんで負けたいわけではないが、今のギルバートは純粋な剣の腕でアーベルには敵わない。それが分かっているからこそ、全力でぶつかって良いことが嬉しかった。

折角の合同訓練だ。機嫌取りだけで終えるのは退屈だと思っていたギルバートにとっては、この上ない喜びである。

笛が短く吹かれ、動きのないアーベルにギルバートから斬りかかった。アーベルは斜めに走らせた剣で衝撃を流す。ギルバートは次に予測される攻撃を避けるため飛び退った。剣を構え直す隙を与えないとばかりに、アーベルがギルバートとの距離を詰める。軽く打ち合わさる剣が、互いの距離を測っている。

ギルバートがアーベルの表情を窺うと、アーベルはにっと唇の端を上げた。

「なかなか張り合いがある。——負けてやろうか？」

ギルバートはアーベルの言葉に攻撃的に目を細める。

「結構です」

ギルバートは一歩踏み出し、アーベルの剣を狙った。アーベルはそれを知っていたかのように身を翻す。次の瞬間、ギルバートの剣はその手を離れ地面に突き刺さっていた。演習場に、観客と化した騎士達の歓声が響き渡った。

その後はアーベルが決勝で第三小隊の騎士と当たり、鮮やかな剣さばきで軽々と勝利を収めていた。

ギルバートは合同試合終了後、各隊の魔法騎士達に激励を受けながら第二小隊の執務室に戻った。執務室では既に同僚達が日報を書いて今にも帰ろうとしている。アーベルは一番奥の机で書類仕事を片付けているようだった。

「お疲れ様です。副隊長は残るんですか？」

無邪気な笑顔で問いかけてきたのは、第二小隊の部下でありギルバートの後輩であるケヴィンだった。準決勝で第三小隊の騎士に当たって負けた男だ。

ギルバートはどうしようかと逡巡する。何も無ければ午後の合同訓練で溜まった書類をアーベルと共に片付けていくのが常だった。

「――そうだな……」

ギルバートがすぐに決められなかったのは、家にいるソフィアの姿が脳裏をよぎったからだ。休ませるように言ってきたが、ちゃんと眠れているだろうか。華奢（きゃしゃ）で頼りなげな姿はギルバートのそれとは違ってとても軽く、魔法を見て輝いていた瞳はまるで森のように深い緑色だった。

「ああいい。お前、今日は帰れ」

アーベルは素っ気なく言うと、ペンを動かしていた手を止めて顔を上げた。ギルバートと目を合わせ、変化を見落とさないとばかりにじっと見つめてくるアーベルに、ギルバートは負けを認めて視線を逸らした。

「隊長、ですが――」

「お前に限っては、一瞬でも言い淀（よど）むのは珍しいからな」

ギルバートは上官であるアーベルの察しの良さに僅かに身を引いた。同僚達は、ギルバートを見ていない振りで窺っている。気配で分かるから下手に誤魔化すなと言ってやりたかったが、生憎（あいにく）ギルバートはそれを言って茶化すような性格ではない。

「では、お言葉に甘えます」

ギルバートはペンを日報に走らせ、急いで報告を書き上げる。アーベルの机に置いて挨拶をすると、そこにいた同僚達の誰より早く執務室から出た。帰路につく足は知らず速くなっていく。

それでも秋の日没は早く、王城前で馬車に乗り家に帰り着いた頃には、日が暮れていた。

「――今帰った」

「ギルバート様、おかえりなさいませ」

ギルバートは馬車から降りると、待ち構えていたハンスに荷物を渡し、メイドが開けたまま押さえている玄関の扉を抜けて家に入った。

「ソフィア嬢はどうしている」

気になっていたことをすぐに問いかければ、ハンスは歩きながら頷いた。

「はい、お部屋でお休みいただいております。随分お疲れであったようですね」

ギルバートはハンスの言葉に、昨夜のソフィアを思う。最近は夜も冷えるようになってきた。

「そうか」

ギルバートはシャワーを浴びて着替えようと、自室の扉を開けた。三部屋が続いており、入口側から私的な客間としても使う部屋、個人的な居室、寝室と並んでいる。寝室には浴室が繋がっており、控えめな装飾だがスリーピングポーチもある。マナーハウスより手狭ではあったが、当主の部屋らしく充分な広さだ。

ハンスが手前の部屋に荷物を置き、食事の時間を確認して部屋を出て行く。

ギルバートは順に扉を開けていった。

寝室の扉を開けるとき、ギルバートは僅かに手を止めた。中でソフィアが休んでいると思うと、躊躇（ためら）う気持ちがある。それでも心配の方が勝り、念のため小さくノックをしてからノブを回した。

部屋の中は一切の明かりが点けられておらず、ポーチの大きな窓から眩しいほどの月明かりが差し込んでいた。扉を閉め寝台を目で確認するが、そこは全く使われた形跡が無い。ぴんと張られたままのシーツがよそよそしく感じられる。

ギルバートはソフィアが何処にいるのかと思い、室内へと歩を進めた。寝台を過ぎたところで思いもよらない場所に現れた布の塊に、目を見張って足を止める。

「何故こんなところに……」

ソフィアは、寝台の陰、絨毯の上に丸くなり、膝掛けに包まって寝息を立てていた。見れば、ポーチの一人掛けのソファに畳まれていた膝掛けが無くなっている。

誰もいないのもあって、ギルバートの口から思わず深い溜息が漏れた。今日一日の疲れに一度に襲われたような脱力感で、こめかみに手を当てる。遠慮の仕方を間違えているとしか思えなかった。しかしそうせざるを得なかったのは、おそらくこれまでのソフィアの身に、何がしかの苦労があったからだろう。

ギルバートは眠るソフィアに歩み寄り、膝掛けの端を握り締めている手に、起こさないよう指先でそっと触れた。瞳を閉じて魔力の揺らぎを追おうとしても、やはりソフィアのことは何も分からない。ただその手が冷えていることと、夜になって部屋の温度が下がっていることだけは分かった。

ギルバートは触れていた手を離すと、寝台の布団を捲り上げ、ソフィアの背と膝の下に手を入れてふわりと持ち上げた。膝掛けがソフィアの手から離れ、床に落ちてぱさりと小さな音を立てる。

ギルバートはいけないことをしているような不思議な罪悪感を見て見ぬ振りで、ソフィアを寝台の上にそっと寝かせた。布団を掛けてやると、ソフィアは小さく身動ぎをして、眠っているはずの口元を少し緩めた。

　ギルバートは自らの口に手を当てて、初めての心の動きに動揺する。他人に対してこれほど温かい感情を抱いたのはいつ以来だろう。ギルバートは着替えを持つと、その変化から逃げるように浴室の扉を開けた。

　ソフィアはぬくぬくとした温かさに、ゆっくりと目を開けた。柔らかな雲に包まれているようだ。眩しくも優しい月明かりに、今が夜だと分かる。ギルバートの寝室に案内されて寝台で寝るのを躊躇ったことを思い出した。しかし見える景色は、たった今までソフィアが寝ていたのが寝台の上だったことを示している。

　状況を理解してすぐに身体を起こすと、スリーピングポーチの丸テーブルで、小さなランプの炎が揺らいでいた。スプリングが僅かに軋んだ音に、本を読んでいたらしいギルバートがソフィアに目を向ける。

「わ――も、申し訳ございません。私ったら、騎士様の寝台を勝手に……！」

　ソフィアは部屋着姿のギルバートを見て、寝台から降りようと慌てて布団を捲(めく)り上体を起こした。

「いや、私が寝かせたのだから構わない。お前は……床が好きなのか？」

　そういえば森でも地面に寝ていたな、と小さく続けたギルバートに、ソフィアは驚いて動きを止めた。絨毯で寝ていたソフィアを寝台に運んだのはギルバートだったのか。その優しさに喜ぶべきか、寝顔を見られたことを恥じるべきか判断できず、少し俯いた。

「いいえ、そういうわけでは……」

「そうか」

ぽつりと言うと、ギルバートはソファから立ち上がり、寝台の方へと歩いてきた。ソフィアは場所を譲ろうと気まずい思いで身体を動かす。しかし足を絨毯に降ろす前に、距離を詰めたギルバートにシーツの上の右手を掴まれた。

「あの――」

寝台の上に座った状態のソフィアは、私室でギルバートと二人きりという状況に怯（おび）え、小さく肩を揺らした。ギルバートは勘違いしたのか一度手を離し、自身の着ていた羽織りを脱ぐと、身を乗り出してソフィアの肩に掛ける。

「寒いだろう、着ていろ」

「ありがとう、ございます……」

ギルバートは改めて寝台に腰掛け、ソフィアの右手に今度は優しく手を重ねた。包み込まれるような感覚に、ソフィアは頬を染める。自由な左手で、縋るようにシーツを握り締めた。

「何があってあの森にいた？」

ギルバートは探るように口を開いた。あまりに率直な、しかしソフィアにとっては答え辛い質問に、思わず目を逸らす。聞かれるだろうと思っていた。答えなければならないことも分かっている。それでも口は重くなる。

「――言いたくないなら言わなくていい」

失望させてしまっただろうか。溜息と共に吐き出された言葉に慌てて顔を上げると、ギルバートと正面から目が合った。ソフィアは思わず息を呑む。その藍色の瞳は、夜の仄(ほの)かな明かりの中では底が見えない海のようだ。吸い込まれてしまいそうなのに、瞳を逸らせない。

「違……うんです。あまりに情けない理由なので、人には……言い辛くて」

「そうか。ならばやはり、今は言わなくて良い」

予想よりも優しい言葉に、ソフィアはほっと息を吐いた。

「よろしいのですか？」

「ああ。……ただ、言わねば分からない」

まっすぐにソフィアを見つめていたギルバートの瞳が揺れたような気がした。

当然のことを言われ、いつかは話してほしいという意味だと思ったソフィアはおずおずと頷く。重ねられた手はまだそのままで、寝台から降りることも躊躇われた。どうして良いか分からず、視線を彷徨わせる。

ギルバートはしばらく無言のままソフィアを見ていたが、一度ぎゅっと手を握ると、言い聞かせるように口を開いた。

「——お前は私の側で暮らせば良い」

ソフィアははっとギルバートを見る。瞳に浮かんでいる色は、ギルバートの本気をソフィアに伝えていた。その熱から逃げるように俯くと今度は二人の手が視界に入り、逃げるようにぎゅっと目を閉じた。

「ですが私……お荷物にしかなりません」

思ったより頼りない声が出て、ソフィアは唇を噛んだ。何度も向けられた嘲りの声が今も聞こえるようだ。男爵家で、ソフィアはお荷物であり邪魔者だった。もう言われることに慣れた言葉も、自分で口にすると心が軋む。ギルバートはソフィアから視線を逸らすように、窓の外に目を向けた。

「そんなことを言うのは、魔力が無いからか？」

「どうして、それを……」

ソフィアは勢いよく顔を上げた。初対面で言い当てることなど、できるはずがない。まして魔力のない者がいるとは思いもしないのが当然だ。何故ギルバートは知っているのかと、内心で警戒を強める。しかしギルバートが続けた言葉は、ソフィアの予想を裏切った。

「私の部屋には、魔道具はない。ここでならお前も安心して生活できるだろう」

ソフィアはギルバートに言われ、部屋を見渡した。

ギルバートが使っていたランプの炎は、オイルを燃やしているものだ。ベッドサイドにはマッチが置いてある。日中診察を受けた部屋も、使われてはいなかったが暖炉があった。思い出せば、浴室のレバーはソフィアでも扱えるものだったのだ。何故か分からないが、この部屋の物は全て、ソフィアが親しみのあるアンティークの調度で揃えられている。

ソフィアは困惑し、ギルバートに視線を戻した。

「ですが、騎士様――」

「ギルバートだ」

すぐに訂正されたのは呼び方だった。名を呼ぶことは縁を結ぶことだと、幼い頃母に教わった。母は、だから名前を呼びなさい、と言っていたが。

「ギルバートだ、ソフィア」

　念を押すギルバートに、ソフィアは目を見張った。それは突きつけられたナイフのように、ソフィアの胸を凶暴に揺さぶる。知らず潤んでいく瞳を、制御することもできなかった。

「ギルバート様、私は……」

「行く当てはないのだろう？　ならばここにいれば良い。誰も困らない」

　少しずつギルバートの言葉がソフィアを囲い込んでいく。逃げ場が無くなっていくような気がした。

「私はお前を害することはしない。ただ、ソフィアのことを知りたいと思う」

　重なっている手を強く優しく握られれば、ソフィアにはそれ以上抵抗することはできなかった。まっすぐに向けられる言葉には強制力がある。逸らせずにいた目を下に向け、ソフィアは頭を下げた。

「……分かり、ました。お世話になります」

「そうか。しばらくこの部屋で過ごすと良い。私は隣の部屋で寝る」

　平坦だがどこか喜色を含んだ声が聞こえて、ソフィアはすぐに顔を上げた。

　ギルバートはソフィアに向かって目を細め、口角を上げ——確かに微笑んでいた。熱が顔に集まっていくのを感じる。その甘いと言って良い表情に、反則だ、と内心で呟いたときには、ギルバートの手が、ソフィアの頭をあやすようにぽんぽんと撫でていた。口を開こうとしたが、その表情に躊躇われる。

　ギルバートは自然な仕草で立ち上がると、スリーピングポーチのランプを消し、カーテンを閉めた。

「おやすみ、ソフィア」

「——おやすみなさいませ」

ぱたんと音を立てて寝室の扉が閉まった途端、ソフィアは頭まで布団を被(かぶ)った。熱くなった顔を両手で覆う。高鳴る鼓動が煩いが、聞こえない振りで目を閉じた。すぐにでも眠ってしまいたかったが、ギルバートの微笑みがちらついて、ソフィアはなかなか眠ることができないでいた。

2章　令嬢は黒騎士様の役に立ちたい

「――私に、仕事をさせてくださいっ……っ」

ソフィアは何度目かになる主張をギルバートにぶつけた。

今日はギルバートの休日で、私室ではギルバートとハンスが先程まで邸内の采配について話していた。ギルバートと二人のときには怪我が治ってからだと言われてしまったが、ハンスがいる今ならばぐらかされることもないだろう。

ソフィアは会話が一段落ついたと思われるところで、勇気を振り絞って話を切り出した。二人の視線がソフィアに向けられる。ソフィアはスカートを両手でぎゅっと握り締めた。

「ギルバート様、もう怪我は治りました。……何もせず置いていただくのは心苦しいです。こんな私でも、何かお役に立てませんか？」

ソフィアがフォルスター侯爵邸のギルバートの部屋に世話になり始めて、もう一週間になる。

この一週間、ソフィアはメイドが持ってきてくれた本を読んだり、たまに庭園を散歩したりして過ごしていた。ギルバートは使用人達にはソフィアを事情があって預かることになった遠縁の娘だと話していたようで、あえて直接詮索してくる者はいなかった。

靴擦れも切り傷もすっかり治り、またギルバートの部屋というソフィアにとって不自由のない場所での生活で、心も少しずつ元気を取り戻していた。

知りたいなどと言われ身構えていたが、仕事で家にいることの少ないギルバートと話す時間はあまり無かった。ただ、侯爵家の使用人達は皆ソフィアに優しく、ギルバートは悪い人ではないという確信を持つことができた。しかしそう思うにつれ、何もせずにいる自分が本当にお荷物になっていると思わずにはいられなかった。ここに居ても良いという理由が欲しい。

　ギルバートの寝台をいつまでも借りているわけにもいかない。きっと騎士として働き疲れているはずのギルバートに、早く寝室を返したかった。そしてできるなら、助けてくれたギルバートのために何かをしたかった。

「ソフィア、それは――」

「良いではありませんか」

　無表情のままのギルバートの言葉を制したのはハンスだ。ソフィアははっと顔を上げた。思い詰めた表情になっているのは、自分でも分かっている。

「理由は」

　ギルバートが鋭い目をハンスに向けた。ハンスは全く意に介さず、むしろ窘めるような口調だ。

「ギルバート様、このままでは彼女もここに居辛いでしょう。何よりこの家は今、人手不足です。下手に外で働かせるより安全ですし、ソフィア嬢が望んでいることですよ」

　ギルバートは目を閉じ、ハンスの言葉を反芻しているようだった。ソフィアはどきどきと落ち着かない気分でギルバートの一挙一動をじっと見守る。やがてギルバートは目を開けると、ソフィアに視線を向けた。

「そう、だな。ソフィアはそれで良いか？」

　ソフィアは瞳を輝かせて頷く。ギルバートはどこか不本意そうではあるが、ソフィアは一つ自分を認めてもらえたような気がして嬉しかった。

「はい……！　ありがとうございますっ」

仕事があるということは、ここにいて良いということだ。今のソフィアには、まっすぐに立てるだけのものが何も無い。自然と声に喜色が混じるソフィアに、ギルバートの表情も少し緩んだようだ。

「それなら構わない。ハンスと話す、一度席を外せ」

ソフィアはギルバートに一礼して奥の部屋へと下がった。一人になった部屋で、ソフィアは両手で自然と弧を描いていく口元を押さえた。小さな一歩だが、確かに自分で進むと決めた一歩だ。


「ソフィアです、今日からよろしくお願いします」

フォルスター侯爵邸には地下に使用人用のホールがある。

あれから二日が経ち、ソフィアは朝礼の場で挨拶をしていた。真新しいメイドの制服の首元には、藍色のブローチが付いている。これは侯爵家で働く使用人全員が身に付けるもので、自分もそれを身に付けていることが嬉しい。

「ソフィアには、主に旧道具の清掃と管理を任せます。それ以外のことも、少しずつ覚えていってください」

メイド長の言葉に、朝礼に出席している面々——その中でも主にメイド達が、嬉しそうに小さく歓声を上げた。ソフィアは何故皆が喜ぶのか分からず、首を傾げている。メイド長は小さく嘆息した。

「嬉しいのは分かりますが、そのように態度に出すものではありません」

厳しい声音でぴしりと緊張の糸が張られ、ホールは途端に静まり返る。

「ではソフィア。まずはカリーナから仕事の引き継ぎを受けてください。カリーナ、夕刻までに邸内の案内と仕事の説明を」

整列していたメイドの中から一人が少し前に出て頭を下げる。ソフィアはカリーナと呼ばれたメイドに見覚えがあった。侯爵邸に来て以来、ソフィアの側に付いてくれていたメイドだ。濃茶の髪を一つに纏めており、橙混じりの茶色の瞳は明るくはっきりとした印象だった。

「承知しました、メイド長」

カリーナはソフィアに視線を向けると、警戒を解くようににこっと微笑みを浮かべる。ソフィアは驚きに僅かに肩を揺らした。

「――では、以上です。今日もよろしくお願いします」

よろしくお願いします、と使用人達の声が響き、ソフィアも慌てて口を開く。

「よ、よろしくお願いしますっ」

メイド長はソフィアを一瞥してその場を離れた。他の面々も自らの持ち場に向かうようで、散り散りになっていく。そんな中、カリーナだけがソフィアの側に歩み寄ってきた。

「カリーナよ。今日からよろしくね、ソフィア」

「よろしくお願いします、カリーナさん」

姿勢を正してぴしっと頭を下げたソフィアに、カリーナは苦笑して右手をひらひらと振った。

「カリーナ、で良いわ。敬語もいらないから、普通に話してちょうだい」

カリーナの明るく軽い口調に、ソフィアの緊張が解れていく。表情をころころと変えるカリーナはソフィアと近い年齢のようで、少し安心した。

「ありがとう、カリーナ」

親しげな表情で対等に誰かと話すなど、いつ以来だろう。ソフィアは控えめながら微笑んだ。カリーナは照れているのか、耳を赤くして口調を速める。

「良いのよ、そんなの。早速説明するわ、メモ持ってる？　マナーハウスほどじゃないけどここも広いから、ちゃんと覚えないと迷子になるわよ！」

エプロンのポケットからハンスに貰った小さなノートとペンを取り出したソフィアに、カリーナは満足そうに頷いた。すぐに歩き出したカリーナについて、ソフィアも急いで歩を進めていく。

「一階は玄関抜けてすぐのサルーン、向かって左側が大広間と控えの間で、右側に応接間と食堂が並んでるの。その奥が厨房と準備室。大広間は今は滅多に使わないわ。温室もあるけれど、そこは庭師の管轄ね」

カリーナはまず、ソフィアに侯爵邸内の部屋を教えていった。

ソフィアは忘れないようにメモを取りながら、カリーナについて行く。カリーナの言う注意事項を細かい文字で書き付けていくと、簡単な見取図のようになった。

「庭園は何度も行っているから説明はいらないでしょ。旧道具の手入れが仕事になるからあまり一階で仕事をすることはないでしょうけど、呼ばれることもあるから覚えておいて」

「はい。あの、旧道具っていうのは……？」

「それは殆ど二階よ、ついて来て」

サルーンに戻って階段を上る。二階の廊下はそこから左右に延びていた。ソフィアが知っているのは、左に折れて二つ目の一番立派な扉のついた部屋――侯爵家当主ギルバートの私室くらいだ。

「二階にはギルバート様の部屋と、執務室と居間があるわ。それ以外の空き部屋は今は客間にしていて、お客様が泊まれるようになっているの。三階には使用人の個室と倉庫があるわ」

執務室は廊下を歩いて居間とギルバートの部屋を通り過ぎた端にあった。やはり重厚な雰囲気の扉だ。階段の反対側は全て客間らしい。

「あの間の部屋は？」

「そこは侯爵家当主の奥方様の部屋よ。ギルバート様はご結婚されていないから、今は空き部屋ね」

執務室とギルバートの部屋の間にある部屋だ。綺麗な扉だと思ったが、やはり家人の部屋なのだとソフィアは納得する。しかしカリーナの説明にどうしても気になることがあって、ソフィアは思わず立ち止まった。

「ギルバート様って、独身でいらっしゃるの？」

カリーナも立ち止まり、目を丸くしてソフィアを振り返る。驚きと呆れが混ざったような顔を向けられ、ソフィアは頬を染めた。

「何を今更……ソフィア、ずっとギルバート様のお部屋にいたんじゃないの⁉」

「そう、なんだけど。私、ギルバート様のこと、騎士様ってこと以外何も知らなくて」

口数の少ないギルバートは、ソフィアにその日何があったかを尋ねるばかりで、あまり自身の話をしない。ソフィアもまた、話すときには何故かいつも手を繋いでくるギルバートに対し、話したい気持ちよりも恥ずかしさが勝っていた。

ソフィアはギルバートの手の感触を思い出してしまう。顔に出ていたのか、カリーナの溜息が二人しかいない廊下にやけに大きく聞こえた。

「最初にソフィアをギルバート様が連れ帰って来たときなんて、大騒ぎだったのよ！　何も知らないって、ソフィアは侯爵家の縁者でしょう？」

「それは……」

ソフィアは言い淀んで目を伏せた。ギルバートがソフィアのために吐いてくれた嘘だったが、深く話をしてしまえば無意味だったようだ。何も知らないカリーナは息を呑む。そのとき、見計らったかのように正午を知らせる鐘が鳴った。

「いいわ、詳しい話はランチをしながらにしましょう」

有無を言わせず腕を引くカリーナにソフィアは驚いたが、すぐに頷いた。カリーナは歩くのが速く、ソフィアは合わせて急いで足を動かす。辿り着いた一階の準備室で、カリーナの真似をして厨房とのカウンターから使用人用のランチバスケットを受け取った。

「こっちよ。庭で食べましょう」

「あ、はい……っ」

訪れた裏庭では、休憩に入った使用人達がそれぞれベンチで食事をしているようだった。ソフィアもそれに倣って、空いているベンチを探す。周囲に人の少ないところを選んで、二人並んで腰掛けた。

「あー、今日は遅かったたか」

「遅かった、って？」

「ランチの時間、来客がなければ使用人は裏庭を使って良いことになってるの。で、季節の花の前は人気、ってわけ」

確かにカリーナの言う通り、周囲を見渡すと花盛りの花壇や色付いている木々の側のベンチは全て埋まっていて、ソフィア達の側の花壇は植え替えのためか何もない土だけの空間だった。

「……でもまぁ、いいか。それで？　話せるとこだけ話してよ」

カリーナは真面目な表情でソフィアを見ている。普通ならそんなにすぐに他人を信用できない。それでもソフィアが侯爵家に連れてこられてから今日まで、側に付いていてくれたメイドであるカリーナだからこそ信じたいと思った。

「ええと、私、森で拾われたの」

ぽつりと口を開いたソフィアの最初の言葉に、カリーナは目を見張った。他に良い伝え方が思いつかなかったとはいえ、唐突だっただろうか。ソフィアは誤魔化すように苦笑することしかできない。

「――どういうことよ？」

「実家を追い出されて……行く場所なくて。王家の森で寝てたら、ギルバート様達に見つかって……殿下の命令でここに保護されたの」

「そうだったの。最初連れてこられたときあんまりにぼろぼろで、なのにギルバート様が大事そうに抱えてて。遠縁の娘って言う割には自分の部屋に匿うから、どうしたのかしらって……やっと過保護の理由が分かったわ」

ランチバスケットの中には、美味しそうなサンドイッチとサラダが入っている。男爵邸で与えられていた食事より多いかもしれない。食べ切れるだろうかと思いながら、ハムサンドを齧った。

「だから、実はここのこと何も知らなくて……」

ハムは厚く切られていて、とても美味しい。メイドの食事にこれだけのものを与えているということに、侯爵家の力を見せつけられたような気がした。

昨日まで近くにいたギルバートが遠い存在であったのだと、分かっているつもりで本当は分かっていなかったのかもしれない。不意に浮かんだ寂しさにも似た気持ちにそっと蓋をする。

「じゃあ、私が簡単に教えてあげるわ。仕事に支障もあるでしょう」

「ありがとう、カリーナ」

カリーナの微笑みから、ソフィアを本当に思い遣ってくれていることが伝わってくる。はにかむように表情を緩めると、カリーナはソフィアの肩を何度か軽く叩いて笑った。


カリーナの話によると、ギルバートは今二十五歳で、王太子直属の近衛騎士団第二小隊で副隊長兼魔法騎士をしているらしい。魔力のないソフィアにとって、魔法騎士とはあまりに縁遠い職業だった。どこか知らない世界の話のように聞こえるが、確かに髪を乾かすなんて繊細な使い方ができるのは魔法に優れた人だけだろうとも思う。

「先代侯爵夫妻は侯爵位を譲って、騎士職で王都から離れられないギルバート様の代わりに領地経営をしていらっしゃるわ。ご兄弟はいらっしゃらないから、この建物に住んでいる家人はギルバート様だけね」

若くしてギルバートが侯爵であり、一人でこの大きな建物に住んでいる理由がやっと分かった。

「でも、ギルバート様はどうしてお一人なの？　……婚約者とかはいらっしゃるのかしら」

ソフィアは首を傾げる。婚約、という言葉に胸の奥がぴりっと痛んだが、その痛みからは目を逸らした。カリーナは何故か驚愕と言って構わないほどの表情でソフィアを凝視している。その表情に少し怖くなって、ソフィアは身動ぎをした。

「――というかソフィア、一週間以上いて、本当に……何も知らなかったのね。それでギルバート様の部屋で過ごしてたって言うんだから、逆にすごいと思うわ」

どこか言い辛そうなカリーナに、ソフィアは申し訳なく思う。

「ごめんなさい、カリーナ」

「いいえ、ソフィアは悪くないわ。そう、ギルバート様は令嬢の方々からはとても人気があるの。あの見た目で、侯爵で、騎士で……それでも、実際に近付こうとする女性はあまりいないのよ」

「……？」

本当に訳が分からないソフィアは、カリーナの次の言葉を待つ。カリーナはばつが悪そうに目を伏せた。

「ここで働いていなくても、多くの人が知ってることよ。ギルバート様は魔力が強くて、触れた相手の魔力の揺らぎを読むのですって。隠し事でも何でも、相手のことが『見える』らしいわ。ギルバート様が良い方なのは知っていても……誰だって、他人に心を覗かれるのは怖いでしょ？」

ソフィアはカリーナの話に驚いた。思い返せば、会話をするときにはいつも手に触れられていたのを思い出す。まさか自分も覗かれていたのかとも思ったが、ソフィアには魔力が無い。そして思い出したのは、初めて出会ったときのギルバートとマティアスの会話だ。

『ギルバート、何か見えたのか？』

『いいえ、逆でございます。……何も見えませんでした』

あのとき、ギルバートはソフィアの手首を掴んでいた。マティアスが見たかと聞いたのは、ソフィアの素性についてだろう。

「何も……？」

ギルバートは確かに、何も見えなかったと言っていた。そのときにはもうソフィアに魔力が無いことに気付いていて、だから魔道具のない自室に連れてきて保護したのか。

ならばどうして、話すときにいつもソフィアに触れるのだろう。話を聞けば聞くほどギルバートが見えなくなっていくようだ。

「ちょっとソフィア、大丈夫？」

気遣わしげに肩を揺すられ、ソフィアははっと意識を現実に引き戻された。隣に座るカリーナを見ていられず、一度目を伏せる。それでも顔を上げたソフィアは、カリーナの瞳をじっと見つめた。

「カリーナ。――ギルバート様のお部屋には、どうして魔道具が無いの？」

ソフィアは瞳が潤んでしまいそうになるのを必死で堪え、カリーナに聞いた。カリーナは小さく嘆息し、触れたままだったソフィアの肩から手を離す。

「ギルバート様の右手、腕輪をしているでしょう。魔力が強過ぎて、あれを外していると触った魔道具が壊れるのですって。詳しい理由は私も知らないんだけど、ずっとつけてるわけにはいかないらしくて、私室と執務室では腕輪を外しているわ」

何も言えなかった。ギルバートの行動や持ち物に全て理由があったなんて、ソフィアには分かりようがなかった。――違う、知ろうとしていなかったのだ。気付いてしまった事実に、心が軋んだ。

「旧道具って呼ばれてるのは魔道具じゃないアンティーク調度のことで、手入れが面倒だから皆嫌がって――……って、ソフィア⁉」

ソフィアは食べ途中だったサンドイッチを握り締めた。ぽろりと落ちた涙が、手の中のパンに吸い込まれていく。

ギルバートがその魔力によって遠ざけられていたこと、同じように魔力で苦労してきたソフィアを保護してくれたこと。ギルバートはどんな思いで、ソフィアを部屋に置いてくれていたのだろう。

同情と感謝と疑問がないまぜになって、涙になって落ちていった。

慌てて立ち上がったカリーナがソフィアの手からサンドイッチを取り上げ、その両手を握り締めた。

「カ、カリーナ……私――」

カリーナを困らせてしまうのは嫌で早く泣き止みたいのに、涙が止まらなかった。ギルバートに伝えたい何かが確かにあるのに、その伝え方も分からない。

「ごめん、なさい……カリーナ。大丈夫、大丈夫だから――」

必死に言葉を重ねるが、その言葉はソフィア自身の耳にも頼りなく聞こえた。良くしてくれているカリーナに心配させたくないのに、思うようにできない自分が情けない。

「あーもうっ、大丈夫って何よ？　何か思うことがあったんでしょ。良いわ、何も聞かないから、今はとにかくちゃんと食べて！」

カリーナがポケットからハンカチを取り出し、ソフィアの涙を拭ってくれた。不器用に笑みを浮かべたソフィアに、今度は強引にサンドイッチを手渡してくる。受け取ったサンドイッチを口に運んだ。ぱくり、ぱくりと食べていけば、優しさが広がるように身体（からだ）が温まっていく。

「ありがとう。……ちゃんと食べるね」

「そうよ、食べなきゃ何もできないわよ。午後の仕事だってあるの。さっさと終わらせて、ギルバート様に会いに行けばいいわ」

「――カリーナ、それは……」

「あら、今日だってギルバート様のお部屋に行くんでしょう？」

ソフィアは目を逸らしたが、確かに一度ギルバートの私室に行くように言われている。使用人として働きたいと言ったソフィアのために部屋を用意してくれているらしく、案内と説明をするとのことだった。あのときも、カリーナは部屋の隅に控えていた。

「そういうのじゃないけど……ありがとう、カリーナ。私、午後も頑張る」

ソフィアがぐっと手を握り締め涙を止めると、カリーナも安心してくれたようだ。残り少なくなった時間で、量が多いと思われたランチを全て食べて、ソフィアとカリーナは邸内へと戻った。

午後はカリーナと共にギルバートの私室と執務室へ行き、それぞれの旧道具の手入れの方法について教わった。しかしそれ自体は難しいことはなく、煤を払い磨いてオイルを足す等、ソフィアにとってはやり慣れた作業だった。ただ、魔道具を使うと劣化が早くなるとのことで、掃除用具自体が旧道具だ。ソフィアにはありがたいが皆に不人気なのも頷ける。

「ソフィア、上手いじゃない。やり残しが無いようにリストを確認するのだけ忘れないでね。浴室は担当の子がいるから、やらなくて大丈夫よ」

「あ、うん。ありがとう」

「そんな、良いのよ。あとは……仕事が終われば、ギルバート様の担当以外は休んで良いことになってるの。担当は、メイドは週毎の当番制よ。大抵のことはご自身でなさってくださるし、ハンスさんがいるから、お出迎えと夕食の配膳くらいしかすることないんだけどね」

確かにギルバートが帰宅して以降、殆どメイドや従僕を見ることがなかったように思う。そうするようにしているのだろう。小さな気遣いだが、使用人がゆっくり休めるようにとの思いが伝わる。

「当番のときはいつもより仕事が終わるのは遅くなるけど、その分夜食が付くからちょっと得した気分になるのよ。ソフィアも当番のときに食べてみると良いわ、美味しいから」

「そう……なんだ」

説明を聞く度、ギルバートの優しさを見せつけられているような気がした。上の空で返事をすると、それを察したのかカリーナが腰に手を当てて胸を張る。唇を尖らせる仕草もソフィアには可愛らしく見えた。

「また何か考えてたわねっ！　……まあいいわ。そろそろ終わりの時間だし、片付けて戻りましょう。お腹空いちゃった」

明るく言うカリーナにソフィアも頷く。急いで片付け、サルーンにいるメイド長に今日の報告をして仕事を終える許可を得た。

夕食は準備室で厨房から受け取り、地下の使用人ホールで食べるらしい。仕事内容によって時間はばらばらで、ソフィア達はギルバートの不在の時間を狙って作業をする分、少し早めのようだった。


「ソフィアさんはいらっしゃいますか？」

ソフィアを呼んだのはハンスだった。夕食を食べ終え食器を厨房に戻した後、ソフィアはどうして良いか分からず使用人ホールの端で一人、椅子に腰掛けていた。カリーナは既に自室へ戻ってしまっている。ギルバートに呼ばれていたが、いつ行けばいいのか分からなかった。ギルバートの帰宅の連絡が使用人ホールに届いてから、しばらく時間が経っている。

「ハンスさん、お疲れ様です」

ソフィアはすぐに立ち上がり、ハンスの元へと駆け寄った。ハンスはメイドの制服を着たソフィアを見て、小さく嘆息する。

「……お似合いです、制服」

「あ……ありがとうございます？」

語尾が疑問形になってしまったのは、ハンスが困ったような顔をしていたからだ。首を傾げたソフィアに、ハンスはすぐに笑顔を見せた。

「いえ、何でもありませんよ。ご一緒にいらしてください」

踵(きびす)を返したハンスについてソフィアは使用人ホールを後にし、階段を上っていく。ギルバートの私室まではあっという間で、心の準備ができる前に、ハンスが扉を開けてしまった。

「ギルバート様、ソフィア嬢をお連れしました」

「──おかえりなさいませ、ギルバート様」

ギルバートは、私的な来客対応にも使う手前の部屋のソファで書類を睨(にら)んでいたようだったが、二人の声に顔を上げた。相変わらず表情はほとんど変わらないけれど、僅かに眉間に皺(しわ)が寄ったような気がする。

「では、私は失礼致します。ギルバート様、おやすみなさいませ」

ハンスが逃げるように部屋から出て行った。時刻はもう夜で、私室にはギルバートとソフィアしかいない。ギルバートはおもむろに立ち上がり、ソフィアの側まで歩いてきた。見つめたまま動けずにいるソフィアの頭の中では、今日知った様々なことが渦巻いていた。部屋着姿のギルバートの右手首には、白金の腕輪はないようだ。ソフィアはギルバートに手を取られ、どきりとする。

「ソフィア、今日は何もなかったか？」

その言葉は昨日まで毎晩繰り返された問いだった。いつもなら、はい、ありがとうございます、と返している。恥ずかしくて俯いてしまい、あまり広がらない会話になるのが常だった。

「今日は……初めてのお仕事でした。ありがとうございます。旧道具の管理を私の仕事にしてくださったの、ギルバート様ですよね？」

きっとソフィアが魔力が無いことで困らないようにと配慮してくれたのだろう。

「いや、構わない」

愛想無く返すところはいつものギルバートだが、どこか嬉しそうに聞こえるのはソフィアの気のせいだろうか。またも俯いてしまいそうになるのをぐっと堪えて、ソフィアはまっすぐにギルバートの藍色の瞳を見た。

部屋の明かりは、今日ソフィアが手入れをした旧道具だ。魔道具の明かりより不安定に揺らぐそれは、今のソフィアの心を表しているようだった。

「──お伺いしてもいいですか？」

「何だ」

「ギルバート様は、私と話すとき……どうして手に触れるのですか？」

ソフィアの質問に、ギルバートは珍しくそうと分かるほどに動揺を見せた。狼狽えているのか、瞳が揺れる。ソフィアはギルバートに握られている手を、勇気を出して小さく握り返した。

「——何か聞いたのか」

分かりやすく逸らされた視線に、ソフィアは聞いてはいけなかったかと後悔する。それでももう無かったことにはできないと分かっていた。

「申し訳……ございません」

思わず俯くと、ギルバートは無言のままソフィアの手を引いて、近くのソファへと誘導した。素直に従うと、座らせた隣にギルバートも腰掛けてくる。急に近くなった距離に、ソフィアは顔を上げられないままだった。

そっと繋いだ手は二人の間、ソファの座面に自然に置かれている。これが今のソフィアとギルバートの距離だ。

「私、余計なことを聞いてしまいましたか？」

「いや、ここで働くのなら必要な知識だろう。分かっていて仕事を与えたのは私だ」

ソフィアを安心させようとしているのか、ギルバートの声はいつもよりどこか柔らかな音をしていた。その優しさが今のソフィアには痛い。受け取ることに慣れていない優しさは、心を守る余裕を与えてはくれなかった。

「——私がソフィアに触れるのは、それが心地良いからだ」

その一言でソフィアは顔を上げた。疑問の答えになっているようで何も分からないままだが、ギルバートらしくないとも思う。まだあまりよく知らないけれど、それでもこれまでにギルバートが口にした言葉は、どれもソフィアのためのものだった。

「それは……」

どのような意味ですか、と続けようとした唇に、人差し指を立てたギルバートの右手が一瞬触れる。何も言うなということだろうか。突然の感触に戸惑い顔が熱くなったが、ソフィアは俯かなかった。ギルバートの瞳に浮かぶ真剣な色から、今は逃げたくない。

「私は意思とは関係なく、魔力の揺らぎを読んでいる。……初めてだった。触れて、何も見えなかったのは」

ソフィアは目を見張った。ギルバートの瞳には、真剣な色の奥に確かな熱が潜んでいる。

「ソフィアにとっては迷惑なことかもしれないが、私は、お前に触れている時間が大切だ」

「ギルバート様――」

ギルバートはポケットから小さな鍵を取り出し、ソフィアに手渡した。数字の書かれたタグと鍵が掌（てのひら）の上でぶつかり、ちゃりんと小さく鳴る。

「ソフィアの部屋の鍵だ。三階の階段横にある。荷物は運んだが足りないものがあれば言ってくれ。三階に使用人用の大浴場があるが、この部屋の風呂を使って構わない」

ソフィアは驚きに肩を揺らした。

「あの、私も大浴場で――」

「大浴場のシャワーも乾燥機も、全て魔道具だ」

ソフィアは驚いた。思わず繋いでいる手から力が抜ける。ソフィアの感情をそのまま表しているような手は、逃さないとばかりにギルバートによって引き寄せられた。確かに繋がれている感触と手から伝わる熱が、ソフィアの心を乱暴に揺さぶる。

「――ギルバート様の優しさは……怖いです」

目を伏せたソフィアが思い出すのは、両親とアルベルトの優しさだった。もう失ってしまった両親と、離れていったかつての婚約者。優しくされて、心を移していくことが怖かった。

ギルバートの優しさは、両親のそれより甘く、アルベルトよりも穏やかだとソフィアは思う。禁断の果実のように、食べずにはいられないそれが怖かった。

「何故泣きそうな顔をする？　――言わねば分からない」

ソフィアは困ったように眉を下げたギルバートを見て、以前にも聞いた言葉の意味を正しく理解した。言わねば分からないというのは、本当にその通りの意味だったのか。

「いえ……ありがとうございます、ギルバート様」

くしゃりと顔を歪めて笑顔を作ったソフィアは、ちゃんと笑えているか不安だった。ギルバートはどこか寂しげな表情でソフィアから手を離し、頭をぽんぽんとあやすように優しく撫でてきた。

「先に風呂に入っていけ。浴槽の湯は使ったら抜けばいい」

ぶっきらぼうに聞こえる言葉も、そこに温もりがあると知ってしまえば、優しい色に変わる。ソフィアは立ち上がって離れていくギルバートとの距離を寂しく思った。

三階は使用人の個室と、一部の部屋が倉庫として使われているとカリーナからも聞いていた。

ギルバートに言われた部屋は、階段を上ってすぐのところにあった。鍵に書かれた番号と同じことを確認し、鍵を開ける。扉を開け、廊下の明かりが室内を照らすのを頼りに卓上のランプに触れた。

すぐ横にマッチの箱がある。ソフィアは慣れた手つきでそれを擦って明かりを灯した。

ソフィアは薄明るくなった部屋に安心し、扉を閉めて内鍵を掛けた。続けて壁の明かりにも火をつけていくと、室内は充分に明るくなった。

「こんなの、ずるいわ……」

ソフィアは呆然と室内を見回した。窓を覆うカーテン、クローゼット、机と、部屋の中心に置かれたティーテーブル。寝台は大きくはないが柔らかそうだ。シンプルなそれらは、おそらく使用人の部屋に備え付けているものだろう。

その充分な調度にも驚いたが、ソフィアが目を留めたのは、先程自らが灯した明かりだった。青い花をモチーフにした可愛らしい壁の明かりと、揃いのデザインで作られた机とティーテーブル上のランプ。それぞれの側にはマッチが置かれている。それらは飾り気のない部屋にも違和感無く馴染んでいた。

ソフィアのためにだけ用意されただろう調度に、心が温かくなる。ソフィアはティーテーブルに歩み寄り、その表面を指先で撫でた。ランプに目を向けると、そのすぐ横に白いカードが置かれている。伏せられているそれを手に取る。

そこに綴られた短い言葉に、ソフィアは思わず頬を染めた。

——貴女が笑えるように　G．F

「……ギルバート、様」

ギルバートはいつカードをここに置いたのだろう。やはりこの優しさは怖い。

心を侵食してくる熱に一雫(しずく)だけ涙を零(こぼ)し、ソフィアはそのカードをそっと両手で胸元に引き寄せた。

「ギルバート、聞いているか？」

場所は王城の王太子執務室だ。例によってマティアスの護衛として勤務していたギルバートは、繰り返し名を呼ぶ声で思考の渦の中から現実に引き戻された。

「はい。何でしょうか、殿下」

そもそも他のことを考えたのは、マティアスが振ってきた会話の内容のせいだった。ギルバートは表情に出さないよう気を付けつつ相槌(あいづち)を打つが、きっと意味がないことも分かっていた。

「フランツ伯爵家の嫡男が、婚約者であるレーニシュ男爵家の令嬢を連れて、今度の夜会に来るらしい、と言ったんだ」

マティアスは口の端を上げ、ゆっくりとした口調でギルバートに言った。レーニシュ男爵家と言えば、ソフィアの生家である。

「そうでしたか。殿下が伯爵家の嫡男などを気になさるとは、珍しいですね」

「それはもちろん、ソフィア嬢の家のことだからね。ギルバートも気になるだろう。そうだ、面白い話を聞いたんだが、興味はあるか？」

その言葉は問いかけの体をしていながら、ギルバートに断ることを許さない。複雑な内心のまま頷くと、マティアスは笑みを深めた。

「フランツ伯爵家の嫡男はアルベルト殿というのだが、婚約をしたのは今から七年程前らしい。婚約相手は、レーニシュ男爵令嬢。……これはどういうことかな？」

ギルバートは思わず眉間に皺を寄せた。マティアスもそれまでの笑みが嘘のように、真剣な表情だ。

「先代男爵夫妻が亡くなったのは、五年前です」

「ああ、そうだったな。だとしたらアルベルト殿の婚約者とは、誰のことだろうね」

ギルバートは最早不機嫌を隠すつもりはなかった。マティアスの表情はソフィアを気遣っているようにも、理不尽に怒っているようにも見える。食えない男だと思われることの多いマティアスだが、その実は他人を思い遣る優しい人間だということはあまり知られていない。

七年前にレーニシュ男爵令嬢と呼ばれていたのは、当時十歳のソフィアだろう。しかしソフィアは今、フォルスター侯爵家でギルバートの保護下にある。ギルバートは意識してゆっくりと呼吸し、口を開いた。

「ソフィアは今、フォルスター邸で働きながら少しずつ前を向こうとしています。あえて関わらせるつもりはありません」

慣れない仕事をしながらも新たな環境で前を向こうと頑張っているソフィアを、ギルバートはこれ以上苦しませたくなかった。素直に口に出せば、マティアスも頷く。

「そうだな。……しかし気にかかる。ギルバート、協力してくれるな？」

ギルバートは僅かの間逡巡して頷いた。どちらにせよマティアスが興味を抱いた時点で、拒否権などないに等しい。ましてソフィアに関わることならば、ギルバートは断るつもりはなかった。

「はい。当日は私を護衛としてお連れください」

「よろしく頼むよ。それにしても……女性というのは、思いもよらない情報を持ってくるね」

マティアスは肩の力を抜いて苦笑した。

「妃殿下ですか」

ギルバートはその苦笑の心当たりを口にする。マティアスにこんな表情をさせるのは、ただ一人だけだろう。

「茶会で聞いてきたそうだ。なんでも、そのアルベルト殿が人気らしくてね。これまで夜会に同伴したことのなかった噂の婚約者を見られると、令嬢達は沸き立っているそうだよ」

「そうでしたか」

アルベルトは当日誰を連れて夜会に出席するのだろうとギルバートは思う。今の男爵令嬢だと考えるのが自然だが、どうしても違和感が拭えない。少なくともソフィアが家に居られなくなるだけの何かがレーニシュ男爵家であったことは明白だ。しかし伯爵家との縁を結んでいるということから、家人皆が困窮しているというわけでもなさそうだった。

眉間に皺が寄っているのが分かる。不敬と言われても仕方ない表情を許されていることに、ギルバートは内心で感謝した。

「その様子では、ソフィア嬢からはまだ何も聞いていないんだね」

またも揶揄う口調になったマティアスに反論しようとしたギルバートは、執務室の扉が叩かれる音で口を閉ざした。来客のようだ。マティアスはそれまでの表情を消し、王太子然とした顔で入室の許可を出した。

「ソフィア、今日は何があった？」

何もなかったかと聞いていた言葉は、何があったかを聞くものに変わった。小さな自身の変化を心地良く感じるのは、ソフィアがいるからだろうか。入浴を終えたソフィアと会話をするのが、最近のギルバートの日課になっている。

髪を魔法で乾かすときに見せる、ソフィアの子供のような表情が好きだった。

「今日は非番の料理人さんが、使用人のおやつにとクッキーをくださいました。それがとても美味しくて」

いつものように話していたソフィアが、ワンピースのポケットから小さな包みを取り出し、ギルバートに渡した。

「これは？」

「そのクッキーです。今日いただいた分で、ギルバート様にも、と思いまして……」

話しながらも少しずつ俯いていく姿が頼り無げに見える。ギルバートは包みを開け、その場でクッキーを口に運んだ。さくさくと軽い口当たりで香ばしいそれは、ソフィアが残しておいてくれたものだ。

「ありがとう」

「あ、あの、ごめんなさい。ギルバート様にとっては食べ慣れたものでしたかも」

ギルバートには、何故ソフィアが謝るのか分からなかった。言葉が足りない、表情が無いとはよく言われるが、それで不安にさせたのだろうか。

「いや、美味(うま)いと思う。だが、気に入ったのならばお前が食べて良い」

「……はい」

ソフィアが、最近ギルバートに見せるようになった控えめな笑顔らしき表情を浮かべた。笑顔と言い切るにはまだどこか負の感情を内包した不格好な表情だ。

ギルバートは、今日マティアスから聞いた話を反芻する。ソフィアに直接聞いてみようかと思い口を開きかけて、止めた。表情が陰るのを見たくなかった。今日は良いことがあったらしい。このまま幸せなことを考えて眠ってほしいと思った。

ギルバートは繋いでいた手を離し、出会った頃より少し艶のある、それでも夜会等で見る令嬢達よりもくすんだソフィアの髪をくしゃりと撫でた。

「おやすみ、ソフィア。冷える前に戻って寝るといい」

頬を染める姿は可愛らしいと思うのに、その表情からは愁いの色が消えない。ソフィアはギルバートの手に、擽(くすぐ)ったそうに首を竦(すく)めた。

「ありがとうございます、ギルバート様。……おやすみなさいませ」

帰りは少し早足で部屋を出るソフィアを見送り、ギルバートは扉を閉める。一人きりの部屋では、溜息を吐いても誰に聞かれることもなかった。

「ねえソフィア、聞きたいんだけど」

「どうしたの、カリーナ？」

ソフィアは急に真面目な表情をしたカリーナに驚き、僅かに身体を引いた。

寒くなるにつれて、裏庭でのランチは人気がなくなっていく。使用人ホールで食べる人が増えたお陰で、二人は色鮮やかなプリムラの花壇の前のベンチに座ることができた。咲き始めのプリムラは、少しずつ冬が近付いていることを教えてくれる。

今夜はギルバートはマティアスの護衛として夜会に出席するらしい。ソフィアは、夜は勝手に浴室を使って構わないと言われていた。

「ギルバート様のことよ。毎晩部屋に行っていて何もないなんて、逆におかしいわ」

カリーナは当然だとばかりにソフィアに詰め寄った。ギルバートは手に触れ頭を撫でてくるが、それ以上のことをすることはない。大切に扱われ過ぎて、特別だと錯覚してしまいそうになるほどだ。

「でも……本当に、何もないのよ。ただ少し話して帰るだけだもの」

「こう、甘い雰囲気になったり、抱き締められたり。しないの？」

「ないかな」

苦笑してホットサンドを頬張れば、卵とベーコンの旨味が口に広がる。

ソフィアとカリーナは歳が近いこともあり、最初に仕事の引き継ぎを受けて以来友人のようになっていた。明るく元気なカリーナは、いつもソフィアを励ましてくれる。王都での初めての友人に隠し事をするつもりはないが、ないものはないと言うしかない。

そもそもギルバートにはカリーナが期待するような気持ちはないだろう。ギルバートは優しい人だから、きっと最初に出会ったときの印象が強過ぎて、可哀想に思って親切にしてくれているだけだ。よく触れてくるのも、魔力が無いのが珍しいからだろうとソフィアは思っていた。

「じゃあ、ソフィアはギルバート様のこと、何とも思ってないの？　前に泣いたのだって、あの方のことだったじゃない」

フォルスター侯爵家に来たばかりの頃、ギルバートの事情を知って泣いたことだとすぐに分かった。その質問は、ソフィアの心の弱い場所を的確に突いてくる。正面から見つめられれば逃げ場はなく、ソフィアは項垂れた。

「ギルバート様のことは、素敵な方だと思うわ。だけど、私なんかじゃ釣り合わないし……想ってはいけない方だもの」

絞り出すように言えば、カリーナは思わずというようにソフィアから目を逸らした。

ギルバートは侯爵で、騎士で、優しくて、魔力も強くて、見目も良くて、王族からの覚えもめでたい。何も持っていないソフィアが特別な感情を抱くなど、烏滸がましいと思った。事情を全て知っているわけではないカリーナでも、不用意に踏み込んだことを後悔しているようだった。

「ごめん」

「ううん、私こそごめんなさい」

ソフィアを知ろうと繰り返される会話も、繋がれる優しい手も、髪に触れ、頭を撫でる温かさも──恋に落ちるには充分過ぎた。氷のような表情の内に秘められた熱を知ってしまえば、失うことも終わってしまうことも怖くなる。だからこそ、決して言葉にしてはいけない。気付かない振りをソフィアはまた繰り返す。

「――ソフィア、食べましょう！」

ソフィアよりカリーナの方が泣きそうな顔をしていた。それだけソフィアのことを考えてくれているのだろう。こんな日々が過ごせるなど、レーニシュ男爵家にいた頃には思いもしなかった。

「あのね、カリーナ」

「なあに？」

ホットサンドから視線を上げたカリーナは、ソフィアを見てぽかんと口を開けた。今自分はどんな表情をしているのだろうか。幸せそうに見えていれば良い。

「私は、ギルバート様のお役に立てていれば幸せ。だから……ここで働けて嬉しいの。カリーナとも会えたし、ここの皆はとっても優しいもの」

偽りのない本音だった。暖かい場所で優しい人の中で、ソフィアは毎日恵まれていると感じている。

カリーナはソフィアの手を握り、ぱっと笑顔を浮かべた。

「私も幸せだわ。……あ、そうよ。幸せって言えば、今日はお給料日じゃない。仕事終わったら、ハンスさんのところに行くわよ！」

それまでのしおらしさが嘘のように、カリーナが表情を輝かせた。

「お給料日？」

「そうよ、働いてるんだもん。え、ソフィアもしかして、考えてなかったの？」

「だって、私、拾われてきたから――」

思わず顔を俯けたソフィアを、カリーナは信じられないものを見るような目で凝視している。

「関係ないわよ、仕事は仕事！　いいから、終わったらサルーンにいてね。一緒に貰いに行きましょ

う」

　カリーナはソフィアが頷くのを確認すると、満足げに食事を再開した。ソフィアもバスケットからカップを取り出し、少し冷めたスープを口に運ぶ。言ったことに嘘は一つもないが、心の奥の小さな痛みは消えてくれなかった。

　ギルバートは王城の大広間で、最もよく全体を見渡せる場所にいた。王族席に座るマティアスの斜め後ろである。

　国王の挨拶によって始まった夜会は、華やかに着飾った貴族達で賑わっていた。上品なその面の皮の下で様々な駆け引きや腹の探り合いが行われていることを知っているギルバートにとって、気分の良い場所ではない。仕事でなければ、最低限の挨拶だけでさっさと帰りたいところだ。

「ギルバート、もう少し朗らかな表情をしたまえ。見なくても分かるよ」

　マティアスの言葉に、ギルバートは眉間に右手を当てた。いつものことだが、確かに深い皺になっていたようだ。指先で伸ばし、意図的に表情を緩める。

「申し訳ございません」

「――そんなに気になるかい？」

　ギルバートは無言のままでいた。マティアスは正面を向いているので、その表情はギルバートからは分からない。

「最初に挨拶に来た中には、いなかったね」

「はい。これから来るのでしょう」

夜会に出席しているのならば、一度は王族席に挨拶に来るはずである。その好機を逃さなければ良いのだ。

「エミーリア、それらしいのは見つかったかな？」

マティアスの隣に座っているのは王太子妃であるエミーリアだ。アルベルトが婚約者を連れて夜会に訪れるという話を聞いてきた張本人である。先程から瞳を輝かせて会場を観察しているのは、噂の二人を探しているためだろう。

「多分あれだと思うわ。――あら、お相手の女性は本当に可愛らしい方ね」

エミーリアがマティアスの袖口に触れ、視線で会場の入口の方向を示す。二人の視線を辿り、ギルバートもそちらに目を向けた。

少し遅れてきたその二人は、仲の良い婚約者らしく寄り添い合っていた。夜会服姿の若い男が、爽やかな笑顔で周囲の知人らしき貴族と挨拶を交わしている。エスコートされる艶やかな金の巻き髪の女は、動く度にふわふわと揺れる華やかな赤いドレスを着ていた。

「なるほど、確かに見目の良い男だね。人気があるのも頷ける」

令嬢達がアルベルトの様子を窺（うかが）っているのが分かる。しかし慣れているのか、アルベルトはその一切を気にせず振る舞っているようだった。むしろ隣にいる婚約者の方が、しおらしくしつつも令嬢達を牽制（けんせい）しているように見える。

「そろそろ来るよ。ギルバート、手筈（てはず）通りに」

マティアスが振り返り、にっと口角を上げる。ギルバートはそれに頷き、向かってくる二人に改めて目を向けた。

先に国王と王妃に挨拶を済ませた二人は、マティアスの前に来て深く礼をする。

「殿下、ご挨拶が遅れ申し訳ございません。フランツ伯爵家のアルベルトでございます」

マティアスはその挨拶に対し、誰もが見惚れてしまうほどに美しい微笑みを浮かべた。可哀想なことに、二人共マティアスから目を動かせずにいる。

「いや、今日は楽しんでいくといい。——噂の婚約者とは、彼女のことかな？」

ソフィアがいなければアルベルトなど全く覚えていなかったであろうことを、マティアスはおくびにも出さない。アルベルトはマティアスの言葉に驚き、目を見張った。

「女性というのは、なかなか面白い話を聞かせてくれる。可愛らしい令嬢ではないか」

ちらりとエミーリアに目を向けたマティアスに、アルベルトは納得したように表情を緩ませた。

「はい。彼女が私の婚約者、レーニシュ男爵令嬢ビアンカでございます。互いに良い年齢になりましたので、この夜会から同伴させていただいております」

ビアンカがアルベルトの隣で頭を下げる。マティアスは少し大仰に振り返り、ギルバートに目を向けた。ギルバートはそれを合図に数歩前に出る。

「そうか。アルベルト殿は今何歳だったかな？」

「十八でございます」

「十八か。——ではこれから王城に出入りすることも増えるだろう。私の友人のことも知っておいてやってくれ。紹介しよう。フォルスター侯爵、ギルバートだ」

自然な流れで紹介をすると言われていたものの、少し無理があるのではないかと思ったギルバートだったが、アルベルトは王太子の友人を紹介された興奮で全く気にしていないようだった。

「ギルバート・フォルスターだ。よろしく」

「よろしくお願いします、アルベルト・フランツと申します。殿下のご友人をご紹介いただけるなど……光栄でございます！」

ギルバートが友好の証のように右手を差し出せば、何の警戒もなく握り返してくる。近くにいた貴族達が目を逸らした。ギルバートの能力は、有力貴族や彼等と仲の良い者、そして社交界の噂話に詳しい者なら知っている。まだ若いアルベルトと令嬢同士の交流が少ないビアンカは知らないだろうというマティアスの読みが当たった。ギルバートがここにいる限り、二人に真実を伝える勇気がある者もいないだろう。

断片的な映像と音声がギルバートの脳内に流れ込んでくる。そのままでは意味を成さないそれを、空気を読まない振りをしたエミーリアが誘導した。

「ご婚約されたのは幼い頃だったと聞いているわ。本当におめでとう」

「恐れ入ります」

アルベルトは不意を突かれ驚いたのか、ギルバートとの握手を解かないままそれに答える。瞬間、映像と音声が重なった。

薄茶色の髪と深緑色の瞳を持つ愛らしい少女と、その両親であろう男女。同じようにまだ幼いアルベルトの横にいるのは、老齢の男だ。

『この子が僕のお嫁さんになるんだよね』

幼いアルベルトが老齢の男に聞く。男はその頭を撫でて微笑んだ。

『ああ、そうだよ。ソフィア嬢だ。優しくしてあげなさい』

その言葉を聞いて表情を輝かせたアルベルトが、少女——幼いソフィアの手を取る。

『よろしくね、ソフィア』

ソフィアは不安そうに両親を見上げるが、微笑みながら頷かれてアルベルトに向き直った。

『アルベルトさまが、ソフィアの王子さまなの？』

小首を傾げたソフィアにアルベルトは僅かの間動きを止めたが、すぐに頷いてみせた。

『そうだよ。君は僕と結婚するんだ』

アルベルトの返事を聞いたソフィアの表情からは、それまでの不安の色が消えていた。

『うん、わかったっ！』

幼いソフィアは花が綻ぶような笑顔でアルベルトの手を握り返し、くるくると回っている。ダンスか何かのつもりだろうか。最初は戸惑っていたアルベルトも、やがて大人の真似をするように動いて、不格好だが可愛らしいワルツのようになる。周りの大人達は微笑ましそうに見つめていた。

ギルバートは脳内の映像と音声を処理し、アルベルトの目を正面から見据えた。表情を動かさないことには自信がある。どこか仕事で容疑者と向き合うときのような心境だった。実際にはごく僅かの間だったので、アルベルトも違和感なく微笑んでいる。ギルバートの様子を見てマティアスが口を開いた。

「それはおめでとう。今日は二人で出席してくれて嬉しいよ」

その言葉で手を離そうとした瞬間、またもギルバートの中にある光景が流れ込んできた。

『私はビアンカ嬢を愛しています。だから、ソフィア嬢との婚約を破棄させてもらいたい。――なに、男爵にとっても、悪い話ではないでしょう』

アルベルトが、何一つ悪びれた様子のない爽やかな笑顔で言う。向かいに座っているのは、恰幅の良い男と細面の女だ。二人は満面の笑みを浮かべている。

『私共の娘がアルベルト様のお気に召されたのでしたら、大変光栄なことでございますわ』

『いやぁ、親として、とても嬉しいことですよ』

場所は先程と同じようなのに、調度も雰囲気も全く異なっていた。ギルバートが一瞬でも羨んだ優しく暖かい雰囲気はない。

最近のことのようだったが、あの夫婦は、レーニシュ男爵夫妻だろうか。そしてこの男――アルベルトは、何故こんなことを言ったのか。

「――また機会があれば、是非ゆっくりお話ししましょう」

ギルバートはそう言って、意識的に手を解いた。これ以上見ていたくないような、見てはいけないような、複雑な気持ちだった。

「ありがとうございます！　お時間をいただき、失礼しました。――ビアンカ、おいで」

アルベルトはエスコートしようと左手を差し出す。ビアンカはそれに応えるために一歩足を踏み出した。その機会を見逃さず、ギルバートはつま先で小さく床を鳴らす。魔法で床に現れた突起に、ビアンカはバランスを崩して転びそうになった。ギルバートはその身体を片腕で支える。

「大丈夫か？」

至近距離でギルバートの顔を見たビアンカは、すぐには動けずにいるようだ。ギルバートは己の顔の良し悪しについて特に深く考えたことはなかったが、こんなときばかりは便利なそれに感謝する。

令嬢相手に不用意に質問をすることができない以上、時間が重要だからだ。

ビアンカを支えるギルバートの手から、また断片的な映像と音声が脳内に流れ込んでくる。それはそのままでは意味を成さないが、強い気持ちを読み取るには充分だ。特にビアンカの思いは強いようで、予想以上に意味のある情報を得ることができそうだった。

そしてギルバートは、レーニシュ男爵家で何があったかをほぼ完璧に悟った。

『——さっさと出て行け、この役立たずが！』

床に叩きつけられる細いソフィアの身体。

『お荷物の間違いでしょう？』

嘲るような笑い声。

『その身一つで、どこへでも行っておしまいなさい』

冷たい言葉に肩を震わせるソフィア。

『お世話に……なりました』

絞り出すような声と感情が抜け落ちたような表情。

『これで、ずっと一緒にいられるのね！』

熱を込めた目でビアンカを見つめるアルベルト。破った手紙の山。

『素敵なドレス！　ありがとう、アルベルト様』

紅潮する頬と、満足げなアルベルト。

ギルバートがぐっと腕に力を入れれば、ビアンカは転ぶことなく無事に姿勢を立て直した。普段から感情を抑えることに慣れていて良かったと思う。

「あ、ありがとうございます」

突然のことに頬を染めたビアンカに、アルベルトが歩み寄る。

「ビアンカ、少し休もうか。フォルスター侯爵殿、ありがとうございました。殿下、妃殿下。御前失礼させていただきます」

礼儀正しく頭を下げるアルベルトは、エスコートされて歩き出してなおちらりと振り返りギルバートに視線を向けるビアンカより、ずっと誠実だろう。

「お疲れ、ギルバート。その表情、何が見えたんだい？」

先程まで目を逸らしていた貴族達は、興味があるのか一転してこちらの様子を窺っている。ギルバートは気付かれないように小さく嘆息した。

「後ほど、夜会が終わりましたらお話しさせていただきます」

ギルバートの表情から何かあったらしいと悟ったマティアスとエミーリアは、顔を見合わせて頷いた。

どうしてもギルバートの意識は、先程の脳内の映像と音声に向かっていく。

自らをお荷物だと言っていたソフィアは、そう思い込んでしまうほど、繰り返し罵倒されてきたのだろうか。細く頼りない身体は少し力を入れれば壊れてしまいそうなのに、何故あのような扱いができるのか、ギルバートには理解できなかった。

何より映像の中のソフィアの苦しげな表情が心に刺さった。そして、幼い頃の見たことがなかった曇りのない笑顔が、眩(まぶ)しかった。

夜会を終え、マティアスとエミーリアと共に情報を整理してから帰宅する。

厳しい表情をしていたマティアスは、それでもあくまで家庭内の諍いの範囲だと言っていた。事実、ギルバートもそうとしか言えないと思う。この国の法律に、それを裁くものは存在しない。ましてギルバートが記憶を見ただけで裁くことなど不可能だ。

家に帰ったギルバートは出迎えのハンスから簡単な報告を受け、荷物も無いので一人私室に向かう。かなり遅い時間になってしまったようだ。夜会のための騎士の盛装は堅苦しく、早く着替えてしまいたかった。ギルバートが二つ目の扉を開けたところで、奥の部屋から物音がした。はっと気付いて、そのまま勢いよく奥の扉を開ける。

「——わ……っ、おかえりなさいませ、ギルバート様。遅くに申し訳ございません」

驚いた表情のソフィアは、濡れた髪をタオルで拭っていたようだった。飾り気のないワンピースは、部屋着の代わりにいつも着ているものだ。

「ソフィア——」

名を呼んだ瞬間に衝動のようにギルバートの中に湧き上がったのは、らしくもない獰猛な感情だった。ギルバートはソフィアにつかつかと歩み寄り、感情のままに両腕できつく抱き締める。腕の中にある身体は華奢だが確かにそこにあった。当然のことに強い安堵を覚えたギルバートは、ソフィアの濡れ髪に顔を寄せた。

◇　◇　◇

その日ソフィアの入浴時間がいつもより遅くなったのには理由があった。ソフィアが給料を受け取る場に立ち合ったカリーナが、夕食後の時間にソフィアに物の相場について教えてくれていたからだ。

子供の頃に両親から貰ったお小遣い以外に現金を手にしたことがなかったのに、突然使用人の初任給と同額の給料を貰ったのだ。こんなに貰えるのかと驚いたソフィアにカリーナは呆れ、仕事用のメモが数ページ埋まってしまうほど詳しく教えてくれた。その話は、様子を見にきたメイド長に止められるまで続いたのだった。

それからソフィアは一度部屋へ戻り、着替えを持ってギルバートの部屋へと向かった。入浴を終えてタオルで髪を拭う。最近はいつもギルバートに魔法で乾かしてもらっていたため忘れていたが、唯一令嬢らしく伸ばしている長い髪は、乾くのに時間がかかった。諦めて濡れ髪のまま自室へ戻ろうと浴室を出る。

いつもはかけられる声がないことが、少し寂しかった。ここで暮らし始めてからギルバートに会わない夜はなかったのだと気付いたが、今夜はいないことも分かっている。

だから寝室の扉が開けられたとき、ソフィアは驚きと共に期待を込めて振り返った。そこにいたのは、まさに今ソフィアが顔を見たいと思っていた人物だった。

「――わ……っ、おかえりなさいませ、ギルバート様。遅くに申し訳ございません」

ソフィアは髪を拭う手を止めた。ギルバートは見慣れない騎士の盛装姿だ。普段よりも華やかで、銀の髪が映えて美しい。その凛々しさに思わずソフィアが見惚れていると、藍色の瞳が揺らめいた。

「ソフィア――」

名を呼ばれて返事をしようとした瞬間、ソフィアはギルバートの腕の中にいた。強い力に押し潰され、口からは意図せず吐息が漏れる。自分とは異なる身体の硬さと力強さに、身体中の血液が沸騰してしまったかのように体温が上がっていく。

上半身を屈めたギルバートの顔が、ソフィアの濡れ髪に寄せられる。唇が、微かに首筋に触れた。

「きゃ……っ」

思わず小さな悲鳴を上げると、ギルバートはソフィアの両肩を掴んで勢い良く引き剥がした。正面から見つめられて、ソフィアの頬が紅潮していく。ギルバートは何かに驚いているかのように、ソフィアから目を逸らさなかった。

「ギルバート様……？」

「――すまなかった」

ソフィアの肩を掴んでいた手が、優しく髪を梳かすようにして離された。同時に乾いた髪が、さらりと肩と背中に落ちる。何かを言おうとするようにギルバートの口が動いた。ソフィアは先を促して僅かに首を傾げるが、ギルバートは目を逸らして小さく嘆息しただけだった。

「今日は何があった？」

いつも通りの言葉が、恥ずかしさから逃げ出したかったソフィアの両足をその場に踏み止まらせる。平常心を言い聞かせながら、おずおずと口を開いた。

「あの、ええと……今日はお給料日でした。カリーナから物の値段について教えてもらっていたら、遅くなってしまって――」

あまり表情の動かないギルバートが、今は羨ましかった。ソフィアはこんなにも必死に気持ちを隠しているのに。

「そうか。何か欲しいものでもあるのか？」

その質問に返事を躊躇する。欲しいものがあるというわけではないが、できればギルバートとカリーナに何かを贈りたいと思っていたのだ。カリーナが一緒に買い物に行こうかと誘ってくれたが、共に出掛けて迷惑を掛けたくないからとソフィアは断った。

カリーナには、魔力が無いことをまだ伝えられていない。フォルスター侯爵邸での生活は不自由なく、仕事でも魔道具を使わないため、話す機会がなかったのだ。

「いえ、あの。お買い物は行かないです」

「何故だ？」

端的に聞き返され、言葉に詰まる。ギルバートが笑うことはないだろうと思い直し、ソフィアは素直に答えた。

「――お恥ずかしい話ですが。私、買い物にも、一人で街にも……行ったことがなくて」

五年前に両親が死んでしまってから、ソフィアはレーニシュ男爵邸で隠れるように生きてきた。幼い頃は両親と共に出掛けていたが、一人になってしまってからは誰もついて来てくれることのない買い物に出掛けることは怖くてできなかった。

情けなさに俯くと、ついさっきソフィアを抱き締めた逞しい腕が視界に入り、思わず目を瞑る。まだ頬の熱は冷めてくれない。

「今度の休みに行くか」

その突然の申し出に、ソフィアははっと顔を上げた。

「ですが……」

忙しいのではないか、と顔に書いてあったのか、ギルバートが苦笑する。ソフィアはそのどこか甘さの混ざる表情に、両手でワンピースの裾をぐっと握り締めた。

「そのくらいの時間は調整する。行きたいところを考えておけ」

言うだけ言って、ギルバートはソフィアの横を通り過ぎていった。浴室の扉を開ける音が、やけに大きく聞こえる。

「――おやすみ」

ギルバートが振り返ることなく言った。ソフィアがその背中に挨拶を返すより先に、扉が閉まる。

誰もいない空間に向かって、小さく呟いた。

「おやすみ……なさいませ、ギルバート様」


いつもは歩いて戻る廊下も、今日ばかりは駆け足になる。紅潮した頬を隠すように、高鳴る鼓動を誤魔化すように。

誰ともすれ違わなかったことに感謝し、ソフィアは自室に入って内鍵を閉めた。瞬間、それまで頑張っていた両足から力が抜け、ぺたりと床に座り込む。動きを止めても収まらない熱の理由は、誰よりも自分が一番分かっていた。

「――っ……」

ギルバートの唇が触れた首筋に触れる。少し冷えた指先の温度が、唇のそれと重なった。身体が熱く、視界が揺れる。瞳が涙で潤んでいくのを堪える余裕も無いほど、ソフィアの心の中はギルバートへの想いでいっぱいに占められていた。

3章　令嬢は黒騎士様と街に行く

「――それって、デートじゃないの!?」

ソフィアの話を聞いたカリーナが、頬を紅潮させて言った。ソフィアは向けられた数人の目が気になって首を竦める。

今日はソフィアとカリーナ、二人共休日だった。休日は侯爵邸内の使用人スペースで自由に過ごして良いことになっている。外出する者も多いが、その場合は裏門で名前を書いて出掛ける決まりだ。外出しなければ食事はいつも通りのものを貰える。使用人ホールの片隅で、二人はランチを済ませてからしばらくの間話し込んでいた。

「カリーナっ!　声を落として……」

「あ、ごめんごめん。でも、ギルバート様から出掛けようって仰ったんでしょう?」

カリーナはまるで自分のことのように瞳を輝かせている。

「それは……そうなんだけど。私が買い物に行ったことがないなんて言ったから、可哀想だと思われたのよ、きっと」

口にはしないが、直前に抱き締めてしまったことを誤魔化すためでもあったのかもしれない。あの日、ギルバートは会話中にソフィアの手に触れなかった。あれから数日が経つが、ギルバートは一切そのことについて話題に上げない。何事も無かったかのように振る舞われ、ソフィアもまたはっきりと自覚してしまった恋心を隠し続けている。

「そうかもしれないけど。せっかくなんだし、楽しんだら良いんじゃない?　ここに来てから一度も出掛けてないでしょう」

「行きたいところって言われても、何があるのか分からないわ……」

ここに来てからどころか、ここ数年は王都を出歩いていない。目を逸らして嘆息したソフィアに、カリーナは笑いかけた。

「ここはフォルスター侯爵邸よ、ソフィア。調べものなら、このホールだけでも充分だわ」

カリーナが目を向けたのは、壁に据え付けられた本棚だ。そこには使用人達が持ち寄り、時には侯爵家の家人が下げ渡してくれた本が並べられている。自由に読んで良いというそれの中には、王都の地図や観光案内くらいあるだろう。

「そうね」

ソフィアは少し明るい声音でカリーナに同意する。とても楽しみだったが、同時に不安もあった。王都を歩くのは、家を追い出されたあの日以来だ。どうしても思い出すのは、痛む身体と行き場のなかった心。そして、ギルバートとの出会いだ。最初は分かり辛い優しさに戸惑ったが、今ではそれがなくなることを恐れている。

「ほら、地図よ」

ばさりと広げられた王都の地図に、ソフィアは驚いた。まさに観光案内図にもなっているのか、ところどころに簡単な絵が描き込まれている。ソフィアが思考の中にいるうちに、カリーナが持ってきてくれたらしい。

「ありがとう」

「それで、何を買いたいの？」

カリーナに問われ、ソフィアは首を傾げた。必要な物と欲しい物は違う。

「お菓子と……靴と上着？　できればシンプルなハンカチと、針と糸も欲しいわ」

男爵家にいた頃は、一人部屋で刺繍をしていることも多かった。ビアンカが自分が刺繍したものとして教会や孤児院に寄付するために、ソフィアに強制していたとも言える。靴はあの日履いていたもの以外に制服用しかなく、上着も制服のもの以外に持っていない。お菓子は、カリーナに贈るつもりだ。

「何。ソフィア、刺繍とかするの？」

「……お渡しできればと思って」

頬を染めたソフィアは、俯いてテーブルの上の地図を見る振りをした。カリーナの顔を正面から見るのも恥ずかしい。誰に、など言わなくてもお見通しだろう。

「ああ、もうっ！　もはや羨ましいわね、ギルバート様が。それなら……この通りは安くて良い服屋が揃っているし、お菓子屋さんもあるわよ。裁縫道具は私は詳しくないけど、こっちの……ああ、ここよ、ここ」

カリーナは地図の上で指を動かし、ある一点を指差した。丁寧に絵も描かれているそこは、随分大きな店のようだ。

「王都で一番大きい手芸のお店らしいわ。無地のハンカチも買えると思うわよ」

それぞれの通りと店の名前を教えてくれるカリーナに感謝しつつ、ソフィアはメモにそれを書きつけていく。

「カリーナ、ありがとう。私だけじゃ、全然分からなかったわ」

まだ日付すら決まっていないのに、浮かれている自分が恥ずかしかった。それでもカリーナの心遣いは嬉しかったし、ギルバートとの外出は楽しみだ。素直に感謝の言葉を口にしたソフィアに、カリーナは呆れたように嘆息する。ソフィアは何故溜息を吐かれたか分からない。

「それは良いのだけれど。ソフィア、何を着て行くつもりなの？」

カリーナには、最初のソフィアの荷物を知られている。小さなトランク一個だったのだから、中に大して入っていないことは明白だろう。

「手持ちのワンピースと……制服のコートがあったから大丈夫よ」

制服に合わせて支給されている、外出用のコートとストール。改めてフォルスター侯爵家は良い職場だとソフィアは思った。しかしカリーナは納得できないようで、腕を組んで眉を下げている。

「――ソフィア、これから私の部屋に来てくれない？」

「え、なに？」

真面目な表情で見つめられ、ソフィアは首を傾げる。

「デートに支給のコートで行くなんて、聞いたことないわよっ！　私の服貸してあげるから、今からサイズ確認しましょう」

立ち上がったカリーナは地図を折り畳み、本棚に戻す。

「あのね、だからデートじゃ……」

「遠慮しないのっ」

躊躇するソフィアは、カリーナにぐいぐいと腕を引かれて使用人ホールを出た。

連れてこられたカリーナの部屋は、全体的に明るい色の小物が多かった。マグカップやテーブルクロスは個人の持ち物のようで、花のランプ以外は殺風景なソフィアの部屋と比べると随分と華やかだ。

ソフィアはフォルスター侯爵邸で自分以外の使用人の部屋を見たことはなかった。興味深く見れば、内装は全く同じで魔道具の調度が置かれているところだけが異なっているようだ。

「それで、ソフィアはどの服を着て行くつもりだったの？　多分、全部見たことあるから言ってみなさい」

楽しそうに身を乗り出すカリーナに、ソフィアは圧倒される。全部見たことがあるとは、覚えているという意味だろうか。

「ええと……深緑色のワンピースよ。一番新しい服なの」

レーニシュ男爵家では、ソフィアの服はいつも後回しだった。ビアンカの要らなくなった服を貰えるときは運が良いくらいで、ほつれを繕って着るのが常だったのだ。

そんな中、唯一そのワンピースは新品でソフィアの物になった。ビアンカがソフィアの瞳と同じ色だから着たくないと言って捨てたのを、こっそりと拾ったものだ。男爵邸では一度も着られなかった服は、新品同様だ。

「ソフィアの瞳と同じ色のよね。可愛いじゃない。……それなら」

カリーナがクローゼットの扉を開ける。申し訳なく思いながらもわくわくしていた。ソフィアも可愛いものは好きだし、お洒落にも興味がある。カリーナは何着かの服を引き出しては戻してを繰り返し、白いブラウスとケープを選んだ。

「これを合わせてみて。ブラウスはワンピースの下に着るの。きっと似合うわ」

「ありがとう、カリーナ」

自信ありげな表情で勧めるカリーナに、ソフィアは心からお礼を言った。ケープをふわりと羽織ってみれば、ところどころにファーの付いた柔らかなデザインが可愛らしく、思わず口元が緩む。

「日付が決まったら教えてね。朝から気合い入れちゃうから！」

「えっと……気合いって？」

首を傾げたソフィアに、カリーナは笑う。

「私、若い女の子の侍女って憧れてたの。せっかくの機会だもの。手伝わせてくれるわよね？」

有無を言わせない様子のカリーナに、ソフィアは頷くのを躊躇った。侍女の真似事と言っても、ソフィアも使用人の身分だ。お遊びでもそんな思いをするのは気が引ける。

「カリーナ、私も使用人よ。そんな分不相応なこと、言わないで」

「いいじゃない。ソフィアがギルバート様と仲良くなって、困る人なんていないわ」

無邪気に笑うカリーナに、ソフィアは内心で嘆息した。例えばギルバートの両親や、侯爵家に娘を嫁がせたいと願っている貴族などはきっと困るだろうと思う。どれだけ魔力が強く恐れられていたとしても、眉目秀麗で文武両道の侯爵は人気者だろう。

「前にも話したけれど……私には不釣り合いだわ」

それでも胸の奥に芽生えた恋心は消えてくれない。抱き締められた腕の強さと自分のものではない体温が、ふとした瞬間に思い出される。正面から見つめてくる目が、話すときに触れ合う手が、ずっと熱を持っているようだった。

「夢見ることは自由よ、ソフィア。一つくらい、こうであってほしいと望んだって良いじゃない」

カリーナの言葉は、ソフィアに優しい。

期待も希望も、フォルスター侯爵邸に来るまでは忘れていた。先回りして諦めた方が苦しいことは少なくて済む。無言のまま俯いたソフィアは、ぎゅっと両手を握った。カリーナは言葉を続ける。

「それにね。好きにならないようにって思ってても、恋って落ちちゃうものって言うじゃない？　それじゃ仕方ないわ。せめて楽しんだ方がお得よ、お得！」

　ソフィアがおずおずと顔を上げると、カリーナは変わらず笑っていた。極論なのは分かっている。それでもカリーナの笑顔とギルバートの優しさに、釣り合うだけの自分になりたかった。

「カリーナ、ありがとう。私もカリーナと友達になれて良かった」

「ああもうっ。私も大好きよ、ソフィア！」

　まるで飛びつくように抱き付いてきたカリーナに、控えめに腕を添えて気持ちを返す。前の向き方などソフィアには分からないけれど、カリーナとのランチはいつも楽しみにしている。何かを楽しみに過ごすことが無かったソフィアにとって、それは大きな変化だった。


　いつものように浴室を借り、ギルバートに髪を乾かしてもらう。ソフィアの髪を乾かすためだけに魔法を使うのは贅沢だと思うが、ギルバートは気にも留めていないようだった。

「あの、ありがとうございます」

　気持ちを自覚してから、話すだけでも恥ずかしくて俯きがちになってしまうソフィアだったが、必死に顔を上げた。ギルバートの僅かな表情の変化を見逃さないように、少しでも見ていられるように。そして、今より少しでも前を向けるように。

「今日は何があった？」

どこか温かくそれでいて無機質な声が、ソフィアの心を解きほぐしていく。ギルバートに手を引かれて、ソファに並んで腰掛けた。握り返す勇気はまだソフィアには無い。

「今日はお休みでしたので、カリーナと一緒に過ごしてました」

「そうか」

いつも通りに相槌を打つギルバートに安心する。だが、今日はこれからがソフィアにとっては頑張りどころだった。カリーナに背を押されてしまったからには、行きたい場所を伝えなければならない。

「それで、あの」

おずおずと切り出せば、ギルバートは興味深げに見てくる。なけなしの勇気を振り絞って、ソフィアはギルバートの藍色の瞳を見つめ返した。楽しんだ方がお得だと言ったカリーナの明るい声が脳裏をよぎる。

「行きたい場所、考えてきたんですけど……っ」

ギルバートは驚いたように目を見張った。ソフィアは震える手をぎゅっと握った。自分の意思を口に出すのはやはり苦手だ。またも俯きそうになるのを堪える。

「──何処だ？」

ギルバートの目が探るようにまっすぐにソフィアに向けられた。取り繕うこともできない芽生えたばかりの気持ちなど、すぐに伝わってしまいそうだ。喉の奥が引き攣ったように、声が震えてしまう。

「あ……はい。ええと」

ソフィアは、持ってきていたメモを取り出し、教えてもらった名前を口にしていく。ギルバートは知っている場所だったのか、数度頷いた。

「分かった。来週で良いか？」

「えっ？」

思っていたよりも早い返答にソフィアは驚いた。

「次の休みは六日後だろう。私もその日は休んで問題ない」

「ありがとうございます……！」

ハンスから聞いて知っていたのだろう、ギルバートは当然のようにソフィアの休日を把握している。ソフィアは思わず瞳を輝かせ、ギルバートを見上げた。気にしていてくれたことを嬉しく思う。買い物に出掛けることが、また少し楽しみになった。

「良かった。お前が喜んでいて」

ギルバートがぽつりと呟いた。聞き間違いかと思い、ソフィアは首を傾げる。

「ギルバート様？」

ギルバートの目が逸らされた。暫し逡巡するように間をあけた後、迷いを振り切るように、重ねていた手に力を入れられた。

「あまり街に行くことはなかっただろう。不安があるかと思っていた」

ソフィアは小さく肩を震わせる。

「それは……」

確かに不安だった。人が多い場所は慣れないし、侯爵邸の外へ出るのもまだ怖い。思わず俯くと、ギルバートの大きな手が視界に入った。ソフィアの手を包み込むように、優しく重ねられている。

「カリーナが色々と教えてくれましたし……それに。ギルバート様と一緒ですから、大丈夫だと思います」

勇気を出して顔を上げ、ギルバートの顔を正面から見る。ギルバートは僅かに目を見開いたが、すぐに柔らかい表情になった。繋(つな)いでいない方の手で、ギルバートがソフィアの頭を優しく撫(な)でる。

「ソフィア、私はお前に感謝している」

穏やかな声は、ソフィアを甘やかすように二人きりの部屋に響いた。

「お前は私が触れることを許してくれる。あまり得意ではないだろうに、一生懸命に話をしてくれる」

ギルバートの藍色の瞳が優しく細められる。ソフィアはその動きを追いかけるのに必死で、目を離せずにいた。

「──ありがとう」

瞬間、ソフィアの心の中の大きな穴が、温かいもので満たされていくような気がした。多幸感がソフィアの心を柔らかくしていく。ふわりと口角を上げれば、これまでで一番自然な笑顔ができた。

ギルバートがまっすぐにソフィアを見ている。その口角が、嬉しそうに上がった。その甘い微笑(ほほえ)みは、春の雪解けのように温かく美しい。

「ギルバート様、あの……」

「お前は笑っている方が良い」

くしゃくしゃと撫でられ、ソフィアは首を竦めた。上目遣いにギルバートの表情を窺(うかが)うと、変わらず優しい微笑みを浮かべている。

「……ありがとうございます」

ソフィアは頬が赤くなっていくのを感じながら、どうにかそれだけ口にした。

休日を申請するのは簡単だ。騎士団第二小隊の執務室で、様々な申請書類の入っている引き出しから休日申請書を取り、必要事項を書いて隊長のアーベルに渡せば良い。日程によっては同僚間での調整が必要だったが、五日後のギルバートには代役が必要な仕事はない。

ソフィアと外出についての話をした翌日、ギルバートは仕事を終えた後の執務室で休日申請をしようとしていた。貴族の場合は特に外せない用事がある者が多く、ギルバートもこれまでに何度も申請を出している。だから日報と一緒に申請書を渡したとき、執務室が騒ついたのは予想外だった。

「――何ですか」

ギルバートを興味深げに見ている者ばかりでなく、近くの席で耳打ちをしている者もいる。特におかしなところがあるつもりはないギルバートは、小さく嘆息した。

「隊長、日報です。併せて休日申請をお願いします」

同僚達に話すつもりがないのなら、こちらも探るつもりはない。気を取り直してアーベルに向き直ると、呆れた顔でギルバートを見ている。

「なあ、ギルバート。俺は逆にこいつらが可哀想になるぞ」

「何のことでしょうか」

「……女か？」

アーベルの口から出た言葉に、ギルバートは目を見張った。ざわっと執務室が一気に賑やかになる。

普段は雑談をしない者までもが、身体を乗り出すようにしてこちらの様子を窺っていた。

「副隊長、彼女できたんですか⁉」

「最近隊舎に泊まらないですし！」

「なんか雰囲気柔らかくなってますし！」

口々に言われ、ギルバートは閉口した。自分自身では何も変わったつもりはないが、そんな風に見えていたのかと驚く。そして先程の休日申請で執務室の空気が揺れた理由にも思い至った。

「いえ……」

咄嗟に出た否定の言葉は、あまり効果がないようだ。しかし、確かにソフィアが家に来てからというもの、王城の隊舎に泊まり込むことはなくなった。前は遅くなると帰るのが面倒で、よく利用していたのだが。

「それで、どんな子だ？」

アーベルはにっと口角を上げた。もはやアーベルを含めた皆には、ギルバートの変化の理由が彼女ができたためだと確定されているらしい。女かと言われればその通りだが、本当のことを答えたところで納得しないだろうし、あるがままを話すつもりもない。暫し思考を巡らし、口を開いた。

「――猫を拾いまして」

張り詰めていた執務室の雰囲気が一気に緩んだ。

「え、……猫？　そんなのありですかー！」

最も興味を示していたケヴィンが、ぽかんと口を開けた。隣に座る仲の良い同僚のトビアスに、顎を押さえて持ち上げる仕草をされている。他の者達も口には出さないながらも不思議そうな様子だ。

ギルバートは内心でほくそ笑んだ。アーベルが胡乱な表情でこちらを見ている。

「……猫？　お前がか？」

「はい。家で待っておりますので」

男ばかりの近衛騎士団で、ソフィアが女であると言ってしまうと面倒なことになる。咄嗟に絞り出した策だったが、これを貫いてしまおうとギルバートは決めた。

「お前がそれほど惚れ込むとは、どんな猫なんだ？」

どんな、と言われると深く考えたことはなかった。元々ギルバートは言葉が足りない、下手だと言われることが多い。上官であるアーベルの質問に真摯に答えようと、少しでも丁寧にと心掛けながら言葉を選ぶ。

「――深緑色の瞳が印象的で」

「お、おう？」

ソフィアを思い出し、ギルバートは口を開いた。

「柔らかい毛を撫でていると心地良くて、臆病なのに親しもうと近付いてくるところが……可愛らしく思えて」

昨日の夜見せてくれた笑顔はとても可愛かった。もっと笑わせてやりたいが、どうしたら良いだろうか。辛いことなど全て取り除いて、幸福で優しい世界で守ってやれたらどれだけ良いだろう。少しずつ前を向いていく姿を見るのも、最近の楽しみの一つだ。

「閉じ込めて私の元から逃げないようにしてしまいたいような、他の者とも仲良くしている姿を見るのが嬉しいような――」

「――おい、それ猫の話だよな？」

アーベルが珍しく間の抜けた顔でこちらを見ている。他の隊員達も、似たような表情をしていた。

「はい、猫ですが」

言い切ってしまえば何も言われないだろうと思い、ギルバートはあえてばっさりと答える。アーベルがゆっくりと立ち上がってギルバートの肩に手を乗せた。

「お前……そんなに猫に入れ込んでたら、本当に結婚できなくなるぞ。ただでさえ浮いた話がないと思ってたが、猫相手にそんな顔しやがって」

ギルバートは今自分がどんな表情をしているのか分からず、おもむろに右手を頬に当てた。それを見ていた同僚が何人か溜息を吐く。

「副隊長っ！　目の毒なんで、お願いですから色気抑えてください！」

焦ったように言う後輩に目を向けると、彼は両手で顔を覆っていた。色気とは何のことだろうかと不思議に思うも、揶揄われていることだけは分かる。ギルバートは不機嫌を隠さず眉間に皺を寄せた。途端に場の空気が凍る。

それを融かすように、アーベルが声を上げて笑った。

「分かった分かった。申請は通すから安心しろ。愛しの猫ちゃんによろしくな」

「――ありがとうございます」

ギルバートは一礼して執務室から出た。これまでは仕事だけが楽しみだったが、最近は帰宅した後にも一つ楽しみがある。そう思えば仕事にも自然と以前より力が入った。実際、残業を減らしていても仕事量は減っておらず、むしろ増やしているほどだ。

以降、騎士団では第二小隊を中心に、ギルバートが飼い猫を溺愛しているとの噂が広まった。そしてそれまで話したこともない他の隊の者達から、それぞれの飼い猫自慢を聞かされることになるのだが――このときのギルバートには知る由もなかった。

ギルバートとの待ち合わせ場所はフォルスター侯爵家の正門前だ。ソフィアは裏口で名前を書き、侯爵邸を出た。初めての外出に、不安と好奇心で胸が押し潰されそうだった。

今日は朝からカリーナがソフィアの髪を整え、薄く化粧もしてくれた。笑顔で送り出してくれたが、おかしなところはないだろうか。目を落とすと、柔らかな素材の白いケープが目に入る。カリーナが貸してくれたそれに少し勇気を貰った。

正門の前には馬車が用意され、その横には見慣れない私服姿のギルバートが立っていた。すっきりとしたシルエットのシンプルな服なのに、思わず目を惹(ひ)く姿に気が引ける。ソフィアは思い切って駆け寄った。

「ギルバート様っ、お待たせして申し訳ございません……！」

見上げると、ギルバートがソフィアを見ている。恥ずかしくて頬が染まった。

「いや、待っていない。……近くまで馬車で行こう」

先に足を踏み出したギルバートが、自然な動作でソフィアの右手を取った。慣れてきた感覚だが、外で重ねるのは初めてである。そのまま箱馬車へとエスコートされ、ソフィアは少し高い踏み台に足を乗せて馬車に乗り込んだ。

この馬車に乗るのは二度目だ。以前乗ったときは押し込むように乗せられたことを思い出して、居た堪れない気持ちになる。ギルバートもすぐに乗り込み、ソフィアの向かい側に座った。

「あの、今日はありがとうございます」

動き出した馬車の中で口を開くと、少し緊張が和らぐような気がした。ソフィアは上目遣いにギルバートの表情を窺う。

「たまには街に行くのも悪くない。一人では出歩くことも少ないから」

「そう、なのですか？」

おずおずと聞き返すと、ギルバートは軽く目を細めた。ソフィアは両手をスカートの上でぎゅっと握る。向かい合わせに座っているせいで、今は一緒にいても繋がれないままだ。

「ああ、私の場合はそうだ。だからお前と出掛けられて良かった」

いつだって甘やかす言葉を当然のように言うギルバートに、ソフィアは翻弄されてばかりだ。すぐに赤く染まってしまう頬を隠すように俯いた。

息苦しくない慣れた沈黙の中、窓の外を流れていく景色を視界の端に映しながら、馬車は商業地区へと向かっていた。


「手を」

馬車は道の端に停めた。先に降りたギルバートが、まだ中にいるソフィアに左手を差し出す。ソフィアはそれに右手を重ね、御者が置いた踏み台を使い地面に降り立った。多くの人が行き交う街は活気に溢れている。音に、声に、人の熱気に、波のように圧倒され、ソフィアは思わず一歩足を引いた。

「あ……あの。ギルバート様」

顔が引き攣っているのが分かる。やはり王都の商業地区は小さな男爵領の商店街とは全く異なっていた。かつて両親と来たことがあったはずだが、ソフィアはあまりよく覚えていない。街は家を追い出され彷徨っていたあの日同様に、ソフィアを拒絶しているかのように見えた。

「大丈夫だ、ソフィア」

ギルバートが顔を青くしているソフィアを窺うように、腰を落として目を合わせてくる。いつもは見上げている顔が同じ高さにあると、逃げ場がなくなるようだ。重ねたままの手をぎゅっと握られて、ソフィアの心臓が大きく鳴った。

「外を歩いているときは、離さない」

ソフィアは目を見張った。不安や恐怖を悟られていたことを恥じる気持ちと、その言葉だけで満たされていく心の矛盾に戸惑う。

「は……はい。あの、よろしくお願いします……」

どうしても自信のなさそうな声になってしまう自分が情けなかった。それでも藍色の瞳をまっすぐに見つめ返すと、ギルバートの口角が僅かに上がる。

「では行こうか」

手を引かれて馬車の陰から街へと出る。華やかな看板と、可愛い菓子屋、カラフルな洋品店は、店頭を見ているだけでも楽しい気持ちになる。そこはソフィアが見たこともない物で溢れていた。言葉の通りしっかり握られている手がソフィアを安心させ、以前感じた恐怖を感じることはなかった。街に受け入れられないような寂しさすら、右手に感じる温かさが消してくれている。

「ギルバート様」

ゆっくりと歩きながら名前を呼ぶと、ギルバートはすぐに振り返った。

「なんだ？」

「ここは、どきどきします。なんだか……私の知らないものがたくさんで」

自然と軽くなっていく足が、ギルバートの優しい微笑みが、ソフィアの心を軽くしていく。こんなにわくわくするのは久しぶりだった。ソフィアは瞳を輝かせ、自然と笑顔になっていく。心から笑えていることが、今の幸福感が現実であると教えてくれていた。

「やはり笑っている方が良い。だが、今日は側を離れるな」

心配してくれているのだと思い、ソフィアは素直に頷く。ギルバートが僅かに目を逸らした。首を傾げたソフィアに、また視線が向けられる。

「――カリーナが手を貸したと話していたな。可愛くされ過ぎだ」

「……っ！」

ソフィアは息を呑んだ。すぐに染まる頬と熱くなる手が、痛いくらいに高鳴る鼓動が、全身で恋をしているとソフィアに訴えかけてくる。それでも繋いだ手を握り返すほどの勇気はなく、足を止めて俯いた。少し先で立ち止まったギルバートが、振り返ってソフィアの頭をぽんぽんと優しく撫でる。

「お前が前を向けるのは良いことだ。行こう」

すぐに手を引き歩き始めたギルバートの背を、顔を上げて斜め後ろから見る。ソフィアとは違う広い背中が、初めての想いを象徴しているかのように、近くにいるはずなのに遠く見えた。

慣れない買い物だったが、数軒の店を回って、どうにか靴とコートを選ぶことができた。カリーナのアドバイスのお陰だ。何を選んだら良いか分からないでいたソフィアのために、カリーナは出掛ける前に、店員に聞いて一番定番のものを買うようにと教えてくれていたのだ。それは多くを買えないソフィアがどのような服とでも合わせられるようにという気遣いだった。

一人では店員に声をかけられずにいたソフィアを助けてくれたのは、ギルバートだ。

「ありがとうございました。私一人では、何も買えなかったと思います」

まだまだ他人との会話には緊張して口籠ってしまう。フォルスター侯爵家では皆が同じ使用人の立場だからこそ成立していた会話だが、一歩外へ出れば何も知らない他人同士だ。これまでギルバートの保護下で優しい世界にいたのだと痛感する。

「後は手芸屋だったか。先に昼食にしよう」

ソフィアの手から買い物袋を取ったギルバートは、片手に纏めて持った。右手の腕輪が光り、途端に荷物が手の中から消えてしまう。

「あの……荷物は」

驚きに目を見張ったソフィアがおずおずと尋ねると、ギルバートは当然のように答えた。

「先に馬車に送っておいた。邪魔だろう」

「ありがとうございます……」

転移魔法を使ったと思い至り、ソフィアは僅かに顔を青くした。転移魔法とは、転移装置がある場所に手元の物を送ることができる魔法だ。強い魔力がなければ使用できないが、魔力さえあれば、装置と装置の間ならば人も移動できるらしい。本来は戦地の前線で補給等を行うために使われる魔法だったはずだ。本で読んだ知識が現実と結び付いていく。

決してソフィアの買ったものを馬車に送るために使うものではない。焦りから僅かに俯いたが、ギルバートはそんなソフィアの内心など知る由もなかった。

それから手を引かれて向かった広場の屋台で、ホットサンドを二つ購入した。ギルバートがお金を払おうとしたソフィアを押し留め、二つ分の代金を支払ってくれた。ソフィアは礼を言って、近くのベンチに並んで腰掛ける。

「あの……ギルバート様は、王都にお詳しいのですね」

ギルバートは迷わずその屋台を選んでいた。以前食べたことがあったのだろうか。平民のように屋台でホットサンドを買う姿に違和感を覚えて問いかけると、ギルバートは口元を僅かに歪めてホットサンドを齧った。ソフィアも真似をして口に運ぶ。

「殿下がお忍びで出掛けると、大抵は私が護衛になる」

「そうなのですね。ありがとうございます、とても美味しいです」

「そうか。良かった」

冬の始まりを告げるチェッカーベリーの赤い実が、広場に並べられたプランターの中で色の少ない季節の景色に彩りを添えている。こんもりと重たそうにその実をいっぱいに付ける様子は可愛らしい。

「──あの」

「何だ」

勇気を出して口を開くと、ギルバートがすぐにソフィアの表情を窺ってくる。

「ギルバート様のお仕事って、どのようなことをされているのですか？」

近衛騎士団第二小隊副隊長兼魔法騎士という長い名称は、ソフィアには馴染みがないものだった。本で得たことのある知識とギルバートの魔法が結び付くと、拭えない小さな恐怖が芽生えていく。ギルバートは少し考えるように目を落としてから話し始めた。

「私の仕事か。第二小隊は王太子殿下付きの隊だ。殿下の護衛を交代で行っていて、殿下の命令で事件の捜査をすることもある。魔法騎士としては、重大事件の捜査、被疑者の逮捕、取り調べ等が主な業務だ」

「あの……前線に出ることってあるのですか？」

ソフィアは不安を素直に言葉にして聞いた。しかし当然のこととして職務を遂行しているギルバートは、そんな不安など知る由もなく平坦な声音で答える。

「ああ。そう多くないが、辺境伯からの依頼や魔獣討伐、周辺諸国の紛争に駆り出されることもある」

辺境伯とは国境線付近に領地を構える貴族のことだ。国によって自ら軍を組織することを許されている彼等は、国境線を防衛するために他国と争うこともある。特に南隣にあるエラトスという国は血の気が多く、争いが頻発しているらしいことはソフィアでも知っていた。

「そう、なのですね」

それまで遠く感じていた争いというものを身近に感じ、ソフィアは心臓を鷲掴みにされたような感覚に陥った。思わず手に力が入る。ホットサンドの包み紙ががさりと鳴った。

「だが、本当に稀なことだ。お前が心配することでは――」

ソフィアの変化に気付いたのか、ギルバートが補足しようとした瞬間だった。

「きゃー！　泥棒よ！」

広場の先から女の悲鳴が聞こえた。ギルバートはすぐに表情を引き締めて立ち上がる。ソフィアもそちらに顔を向けた。女が座り込んでいる少し先で、女物の鞄を持った男が背を向けている。今にも走り出そうとしているようだ。

「――すまない。ここにいろ」

ギルバートはすぐにその現場へと駆けていった。呆気に取られたままの女を一瞥して通り過ぎ、男が消えた路地裏の方へと後を追っていく。ソフィアはその姿が見えなくなるまで見送った。垣間見たギルバートの仕事中の表情に、また少し不安に襲われる。

治安が良いと言われるこの国でも犯罪は起きているのだという、知っていたはずの現実を眼前に突き付けられて胸が苦しかった。それは小さなレーニシュ男爵邸の中にも、優しいフォルスター侯爵邸の中にもなかったものだ。

「……っ」

ソフィアは悔しさと悲しさがないまぜになり動けずにいた。視界の端で、被害者の女は街の人々に介抱されている。どうやら小さな怪我だけだったようで、ベンチに座り、簡単な治療をされているようだった。

王都の商業地区とはいえ、広場はあまり混んでいるというわけでもなかった。ベンチは埋まっていないし、道と違って人混みもない。一人でいても動かなければ確かにそう危険のない場所だろう。

まだ少し残っていたギルバートのホットサンドが冷めていく。何もできないソフィアは、せめてギルバートに迷惑も心配も掛けたくなかった。自分の分を食べて待っていようと気を取り直し、顔を上げる。

「ソフィア……？」

そこにいた一組の男女と目が合ったのは、ソフィアにとってあまりに予想外のことだった。

「──ビアンカ、アルベルト様……」

思わず目を見張ったソフィアの前で、仲睦まじげに腕を組んで歩いていた二人は驚愕の表情をしている。何事かを話しながらこちらに歩いてきた。あの日のことを思い出し、どうしても顔が引き攣ってしまう。先に口を開いたのはアルベルトだった。

「心配していたよ、ソフィア！　家を出て行ったと聞いていたが、一体どこにいたんだい？」

優しげな微笑みを浮かべ、眉を下げたアルベルトがソフィアを見下ろしている。婚約していた頃、アルベルトはいつも優しかった。あの日の言葉がなかったかのような態度にソフィアは困惑する。隣にいるビアンカが、アルベルトから見えない位置でじっとソフィアを睨んでいた。

「あ、あの。私、この先のお宅でお世話になっていて……」

フォルスター侯爵家で働きながら暮らしているとは言えなかった。使用人として働いているなどビアンカに知られてはきっと何か言われてしまうだろうし、何より今の幸せな生活に、以前の影を持ち込みたくはない。

アルベルトがレーニシュ男爵夫妻に言った婚約破棄の言葉も、真実を伝えることを躊躇う理由の一つだった。信用できないと、ソフィアの脳が警鐘を鳴らしている。

「そうか、元気そうで良かったよ。それに、そのワンピースは以前私が君に贈ったものだね。捨てたと聞いていたが、とても良く似合っているよ」

ソフィアは初めて聞く話に驚き、目を見開いた。このワンピースは、ビアンカが捨てたところをソフィアが拾ったもので、もう一年以上前のことだったはずだ。ソフィアははっとビアンカを見る。視線の先で、ビアンカは瞳を潤ませていた。わざとらしく両手を胸の前で合わせ、上目遣いにアルベルトを見上げている。

「本当に心配しましたわ、ソフィア！　無事で良かった。……アルベルト様、久しぶりに会えましたの。少し従姉妹同士、二人で話す時間をいただけませんか？」

細く震える声で言うビアンカに、アルベルトは愛おしそうな表情と甘い声で答えた。

「分かった。少し散策してくるから、後で合流しよう」

ソフィアは離れていくアルベルトを縋るような気持ちで見ていた。どんなに信用できない相手でも、ビアンカと二人にならずに済むのなら構わなかったのに。引き止めたかったが、言葉は喉につっかえてしまって出てこなかった。

「ねえ、ソフィア。久しぶりだし、落ち着いて話せるところに行きましょう」

「で、でも私、ここで待っている人が──」

ビアンカは全く聞く耳を持たず、腕を掴んで強引にソフィアを近くの路地裏へと連れ込んだ。人目がなくなった途端、それまでのしおらしさが嘘のようにビアンカが表情を消す。ソフィアの背筋が、すうっと冷えていった。何度も見てきたこの表情がソフィアには恐ろしい。

「──……ビアンカ」

「名前を呼ばないで。貴女に呼ばれたと思うと気分が悪いわ。ゴミを拾うなんて、貴女は本当に卑しいのね」

その視線はソフィアの深緑色のワンピースに向けられている。先程のアルベルトの話を思い出し、ソフィアは震える声で問いかけた。

「アルベルト様からの贈り物……だったの？」

私への、という言葉は飲み込んだ。ソフィアのものを自分のものとして扱われるのは当たり前の日々だった。それでも贈られたものを勝手に捨て、それをアルベルトにソフィアが捨てたと報告していたというのは、あまりに酷い。

「私の方が似合うのだから良いじゃない。何もできない……お荷物の貴女ごときが、調子に乗らないで」

ぐっと距離を詰めてきたビアンカに、ソフィアは身の危険を感じた。肩が揺れる。不快なものを見る目で見下ろされるだけで、心が悲鳴を上げていた。

男爵家を離れ、もう二ヶ月以上が経っている。優しい言葉と暖かい場所に慣れてしまって、それまで受け流せていた冷たい言葉が深く胸に刺さった。

「私……ごめんなさい」

ぽつりと呟いた言葉は、反射的に漏れたものだった。いつだって言われるがままに謝ってきた。そうすることで、少しでも責められないように。

ビアンカは当時と変わらないソフィアの言葉に、満足げに鼻を鳴らした。しかしソフィアに芽生えていた小さな自尊心が、内側から言葉を湧き上がらせる。

「でも、このワンピースは……私のものなんでしょう？」

ビアンカを見上げ、両手を握り奥歯を噛み締めた。誰から貰ったものかは今のソフィアにはどうでも良かった。ただ、今日ギルバートに可愛いと言ってもらったワンピースを、ゴミだとは言われたくなかった。

「生意気になったわね……っ」

振り絞った勇気は叩かれた頬の痛みで砕かれた。乾いた音が響く。反射的に手を当てると、叩かれたことを示すようにそこは熱を持っていた。視界が滲む。慣れ親しんだ恐怖と諦めが、内側からソフィアを侵食していく。嫌でも震えてしまう身体が、自分の弱さを示しているようだった。

「ごめん……なさい。ごめんなさい……っ」

ビアンカの口角が上がる。それは強者の笑みだった。自分に自信があり、それが滲み出ている表情は、ソフィアにはないものだ。俯いたソフィアの視界に、ビアンカの両手が映り込む。

「ねえ、そのワンピースは私にとってゴミなの。だから……どうしようと私の自由よね」

はっと思ったときには遅かった。膝下丈のスカートの裾が力任せに縦に裂かれ、中に着ている白いペチコートが露わになる。

「きゃ……っ」

「早くどこかへ行って。二度と私の前に現れないで」

ビアンカが言い捨てるように背中を向けた瞬間、ソフィアはその場から走って逃げ出していた。

強くなりたい、強くなりたいと何度も繰り返してきた言葉が、今の自分を追い詰めていく。前を向いて頑張ろうと思った。希望を持っても良いのだと、受け入れられる幸せを大切にしたいと思った。それなのに、ただその場でギルバートを待っていることすらできなかった。

ごめんなさい、ごめんなさいと誰に言うでもなく繰り返し呟きながらでたらめに走って、気付けばソフィアは知らない道に迷い込んでいた。

周囲の人の目が、ソフィアを責めているような気がする。人目から逃げるように細い道の奥に逃げ込んで、行き止まりになったどこかの店の裏で、ソフィアはついにしゃがみ込んだ。自身の無力さを痛感して、涙が溢れて止まらない。助けを望むことすらできず、ソフィアはただ声を押し殺して泣き続けた。

「窃盗事件の被疑者だ。よろしく頼む」

職務の一環として確保した男を街の警備兵に引き渡す。ギルバートにとっては、姿を確認した相手を逃す方が難しかった。魔力の個性を読み取ってしまえば、余程離れない限り見失うことはないからだ。

「侯爵殿、大変お手数をお掛けしました！」

今日が当番であったらしい警備兵が勢いよく深く頭を下げる。

自分の担当の日に他部署の貴族の上官に犯人を確保されるなど、彼等もある意味では被害者と言っていいだろう。まして魔法騎士であり、黒騎士と呼ばれるギルバートだ。気まずい思いをする彼等の事情は分かっていたが、今は相手をする余裕が無かった。

「いや、構わない。詳細は明日、報告書を下ろす」

畏まっている相手すら煩わしく思うほど、ギルバートは焦っていた。離さない、側にいろと言っておきながら一人にしてしまったソフィアが気掛かりだ。最低限の言葉を残し、ギルバートは踵を返した。あまり長い時間離れていたわけではない。それでも寂しくさせただろう。

しかしギルバートが急ぎ足で戻った広場のベンチに座っていたのは、ソフィアではなかった。

「フォルスター侯爵殿⁉　このような場所でお会いできるとは……！」

アルベルトが慌てた様子で立ち上がり、喜色を浮かべ貴族としての礼をしようとする。隣にいたビアンカが頬を染めてこちらを見ていたが、ギルバートはここでこの二人と出会ったことに嫌な予感しかしなかった。ベンチの下には食べかけのホットサンドが落ちている。

「今日は何故ここに？」

ギルバートは端的に問いかけた。アルベルトはどこか誇らしげな表情で胸を張る。

「父に市井(しせい)を見てくるよう言われて参りました。実際に自分の目で確認し、判断することを学ぶようにと」

アルベルトは呑気(のんき)にも、人々に活気があって素晴らしいだの、街が綺麗(きれい)だとの語っている。すぐに話に興味をなくしたギルバートは、しおらしく上目遣いをしているビアンカに向き直った。

「ここで誰かと会ったか？」

ギルバートは躊躇うことなくビアンカの細い手首を掴んだ。本来令嬢に断りもなく触れるのはマナー違反だ。まして婚約者のいる女が相手なら、余計に気を遣うべきだろう。

ビアンカはギルバートの顔を凝視し、驚いたように目を見開いている。何故そんなことを問われているのかも分からないだろうから、当然の反応だ。

「――懐かしい親戚に会いましたが、いかがなさいましたか？　あの……お離しくださいませ」

ビアンカは淑(しと)やかに、しかしはっきりと主張する。瞬間ギルバートの脳内には、路地裏で話しているビアンカとソフィアの映像が流れ込んできた。恐怖に震え片頬を赤くしているソフィアの姿と声が、ギルバートの視界を怒りと後悔で赤く染める。思わず腕を掴む手に力が入った。

「痛……っ」

「あの、離してあげてください」

ビアンカが顔を歪めて声を漏らす。アルベルトがギルバートに遠慮してか、控えめにビアンカを庇（かば）った。

少しも触れていたくないギルバートは、その声にすぐに手を離す。少し目を細めるだけで、ビアンカは泣きそうな顔で怯（おび）えたように身体を縮こめている。それでも女らしく指先を頬に当てるのは癖だろうか。ギルバートの地位や顔が好きなのか、それとも男相手には皆にこうなのか。本性を知られていると知ったらどうするのだろうと、ギルバートは妙に冷静になった。

か弱く素直なソフィアは、ビアンカにやり返すということをしなかったのだろう。鈍感な周囲に理解されようともがくことすら諦めていたのだろうか。アルベルトとビアンカは呆気に取られたように立ち竦んでいたが、ギルバートにとってはこれ以上二人と話している時間が惜しかった。拳を握り締め、怒りのままに行動しそうになる自分を抑え込む。

「失礼する」

短い言葉を残し、その場を離れる。がむしゃらに探しても見つからないことは分かっていたが、気持ちが急（せ）いて仕方なかった。他の知人ならば魔法で探すことができるが、ソフィアにだけはそれができなかった。魔力の無い人間には、当然だが魔力の個性も無い。ギルバートの魔法で追跡することは不可能だ。

「だから離れてはいけなかった……っ」

最初の手掛かりであるビアンカの記憶の中のソフィアが走り去った方向へ駆け、分かれ道に差し掛かる度に目撃者を探す。一人で泣いている姿を想像すると胸が痛んだ。少しずつでも前を向ければと思い外へと連れ出したが、時期尚早だっただろうか。楽しそうな顔をしていたのにと後悔しても、時間が戻らないことも分かっていた。

途中で目撃者は途切れた。ギルバートはひたすらに路地の間の細い道や建物の裏を覗いていく。人混みに怯えていたのだから、いるのならきっと人のいないところだろう。日々身体を動かしているギルバートだが、ずっと走りながら探していたせいで息が上がってきた。もう一度誰かに聞き込みをしてみようかと思い、建物の裏手を覗き込み——ギルバートは深く息を吐いた。

「——ソフィア」

やっと見つけたソフィアは壁に囲まれた狭い場所で、膝を抱えるようにして地面に座って俯いていた。ギルバートの呼ぶ声に小さな肩が揺れる。ビアンカの記憶の中の通りにスカートは深く裂け、白いペチコートが見えてしまっていた。その痛々しい姿に、森で初めて会ったときの姿が重なる。

「ごめんなさい……」

消えてしまいそうな声で俯いたままされた謝罪の言葉に、ギルバートは何も言えなかった。こんなときに正しい言葉が出てこない口下手な自分が情けない。

代わりにゆっくりと近付きながら、乱れた息を調えた。側に屈んで、膝を抱えている華奢な白い手に触れる。微かに震える冷えた指先を温めようと無言のまま両手を重ねると、ソフィアは自らの膝に額を擦るように小さく首を振った。

「ごめんなさい、ギルバート様。お待ちできなくて、ごめんなさい……っ」

謝り続けるソフィアの瞳からは、絶え間なく涙が溢れてくる。破れたワンピースの生地に染み込んでいくそれは、止まる気配がなかった。

ギルバートは、かける言葉を探した。

「構わない。──一人にして悪かった」

両手でソフィアの手をぎゅっと強く握る。ようやく顔を上げたソフィアは、涙で顔をぐしゃぐしゃに濡(ぬ)らしていた。ビアンカに叩かれたらしい左頬が赤くなっている。

「ごめん……なさい……」

ソフィアは何も悪くない。それでも謝るのは何故だろう。触れていても分からないことが、余計にギルバートを焦らせる。ソフィアのことだけは、どうしても分からなかった。いつもは嬉しいそれも、今は悔しいだけだ。

「言わねば分からないと言っただろう」

今のギルバートには、思いを素直に言葉にすることしかできない。

「あのときは無理に言わなくていいと言ったな。だが……私はお前を知りたい」

ソフィアがおそるおそるといったように目を合わせてきた。ギルバートはまっすぐにソフィアを見つめ返す。その深緑色の瞳の奥の感情が知りたかった。

「ギルバート、様……」

名前を呼ばれた瞬間、ソフィアの強張(こわば)っていた身体から力が抜けた。ふらりと傾いだ身体を、咄嗟に腕を伸ばして支える。

ソフィアの身体はすっかり冷えてしまっていた。体温を分け与えるようにそっとその背に腕を回す。ゆっくりと温かくなっていく身体が腕の中にあることに、ギルバートは少し安心した。

「教えてくれ。ソフィアのことは、分からないままだ」

絞り出した言葉は、ギルバートらしくなく微かに震えていた。覗き込むようにして表情を窺うと、目が合ったソフィアは一度その目を大きく見開いて、口元を歪めて無理に笑顔を作った。

「――……はい、ありがとうございます」

不格好な表情だが、その瞳にはやっと微かに光が戻っていた。まだ掠(かす)れた声だったが、少しずつ涙も止まっていく。ギルバートは安心して、抱き締める腕の力を僅かに強めた。

ギルバートがソフィアの冷え切った手に包み込むように手を重ねてくれたとき、言葉はなかったが、情けないソフィアを慰めてくれているような気がした。その腕の中は温かく、分け与えられる熱がソフィアを落ち着かせてくれた。
「――では行こうか」
それからしばらくして差し出された手に、ソフィアは反射的に自らの手を重ねた。頬が熱いのは叩かれたからではなく、抱き締められていたせいだろう。恥ずかしさに俯くと、裂かれたワンピースからペチコートが覗き、あまりにあられもない格好になっていることを思い出した。カリーナに借りたケープは無事だったが、せっかくの化粧も落ちてしまっているはずだ。目が腫れていることも、そこに感じる熱で分かった。ギルバートにぼろぼろの姿を見られるのは、これで二度目だ。

「あの……どこへ？」

あまり他人に今の姿を見られたくなくておずおずと問いかけると、ギルバートは何故かソフィアの頭をぽんぽんと撫でた。感じる微かな重みが心地良い。

「すぐに馬車を呼ぶ」

答えになっているようでなっていない。少ししてギルバートに手を引かれ、ソフィアは建物のすぐ横に停められた馬車に乗り込んだ。馬車の中でギルバートは終始無言のままで、ソフィアも謝罪以外の言葉が思いつかなくて下を向いた。

しばらく走って馬車は止まった。外へ出ると、そこには先程までいた場所よりも洗練された雰囲気のある店が並んでいた。道を走る馬車の数も随分と多い。

「ここは……？」

「同じ商業地区だ」

最低限の言葉で答えたギルバートは、見える範囲で最も広い土地を持つであろう洋品店へと向かってソフィアの手を引く。ソフィアは困惑しつつも、空いている左手でペチコートが目立たないようにスカートの生地を押さえてついて行った。

「フォルスター侯爵様、いらっしゃいませ。お久しぶりでございます。今日はどのような御用ですか？」

店の制服であろう上質な服を着た男が、一礼してギルバートに声をかけた。ギルバートは周囲の棚に並んでいる服には見向きもせずに口を開く。

「個室は空いているか」

「はい。こちらへどうぞ」

男の先導に続き、ギルバートはソフィアをエスコートしていく。

案内された先は商談等で使われる応接間のような部屋で、ゆったりとしたソファが置かれていた。

ソフィアはそこに座るように促され、素直に従う。男はギルバートと小声で何事かを話すと、すぐに部屋を出て行った。二人きりになり、ギルバートがソフィアの隣に腰掛ける。

「ギルバート様、あの……」

ここは何処なのか、何をするのか、分からないことが多過ぎて、ソフィアは何から聞けば良いか悩んで言葉を詰まらせた。ギルバートは小さく嘆息する。

「そのままではどこにも行けないだろう」

ソフィアは慌てた。見るからに高級な服を扱っていそうな店だ。とてもではないが今のソフィアの所持金で買えないだろうことは、カリーナに教わって知っている。

困惑したソフィアは声を上げようとしたが、扉が軽く叩かれる音で口を噤んだ。

扉を開けて入ってきたのは先程の男で、店員らしい女を数名連れていた。何着かの女物の服が掛けられた移動式のラックを持っている。突然増えた人数とその状況にソフィアは目を丸くした。

「あ、あの……ギルバート様？」

ギルバートはちらりとソフィアを一瞥すると、立ち上がってラックへと歩み寄った。そこに並ぶ服を手に取っては戻している。あまり時間をかけずに一着を選んで店員に渡したようだ。ソフィアの位置からは、ギルバートと店員の背で隠れて、何が起きていてどれを選んだのかよく見えなかった。

「これで頼む」

「承りました」

恭しく頭を下げた男が女の店員達に視線を送った。途端、ソフィアは女の店員に手を取られ、部屋の端に備え付けられている小部屋へと連れ込まれた。

「素敵なお洋服でしたのに、残念ですね。こんなになってしまって」

「ですが大丈夫です。私どもでお嬢様をもっと可愛くさせていただきますわ」

破れたワンピースを見ながら眉を下げて元気付けようと励ましてくる店員達に、ソフィアは困惑を隠せない。しかし、少なくとも先程のギルバートに聞くよりはしっかりとした答えが返ってくるような気がして、ソフィアは口を開いた。

「あの、どういうことなのでしょう……？」

「侯爵様が、お嬢様にお着替えをと仰っております。さあ、こちらへ」

状況は分かったが素直に受け入れられるものではなかった。それでもこのままでいると店員達を困らせてしまうだろう。どうしようかと思っていると、先程ギルバートが選んだ服が目の前に広げられた。

「――これって」

それは、柔らかな青色のワンピースだった。美しいドレープのスカート部分にはふんわりとシフォンが重ねられており、銀糸の刺繍で夜空に浮かぶ星座が描かれている。決して暗い色ではないのに、夜空のように思わせる青は曖昧で可愛らしい。

「侯爵様がお選びになったものです。お召し替えのお手伝いをさせていただきますね」

にっこりと微笑まれてしまえば、ソフィアに拒絶する勇気はなかった。

店員達の手によってあっという間に着替えさせられる。閉じた瞼を濡れタオルで冷やされている間に髪型を変えられ、化粧を直される。気付けば、鏡の中には年頃の令嬢らしく美しく着飾ったソフィアが映っていた。

着替えを終え、身支度を整えられたソフィアが小部屋から出る。どきどきと胸を高鳴らせて伏せていた目を上げると、ソファに座っていたギルバートは僅かに目を見張り満足げに頷いた。

結局、ソフィアはワンピースだけでなく、ワンピースと同色の靴と銀の髪飾りまで選んでもらっていた。カリーナの白いケープとも違和感なく馴染んでいる。可愛らしく素敵だったが、どれも今のソフィアには釣り合わないような気がして不安になった。

「よく似合っている」

「あ、ありがとうございます……っ」

ギルバートの一言で安心し、頬が染まっていく。化粧も直してもらっているが、きっとこの熱は隠せていないだろう。そう思うと余計に鼓動が速まった。さっきまでの不安が嘘のように消えていくような気がした。ギルバートが立ち上がり、ソフィアの側まで歩いてくる。見上げると、当然のように右手が握られた。

「後は手芸屋だったか。行こう」

ソフィアは驚いてその場に立ち竦んだ。ギルバートが振り返って怪訝な表情をしている。

「――どうした？」

「あの、お会計を……」

「私からの贈り物だ。貰ってくれ」

ギルバートはそれが当たり前のことであるかのように表情を変えずにいる。その態度に、ソフィアは余計に戸惑ってしまった。貰う理由などないはずだ。

「私には、このような物を戴く理由がございません……っ」

素直に言った自分の言葉に自分で落ち込んでしまうが、紛れもない事実である。ソフィアはフォルスター侯爵家の使用人で、そもそも二人で出掛けていることすらおかしなことなのだ。

ギルバートは僅かに眉間に皺を寄せた。

「――私には贈る理由がある」

先程よりも少し強く手を引かれ、ソフィアは頭を下げる店員達に見送られながら部屋を出た。ギルバートの言う贈る理由に、ソフィアは全く心当たりがなかった。

「ですが――」

「私があの場でソフィアを置いていかなければ、こんなことにはならなかっただろう。折角気に入っていた服のようだったのに、すまなかった」

ギルバートがソフィアに謝る理由などない。あれは仕事の一環で、仕方のない判断だ。服が駄目になったのも、ビアンカに破かれてしまったからだ。それでも優しいギルバートは、一人残されてその場からいなくなり、何の説明もできないソフィアを元気付けようとしてくれている。

今のソフィアにできることは、ただワンピースの美しさに負けないように前を向くことだけだろう。

店の前で馬車に乗り込んだ。ごとごとと車輪が転がる音が、車内の沈黙を和らげてくれていた。二人きりの馬車の中で、ソフィアは思い切って口を開いた。

「ありがとうございます、ギルバート様。可愛いお洋服で嬉しいです」

ギルバートがこちらに目を向ける。視線が絡むと、それだけで体温が上がるようだ。背伸びした服装なのは分かっている。上品な令嬢らしいデザインが今の自分に似合っている自信もない。

「良かった」

しかしギルバートは甘さを含んだ微笑みをソフィアに向けた。両手でスカートの裾を握り締めそうになり――ソフィアはぐっと堪えた。困ったときのソフィアの癖だが、このワンピースを握り締めてはいけない気がする。代わりに両手の指を膝の上で合わせた。

「ですが、緊張します……」

意識をすれば背筋が伸びる。ソフィアの両親が亡くなったのは五年前、ソフィアが十二歳のときだった。それまでの間に学んだ作法を総動員して、令嬢らしい振る舞いになるようにしようと努力する。久しぶりのことで、肩に力が入ってしまった。

「そんなに固くならなくて良い。前を向けば充分だ」

ギルバートが喉の奥を鳴らしてくつくつと笑う。ソフィアは余計に恥ずかしくなって、その言葉に反して俯いた。

染まる顔を覆ってしまいたくて手を上げかけたとき、向かいに座っているギルバートが身を乗り出してきた。右手がソフィアの頤(おとがい)に触れ、くっと上向かされる。正面から見つめ合ってしまって目を逸らせなくなる。

車輪の音が遠くに聞こえた。

「――大丈夫だ。ソフィアは充分可愛らしい」

すうっと目を細めると、ギルバートは手を離して座席に座り直した。一瞬止まってしまうかと思った心臓の鼓動が、耳元で大きく鳴っている。ソフィアは俯くこともできず、わざとらしく窓の外へと目を向けた。こんなにも顔を赤くしている姿を見られるのは恥ずかしいが、二人きりの馬車には逃げ場もない。

やがて馬車が止まり御者に声をかけられるまで、ギルバートは飽きもせずソフィアを眺めていた。ソフィアは見つめ返すこともできず、高鳴る鼓動が聞こえないようにと必死で宥めるばかりだった。

それから手芸屋に行き、夕日が街を染める頃にソフィアとギルバートは侯爵邸へと帰宅した。手芸屋では、刺繍道具と白いハンカチを買った。ギルバートを連想する藍色と銀色の糸を選んだのは、完成したら贈りたいと思ったからだ。これまでビアンカに言われるがままに彼女の代わりに刺繍をしてきたソフィアにとって、自分から作りたいと思えたのは久しぶりで、嬉しかった。

裏門の前に停められた馬車から、ソフィアはギルバートのエスコートで降りる。本来ならギルバートを優先して正門へと送り届けるべきなのだろうと思うが、ギルバートは御者に裏門に先に行くよう指定していた。それはカリーナに言われていたように、まるで本当にデートのようだ。またすぐに会うはずなのに、名残惜しく少し寂しい。

「今日は、ありがとうございました」

ソフィアが頭を下げると、ギルバートは首を振った。

「私も楽しかった。これに懲りずに、また共に出掛けてくれると嬉しい」

眉を下げたギルバートに、ソフィアは視線を落とした。今日あったことを思い出す。辛いこともあったが、振り返るとギルバートの温かい言葉が、今もソフィアにくれる優しさが、胸を満たしている。幸せな一日だった。

「あの――」

勇気を出して顔を上げた。夕日のせいで周囲は赤く染まっている。ソフィアの頬の火照りも、きっと隠してくれているだろう。

「どうした？」

ギルバートが一歩ソフィアの方へ足を踏み出した。言い淀んだことを心配してくれたのだろうか。

ソフィアは両手を前で組み合わせてぎゅっと握る。思い切って、躊躇っていた次の言葉を口にした。

「後で、お時間いただけますか？　ギルバート様に……お話ししたいことがあります」

ギルバートは足を止め、僅かに目を見張った。ソフィアは視線を逸らさないまま、じっとギルバートの返事を待つ。知りたいと言ってくれたギルバートに報いたかった。過去から逃げるばかりではなく、向き合っていきたいと思う。ソフィアの勇気を汲み取ったのか、ギルバートがソフィアの頭を一度撫でた。

「分かった。食事の後で良いか？」

いつもギルバートの部屋に浴室を借りに行く頃だ。そのまま時間を取ってくれるということだろうと思い、ソフィアは頷く。

「ありがとうございます……っ」

「では、また後で」

ギルバートが乗った馬車は、正門へと走っていった。見えなくなるまで見送ったソフィアは、ふと自らの頭に触れる。ついさっきそこに触れたギルバートの手の感覚に、頬の熱が引いてくれない。話をしようと決めた心は、いつもより少し軽かった。

ソフィアは部屋へと戻り、すぐにカリーナの部屋に向かった。ブラウスは洗濯してからになるが、先にケープだけでも返そうと思ったのだ。

侯爵家の使用人の服は、個人の名前が書いてある袋に入れておけば、他の洗濯物と一緒に洗って乾かしてもらえる。洗濯機を使えないソフィアはその仕組みにいつも助けられていた。

カリーナの部屋の扉をノックすると、待ち構えていたかのように、すぐにドアが開けられた。

「あの、カリーナ。ケープありがとう。ブラウスは――」

洗濯して後日返すと続けようとした言葉を、顔を赤くしたカリーナがソフィアの腕を引いて遮った。そのまま部屋の中に引き入れられ、背後で扉が閉められる。

「ちょっとソフィア！　朝と服が違うんだけど何があったの⁉」

興奮した様子のカリーナが前のめりに問いかけてきた。ソフィアもつられて頬を染める。

「……あの、破れちゃって」

「え⁉」

説明し辛いので、破れた経緯は話さなかった。ビアンカに会ってしまったことはソフィアにとって不幸な偶然だが、カリーナには関係ないだろう。そして頬を染めているのはそのせいではない。

「ギルバート様に買っていただいたの」

恥ずかしくて声は小さくなってしまったが、カリーナにはしっかり聞こえていたようだ。顔を赤くして、両手で口元を覆っている。

「やっぱりっ！　素敵じゃない。選んだの、ギルバート様よね？」

「う、うん……」

当然のように聞かれ、ソフィアは頷いた。なぜ分かるのだろうかと首を傾げる。

「分かるわよ。だって高そうだし、青は少し明るいけど銀と一緒ならギルバート様を連想するじゃない。髪飾りも揃いの銀色よ。ソフィア、これで買い物に行っただけとは言わせないわよー」

カリーナは、意外とギルバート様って独占欲強いのかしら、などと言いながら嬉しそうに笑っている。ソフィアはその指摘に熱くなる顔を隠すように手で覆った。店でワンピースを広げられたとき、確かにソフィアもギルバートのような色合いだと思ったのだ。

「でもカリーナ。ギルバート様の瞳はこんなに明るい色じゃないわ」

誤魔化すように言い募ると、カリーナは更に笑みを深める。

「ドレスならまだしも私服のワンピースが藍色じゃ、いつもの制服と変わらないじゃない」

フォルスター侯爵家のメイドの制服は紺色のワンピースだ。

「だけど……」

それでも言い訳を探すように、ソフィアは瞳を彷徨わせる。どうしても良い言葉が見つからずに焦っていると、カリーナがソフィアの手を取った。

「いいじゃない、喜んでおきなさい！　さあ、ご飯食べに行くわよ。どうせまた後でギルバート様のお部屋に行くんでしょ？」

おずおずとソフィアが頷くと、カリーナは嬉しそうに扉を開けた。

「楽しかったみたいで良かった。今度は私とも行こうね！」

「うん……っ！」

そのときには、ソフィアに魔力がないことをカリーナに伝えていなければならないだろう。小さな覚悟を胸に秘め、ソフィアはカリーナの後について階段を下りた。


扉を三回ノックする。

ギルバートの部屋を訪ねるときは、いつも緊張する。特に今日は話をする覚悟を決めて来ているから、余計に身体が硬くなってしまっていた。いつもは部屋着として使っているワンピースに着替えて来るのだが、今日はギルバートに買ってもらった青いワンピースのままだ。少しでもこの服に勇気をもらいたかった。

扉を開けると、ギルバートもまた外出着のままだった。ソフィアが首を傾げると、ギルバートは苦笑する。

「話をしようと言っていたから。——ちょっと出るか」

ソフィアが部屋に入るより早く、ギルバートがソフィアの手を取り、導くように廊下を歩き始めた。

「あ、あの。……どちらへ？」

ギルバートと手を繋いで侯爵邸の中を歩くのは初めてである。悪いことをしているようで、いつもより心臓が煩（うるさ）い。誰にも会わなかったのが、ソフィアにとっては唯一の救いだった。

「お前はこっちに行ったことはないか？」

ギルバートは二階の廊下を、執務室とは反対側の客間の方に向かって歩いていた。殆ど使われていない客間側には、ソフィアは立ち入ったことがない。

「はい。こちら側は客間ですので……」

「客間だけではない」

ギルバートは廊下の一番端で立ち止まり、そこにある少し小さな扉を開けた。その先には上りの階段がある。ソフィアは驚き、目を見張った。

「ギルバート様、これは？」

「屋上だ。外からは見えないようになっているから、日中は洗濯物を干している。——おいで」

薄暗い階段は少し不安だったが、ソフィアはゆっくりと足を踏み出した。ギルバートがソフィアの右手をしっかりと掴んでくれている。次第に子供の頃の探検のような無邪気な気持ちが湧き上がって、少し楽しくなってきた。

長い階段は、二階から三階部分を越えて屋上に上がるためだったようだ。上りきった先に現れた扉を、ギルバートが押し開ける。

「——わぁ……っ」

そこには満天の星が広がっていた。明かりの少ない貴族街で、背の高いフォルスター侯爵邸の屋上は、返しが付いていることもあり、全くと言って良いほど周囲の景色が見えない。その分より美しい夜空にソフィアは思わず声を上げ、数歩前へと踏み出した。

「ここは明かりが少なくて、星がよく見える」

今夜は新月だった。月のない空では、無数の小さな星達が瞬いてその存在を主張している。

「素敵です……」

本題を忘れ、その星空に見惚(みと)れてしまう。王都では初めて見るあまりに美しい星空は、レーニシュ男爵領で毎日のように見ていたものとよく似ていた。ふと、ソフィアにも優しかった領民達のことが気になった。

冬の始まりの夜はワンピース一枚では寒く、余計に心細さが募る。身体を震わせると、ギルバートがソフィアの手を引いた。

「寒いだろう」

屋上には休憩用のベンチがある。ギルバートは座面にハンカチを広げ、ソフィアに座るよう促した。艶のあるハンカチは少ない光の中控えめにその存在を主張している。ソフィアは高価そうなハンカチとギルバートの顔を交互に見た。

「ほら」

目を見張ったソフィアに構わず、ギルバートはハンカチを広げた場所を手で示した。せっかくのワンピースが汚れてしまうのも確かに嫌で、おそるおそるその上に座る。着替えてくれば良かったと思うが、今気付いても遅かった。ギルバートが当然のように隣に腰を下ろし、一度繋いでいた手を離した。

「――ハンスには黙っていてくれ」

「何をですか？」

首を傾げると、困ったように眉を下げたギルバートが右手に左手を添えて動かした。白金の腕輪が星のように控えめに光る。その光がギルバートが魔法を使ったからなのだと、今のソフィアには分かる。すぐに寒さを感じなくなり、室内にいるような心地良い温度に驚いた。

「ギルバート様、寒くないです」

ぽつりと言うと、ギルバートは苦笑する。

「このベンチの周囲だけ暖かくした。立つと寒いから、座っていろ」

ソフィアは頷いたが、不思議に思って首を傾げた。

「何故ハンスさんには秘密なのですか？」

「ハンスは私がこの魔法を使うのを好かない。子供の頃、季節外れの服を着ていたら注意されて、それ以来だな」

真冬に半袖でも着ていたのだろうか。想像するとなんだかおかしくて、ソフィアはくすくすと笑った。ギルバートの顔も僅かに緩む。一度笑ったことで、ソフィアの心は軽くなっていた。揺れていた心が覚悟を決める。

「——私、先代レーニシュ男爵の娘だと、以前お話ししたと思うのですが……」

ギルバートがソフィアの右手に左手を重ねた。直接感じる温かさは、心にも直接伝わるようだ。ここに来てから、この手にいつも支えられてきた。

「ご存知かもしれませんが、両親が亡くなったのは五年前です。私が十二歳のときでした。突然のことに何もできなかった私の代わりに、すぐに駆けつけてくれた叔父がお葬式や家の采配をしてくださって……そのまま叔父が新たなレーニシュ男爵となりました」

この国では基本的には男系相続が主流だ。女が当主になる場合、家を残すためには婿を取ることになる。レーニシュ男爵家も基本に則り、ソフィアの父からその弟へと相続が行われた。

「私は感謝していました。私は両親の事故以来部屋に閉じ篭ってばかりで、何もしていなかったので……」

当時を思い出し涙を流さないようにと顔を上向けると、そこにはたくさんの星があった。美しい瞬きにまるで見られているかのようで、ソフィアはぐっと奥歯を噛み締める。

「私に魔力がないことは、親戚は皆知っていました。……男爵邸の外ではきっと生きていけない私をそのまま置いてくれるだけでも、ありがたいことだと思いました」

ソフィアは当時を思い出した。男爵家とはいえあまり裕福とは言えず、いつも領地と領民のためにと飛び回っていた両親。ソフィアのために揃えてくれたアンティークの調度が高価なものと知ったのは、二人がいなくなった後だった。

「同い年の従妹のビアンカとは、あまり話したことはありませんでした。私とは違い、明るく物怖じしない子だったように思います」

ソフィアの右手はギルバートの左手の下だ。それは視界いっぱいの夜空の星の中で、ソフィアが迷子にならないように繋ぎとめていてくれるような気がした。

少しずつ話し辛くなっていく。左手でワンピースのスカート部分に触れた。

「――最初におかしいと思ったのは、魔道具が増えていたことに気付いたときでした。アンティーク調度が減って、私は余計に自分の部屋を出られなくなりました」

一人では明かりも点けられず、水道から水を飲むこともできない。使用人は侯爵家ほど多くなく最低限で、ソフィアには侍女もいなかった。食事は叔父達と一緒にとることができたが、それ以外は全てが不自由だった。見つからないよう料理人に水差しいっぱいの水を貰って、部屋で少しずつ飲むことも当然の生活だった。

今思えば嫌がらせでも何でもなく、きっとソフィアの事情など気にしていなかっただけなのだろう。

「その頃から少しずつ、叔父達が私に向ける目が変わっていったように思います。彼らにとって私は家族ではなく、邪魔な存在でした。きっとどうにかして追い出したかったのでしょう。――ですが私には、結婚を約束した相手がいました。家格が上の、伯爵家の嫡男で……驕（おご）っていなかったと言えば嘘になります」

　家の金を使い込んでいく叔父母と、我儘（わがまま）に育った従妹。伯爵家との繋がりを持つソフィアが追い出されることはないだろうと、高を括（くく）っていた。きっとそれも間違っていたのだろう。

　日常的に繰り返される言葉の暴力にソフィアは萎縮し、より閉じ籠るように部屋から出なくなった。

「私は彼を愛していませんでした。それが滲み出てしまっていたのかもしれません。手紙のやり取りが減っていき、そのうち会いに来てくれることもなくなりました。……私が家にいられなくなった日、彼は私との婚約を破棄して、代わりにビアンカと婚約したんです」

　ギルバートの左手が、ソフィアの右手を握る。重なっていただけのときと比べて強い力で掴まれ、少し引き攣れた皮膚が、ぴりぴりと刺激を受けた。

　懺悔（ざんげ）するような気持ちのソフィアは、温（ぬく）もりをくれるギルバートの顔を見ることができなかった。上向いた視界に映るはずの綺麗な星空が、もう滲んで見えない。

「……私に居場所はありませんでした。何も持って行くなと言われましたが……トランクと、両親から貰った小さな魔石と……この小箱を隠し持って、家を出ました」

　ソフィアは左手で小箱を取り出した。それはずっとポケットに入れていたもので、部屋を貰ってからは鍵の付いた引き出しにしまっていた。

「――その箱は？」

それまでずっと黙っていたギルバートが、ソフィアに問いかけた。ソフィアはやっとギルバートを見て——涙を堪えて微笑みを浮かべた。まだ滲んでいる視界に、上手く笑えている自信はない。ギルバートの眉間に皺が寄った。

「きっと叔父様と叔母様は……ビアンカも、必死で探していると思います」

ソフィアは小箱を掌に乗せ、ギルバートの前に差し出した。ギルバートは右手でその箱の金具を外して、蓋を開く。

「——首飾りか？」

それは大きなダイヤモンドが一粒だけあしらわれた首飾りだった。おそらくレーニシュ男爵家にある宝飾品の中で一番高価なものだろう。

「父が母に贈ったものだそうです。母が亡くなった日に身に付けていたもので……揃いの耳飾りと指輪もあったのですが、それはきっと売られてしまっていると思います」

馬車の事故が起きたのは、夜会の帰りだったらしい。

この首飾りをソフィアが手にすることができたのは、奇跡のようなことだった。両親の葬式の日、並べられた形見の品でどうしてもそれが気になって、見つからないように内緒でそっと持ち出したのだ。本当はいけないことだと分かっていたが、今ではそうして良かったと思っている。葬式が終わった数日後には、値の付きそうな宝飾品の多くがなくなっていたからだ。

あのときソフィアが持ち出さなければ、きっとこれも手元には残らなかっただろう。

「そうか」

ギルバートの声は静かで、夜の雰囲気に馴染んでいた。ソフィアは全て話しきったことで肩の力が抜けて、深い溜息を吐く。堪えていた涙がぽろりと零れ落ちた。

「――私の話はこれで全てです、ギルバート様。もう隠しごとはありません」

きっとギルバートも予想はしていただろうとソフィアは思う。男爵家とはいえ貴族令嬢が森で野宿をしている場面に出会っているのだ。ここ数年のレーニシュ男爵領の領民の貧困は噂になっていてもおかしくないし、少し調べればおおよそのことは分かるだろう。

ギルバートは困ったように眉を下げ、ソフィアの瞳をじっと見つめていた。夜の闇の中ではほとんど黒に見える瞳はどこか底知れなくて、繋がれた手がなければソフィアは逃げ出していたかもしれない。

「ソフィア。私も、お前に隠していたことがある」

ソフィアはその言葉に目を見張った。ギルバートについて知らないことはまだたくさんあるが、あえて隠していたということは、何か重要なことだろう。聞くことを怖いと思いながらも、ソフィアはまっすぐギルバートの瞳を見つめる。

少し躊躇って、ギルバートは口を開いた。

「――私は、アルベルト殿とビアンカ嬢に会ったことがある」

ギルバートの言葉に驚き、ソフィアは目を見張った。

「あの、それは……？」

どういうことなのかと聞きたかったが、言葉が続かない。予想外の告白に、ソフィアは何を言えば良いか分からなかった。

「王城の夜会で、挨拶をする機会があった。断片だったが……ソフィアのことも見た」

見たというのは、以前話に聞いた魔力の揺らぎを読んだということだろうか。アルベルトとビアンカの記憶の中のソフィアは、どんな姿をしていただろう。自信がなくて急に不安になる。

「そう、だったのですか。では……私の事情もご存知だったのですか？」

涙は止まっていた。ギルバートはいつから知っていて、ソフィアをどう見ていたのだろう。それが分からないことが怖かった。

「アルベルト殿と婚約したときと、男爵家を出る場面だった。見ただけでは分からないことも多い。話してくれてありがとう」

「はい……」

困惑したままだが、どうにか相槌を打つ。

「すまなかった。お前は知られたくないと言っていたな」

ギルバートの顔には何の表情も浮かんでいなかった。言葉に込められた感情が見えないことが、余計にソフィアの心を乱す。それでも、今日ギルバートに話をする覚悟を決めたのはソフィア自身だった。覚悟を決めてぐっと息を呑む。

「いえ──結局は同じことです。お見苦しいものをお見せしました」

気になるのはただ一つ。ギルバートに失望されていないかということだった。きっとビアンカの記憶の中のソフィアは、酷い表情をしていただろう。いつだって恐れるか諦めるばかりだったのだから。

「お前を見苦しいと思ったことはない。それより、許してくれてありがとう。私はお前が歩み寄ってくれたことが嬉しい」

ソフィアは自由な左手でそっと胸元を押さえた。ギルバートの言葉は率直だ。ともすれば不器用ともとれるそれは、いつだって心に響く。

「ギルバート様……」

ソフィアが名前を呼ぶと、ギルバートは軽く頷いて空を見上げた。この場所にソフィアを連れてきたのはギルバートなのに、彼はこれまで殆ど空を見ていなかった。ずっとソフィアに顔を向けていたのだ。それに気付いたソフィアも視線を追って空を見上げる。二人並んで見上げる夜空はどこか暖かい。

「本当に、綺麗です」

「そうだな」

ソフィアは同意の言葉に口角を上げた。誰かと共に同じ感動を共有できることが、こんなに嬉しいことだとは思わなかった。過去を伝えて、こんなに穏やかな心でいられるとも思っていなかった。

そろそろ戻った方が良いかと思った頃、ギルバートがおもむろに立ち上がってソフィアの正面に片膝をついた。突然のことに驚き目を見張るソフィアに構わず、右手を掴んだまま、それを大切な宝物であるかのように捧げ持つ。

「ギルバート様、ベンチから離れたら寒いです……っ！」

座っていると忘れてしまいそうになるが、今の季節は初冬で、時間は夜だ。日中と同じ服で外にいては身体を冷やしてしまう。慌てて声を上げるが、ギルバートは全く構わない様子だ。

「――ソフィア」

静かに名前を呼ばれ、少しずつギルバートと視線を合わせる。真摯な藍色の瞳がソフィアを見上げている。初めて正面から見る美しい騎士の礼に、勝手に頬が染まっていく。

「私に、お前を守る権利をくれないか」

請うような目を向けられ、ソフィアは思わず腰を引いた。真意は分からないが、ギルバートの表情からは真剣さが伝わってくる。顔が熱い。

「何を仰るのですか――」

ソフィアにとっては突然のことだった。それもこんなに真剣に、二人きりとはいえ正式な騎士の礼をされるほどのことをした覚えはない。

ギルバートは表情を変えないままに口を開く。

「お前が側にいると、私は調子が良い。共に話す時間も好きだ」

「……っ」

思わず息を呑んだ。まっすぐに好意を示されることに慣れていないソフィアは、瞬きを繰り返す。

「きっとこれからお前には、新たな出会いがたくさんあるだろう。部屋に閉じ籠っていることはない。もっと世界を広げるといい。……それでも私の側にいてくれるなら、お前を守らせてほしい」

ギルバートにはきっと他意はないのだろう。しかしその言葉はソフィアの耳には甘く、とても秘めやかなもののように感じた。こんなにも強く存在を求められることなど、一度もなかった。

躊躇したのは僅かだった。ソフィアはおずおずと頷く。ギルバートの唇が、右手の甲に触れた。

「――ありがとう」

心臓が煩かった。触れたところから感じた冷たく柔らかな感触が、ソフィアの心と身体を侵食していく。まるで自分が自分でなくなってしまったかのように、ただ見つめ返すことしかできない。

「――……ソフィア？」

気付くとギルバートが姿勢を戻し、立ち上がってソフィアを見下ろしていた。動けずにいるソフィアを心配するように、ギルバートはその手を軽く引く。その感覚ではたと現実に引き戻された。

「あ、ご……ごめんなさい！　あの、あの……っ」

慌てて口から出るままに言葉を紡いだ。意味のない言葉が頼りなく、ソフィアをより落ち着かなくさせる。

「すまない。驚かせてしまっただろうか」

ギルバートの声はいつもよりゆっくりとしていて、ソフィアを気遣ってくれていることが分かった。未だ心は落ち着きを取り戻してはくれない。それでもこのままではいけないと思い、左手をぐっと握った。自然と心の奥から湧き上がってきた覚悟は、これまでよりずっと強い感情だ。

声が震えてしまわないように、ソフィアはゆっくりと口を開いた。

「――ギルバート様。私……強くなりたいです」

ビアンカやアルベルトに負けないように、ギルバートに守られるだけの存在にならないように、大切なものを大切と言えるように――強くなりたい。ギルバートは一度瞬きをすると、ソフィアを溶かしてしまいそうなほどに甘く柔らかな微笑みを浮かべた。

「ああ、……期待している」

それは今のソフィアにとって最も嬉しい言葉だった。顔を赤くしながらも、勇気を振り絞ってギルバートの手を握り返す。その確かな感触が、夜の闇の中で道標のようにソフィアの心を照らしてくれていた。

4章　令嬢は黒騎士様のことが知りたい

「ギルバート、その後ソフィア嬢とはどうなんだい？」

ソフィアと出掛けた日から数日が経った頃、いつも通り二人きりの王太子執務室で、ギルバートはマティアスに問いかけられた。それは何気ない様子でありながら、好奇心が透けて見えるような態度だ。ギルバートは小さく嘆息した。

「先日、彼女を守る権利を貰いました」

あのときのソフィアは困惑していた。少し急いてしまったかと、ギルバートは後悔していた。マティアスは目を見張って、書き物をしていた手を止めた。

「――何か約束をしたということかい？」

マティアスにしては慎重で間の抜けた質問だと思った。しかしそれも当然のことだろう。ギルバート自身、矛盾している自覚はある。

「はい。側にいる代わりに守ると誓いました」

「……それは何故かな？」

あの夜ソフィアに言ったことを思い返す。自分でも詭弁だと感じていたそれに頷いてくれた彼女は、どこまでギルバートを理解しているのだろうか。

「話していると安らぎますし、彼女が来てから仕事の効率も上がっていますので」

成長していく姿を側で見ていたい、辛いことがあるのなら守りたいとも思っていたが、敢えて口にはしない。それでも、きっとギルバートの内心などすっかりお見通しだろう。マティアスは左手で執務机に頬杖（ほおづえ）をつき、視線を下げて深く嘆息した。

「最近噂（うわさ）になっているが、君は随分と飼い猫に夢中だそうじゃないか。なんでもその猫、薄茶色の毛に深緑色の瞳だとか」

ギルバートはその話の出所を思い、眉間に皺（しわ）を寄せた。以前第二小隊の執務室で話した内容だ。

あれ以来、関わりのなかった上官や他部署の人間から飼い猫自慢をされて困っていた。その度猫であるかのようにソフィアの話をして誤魔化しているが、余計に噂は大きくなっているらしい。

「そうですね」

「可愛（かわい）過ぎて閉じ込めてしまいたいとか、触っているのが好きだとか——君はいつの間に猫を飼ったのかな？」

睨（にら）むような表情のマティアスと目が合った。全て分かった上で言っている相手に、ギルバートが敵（かな）うはずがない。諦めて素直に口を開く。

「——誤魔化しておりましたら、予想以上に広まってしまいました」

「猫を溺愛しているとの話だが……相手が女性になるとその感情がどんな名前になるのか、まさか分からないわけでもあるまい」

半ば呆（あき）れているような口振りのマティアスに、反論しかけたが直前で口を噤（つぐ）んだ。事実、今のギルバートはその言葉に対する答えを持っていない。

「恐れ入ります」

無難な返答をすると、マティアスはつまらなそうに唇を引き結んだ。ギルバートは僅かな罪悪感に視線を逸（そ）らす。

「ギルバート。君は——いや、何でもない」

その口調は何か確信を持っているようにも感じるが、言葉をぼかしてくれたマティアスに感謝した。

「私は、私の事情に彼女を巻き込むつもりはありません」

それは決意だった。ギルバート自身、今更自身の幸福など望んでいない。

どんなに可愛く大切にしたいと思っても、独占してはいけない。願わくは、ソフィアが彼女らしく穏やかで優しい幸せを手にすることができるように。これから広がっていく彼女の世界の中で、そのときまで一番側で守る権利を貰えただけで充分だ。

「ギルバート、私はね。君ももっと多くを望んで良いと思っているんだよ」

「……勿体ないお言葉です、殿下」

ギルバートが強い魔力と立場と共に背負った業は、容易くあの可愛らしい少女を傷付けてしまうだろう。共に背負わせるつもりなど、始めからない。

扉が叩かれ、同じ第二小隊の隊員が入室してきた。護衛の交代の時間だ。ギルバートは一礼して王太子執務室を出た。

思いも寄らずマティアスに核心を突かれ、ギルバートは眉間に皺を寄せたまま廊下を歩く。途中ですれ違う人々は、その表情を見て無言のまま通り過ぎていく。機嫌の良し悪しを仕事に持ち込むつもりはなかったが、声をかけられたくないときには仏頂面も便利だ。

途中で護衛用の真剣を模造剣に持ち替え、第二小隊が訓練中の鍛錬場へと向かう。護衛以外にも様々な仕事があるが、鍛錬場が使える日は、部下の指導がギルバートの主な業務だ。

「——ギルバート、お疲れ。なんだ、殿下に何か言われたか？」

鍛錬場に着くと、先に身体を解(ほぐ)していたアーベルがギルバートに声をかけた。まだ顔に出ていただろうか。ギルバートは一度目を閉じ、気持ちを整える。

「お疲れ様です、隊長。何でもありません。それより、訓練の状況は」

「ああ。今日は各組で動かせているが――彼奴等(あいつら)の調子が良さそうだ。後で稽古してやってくれ」

アーベルの示した先を見ると、まだ若い隊員二人が一対一で模造剣を合わせていた。先日より大分精度が上がっているようで、確かに調子が良さそうだ。

「――何かあったのでしょうか」

首を傾(かし)げたギルバートに、アーベルが小さく嘆息した。

「最近、隊の雰囲気が前より良くなったからだろ。萎縮させてた原因のお前が、随分柔らかくなったからな。若い奴等は特に空気の変化に影響され易い」

「私ですか？」

別に萎縮させていたつもりはない。

「いつも言ってたじゃねえか。侯爵で魔法騎士ってだけで圧力あるんだから、隊員には柔軟になれって。俺はお前が努力してそうしているのかと感心してたんだが……自覚なかったのか？」

「自覚、は――」

自覚は確かにあった。家に帰れば自分を受け入れてくれ、守るべき存在がいる。ひとときだが立場も仕事も忘れることができていた。その余裕が凝り固まった心を柔らかくしていたのだろうと、ギルバートは自答する。笑顔を思い出せば、先程までの顔の強張(こわば)りが取れたようだった。

「お前は猫を飼って正解だったな」

アーベルはがははと豪快に笑い、ギルバートの背を叩いた。

帰宅したギルバートは、いつものようにハンスに荷物を預けて部屋に戻った。上着を脱いでソファの背に掛けていく。ハンスはそれを手に取ってハンガーに掛け直しながらも、主人であるギルバートに話を切り出す機会を窺(うかが)っていた。

「——何かあったか」

気付いたギルバートからの問いに、ハンスは頷いた。持ってきていた二通の手紙を取り出す。ギルバートにとってはきっとどちらも悩ましいものだろう。

「大旦那様と大奥様からのお手紙と、マティアス殿下からの夜会の招待状です」

あまり表情が変わらないと言われるギルバートだが、見慣れているハンスには分かる。今は間違いなく、不機嫌なときのそれだろう。

「殿下から、夜会の招待だと?」

王城での夜会の日には、ギルバートがマティアスの護衛につくことが多い。マティアスもそれを知っていて、招待を避けてくれていた。ギルバートもあまり華やかな場は得意ではないので、ありがたく思っていたのだが。

「お聞きになっていませんでしたか」

「ああ。しかしこちらに届けるとは——」

ギルバートは当然のようにマティアスからの招待状を先に開封する。中から取り出したカードと添えられたメモ書きに目を通すと、分かり易く眉根を寄せた。

ハンスはそこに書かれた内容を知っている。もう来月に迫っている新年を祝う夜会で、ソフィアを社交界デビューさせてはどうか、という内容である。知っているのは侯爵家宛の手紙が別にあったからだ。侯爵家宛の手紙は、領地にいる先代侯爵夫妻からハンスが開封して良いと許可を得ていた。そちらは開封後に領地へと送り直している。

「如何なさいますか」

ギルバートはその問いに返事をしなかった。シャツの首元を緩めてソファに座り、もう一通の手紙を開封する。先代侯爵夫妻、つまり領地にいるギルバートの両親からの手紙だ。

「――ハンス、何を言った？」

「何を、と仰いますと？」

流石にこちらの中身は把握していないハンスは、首を傾げるしかない。ギルバートは額に手を当てて深い溜息を吐くと、背凭れに寄り掛かった。手紙が放るようにテーブルの上に置かれる。こんなにも分かり易く狼狽した姿を見せるのは珍しい。一体何が書いてあったのだろうか。

「中を見てみろ」

許しを得て手紙を手に取る。息子相手に書いたにしては硬い文章のそれは、時候の挨拶から始まり、領地の近況に触れ――後半はギルバートの結婚を急かす内容でびっしりと埋められていた。ご丁寧にも、気に入った娘がいるのなら身分は問わないとまで書かれている。

「これは……」

ハンスは思わず頭を抱えそうになった。

ギルバートはもう二十五歳だ。侯爵家当主を名乗っていることを考えると、婚約者すらいないのは確かに異例のことである。しかし周囲からその特異な能力で恐れられており、更にギルバート自身が特定の異性に執着を見せなかったため、両親もこれまで急かすことはなかった。諦めていたと言っても良い。先代侯爵には弟がおり、今は子爵を名乗っている。ギルバートに相手が見つからなければ、将来はそちらの息子に継いでもらえば良いとさえ思われていた。

「確かにソフィアのことは報告していたが。――何故こうなる？」

おそらくギルバートが女の名前を挙げたことがなかったからだろう。ハンスの元にも一度手紙が届いたため、正直にありのままを書いて返事をしている。

しかし、侯爵家の人間の総意として、ソフィアにこのままギルバートの側にいてほしいと思っていることは事実だ。いつからか感情を見せなくなり、更に言葉数も少なくなった、かつては可愛らしかった少年。不器用ながらも人間らしさを取り戻していく様を見ているのは、使用人として嬉しいことだった。

「問題がおありですか？」

「無いはずがないだろう」

ギルバートの表情は見えない。ハンスはしばらく無言のまま悩んだ。ギルバートがソフィアを大切に守りたいと思っていることは知っている。そして、自身の側に置けば不幸にしてしまうだろうと、未来を望まないようにしていることも察していた。しかしそれはギルバートにとって良いことなのだろうか。厳しそうに見えて、実は誰より優しい主人だ。何もかもを諦めてほしくない。

ハンスは覚悟を決めて、何度も躊躇った言葉を口にする。

「お言葉ですが、ギルバート様。――では、ソフィア嬢をどうなさるおつもりでしょう」

「……彼女には、穏やかな幸せが似合う」

ギルバートは深い溜息と共に億劫そうにその言葉を吐き出した。おそらくマティアスにも同じようなことを聞かれたのだろうとハンスは予想する。そうでなければあんな手紙は届かなかったはずだ。

平静な振りをして、できるだけ核心を突くように言葉を選ぶ。

「ですが、守るために侯爵邸から出さずにいては、新たな出会いもございません。ずっと閉じ込めておくおつもりですか？」

「それは――」

ギルバートは背凭れから身体を起こした。何かを探るように揺れる瞳が、ハンスの方を向く。こんな表情を見るのはいつ以来だろうか。ギルバートをこんなにも頑なに変えてしまったものの中には、ずっと側にいたハンス自身も含まれている。

「隠しておくだけが守る方法ではございませんよ。特にあの子のことは――大切に思っていらっしゃるのでしょう？」

今ギルバートを人間らしくしているのはソフィアだと、ハンスは確信していた。過去の後悔を取り戻したいと思う気持ちが、どうしても関係のない少女に期待を寄せてしまう。

それにソフィアがギルバートに好意を抱いていることなど、フォルスター侯爵家で働く者なら誰もが知っている。高望みをしないままに、必死で前を向いてギルバートの側にいようと努力する姿には好感が持てた。本当はあの少女が感じているような障壁などない。壁を作っているのは、彼等自身だ。

「……すまない。少し考えさせてくれ」

目を落としたギルバートが、呟くように言った。

「申し訳ございません。出過ぎたことを申しました」

頭を下げて謝罪の言葉を口にするも、ハンスは主人の幸せを願わずにはいられない。下を向いて隠している顔は、とてもギルバートに見せられたものではないだろう。歳をとって、涙脆くなったようだ。

「いや。ありがとう、ハンス。ソフィアに話があると伝えてくれ」

顔を上げずにいるハンスの側をギルバートが通り過ぎていく。その気配に、いつまでも子供だと思っていた、しかし主人として尊敬していたギルバートの、確かな成長を感じた。

扉の閉まる音がして、ハンスはようやく姿勢を戻す。少しでも幸福な未来が訪れるようにと、一人溜息を漏らした。

◇　◇　◇

ソフィアはギルバートの部屋の浴室を借りて、目の前の扉を開けるのに躊躇した。

「——だけど、逃げるわけにもいかないもの……」

ハンスからギルバートが話をしたいと言っていると聞いて、ソフィアは逃げ出したい気持ちになっていた。先日ギルバートと屋上で話をしたばかりだ。恥ずかしく、同時に少し怖くも思う。しかし本当に逃げ出すわけにもいかず、ソフィアは思い切って扉を開けて寝室へと足を踏み出した。

おそらくギルバートは隣の部屋にいるだろう。勢いのままにその先の扉を開けると、いつも通り部屋着姿のギルバートがソファに座っていた。ゆっくりとソフィアに視線が向けられる。

「ソフィア」

誘うようなその声に、逆らうことなどできるはずがない。ソフィアは素直にギルバートの隣に腰掛けた。ギルバートの左手が髪に触れる。濡（ぬ）れていた髪が乾き、ふわりと落ちた。いつものことだが、その仕草と擽（くすぐ）ったさに胸が鳴る。

「ギルバート様、お待たせ致しました」

ソフィアは覚悟を決めてギルバートを見る。座面に置いた右手の上に、ギルバートの左手が重なった。やっと触れた体温が心地良い。少しして、やや言い辛そうにギルバートが口を開いた。

「――私とお前宛に、殿下から招待状が届いた。王城の、年始の夜会だ」

予想外の話に目を見張った。そもそもソフィアは、社交界デビューはしていない。ましてギルバートと共に出席するなど、望んでいいことだとは思えなかった。

「そんな、私なんかが……」

素直に口にすれば、寂しさよりも先に心の痛みがソフィアを襲う。今のままでは釣り合うはずがないのだ。それに人が多い場所は、まだ怖い。

「そんな言い方をするな」

ギルバートはしかし冷静に言葉を返した。ソフィアは瞳を彷徨（さまよ）わせ、重なっている手に向ける。ギルバートの大きな手が、ソフィアのそれを覆っていた。守られている自分に自信がなくて、どうしても言い訳を重ねてしまう。

「ですが、私は社交界デビューもしておりません」

「この夜会でデビューさせてはどうかとの誘いだ」

この国で社交界デビューに合った夜会は、年に二回ある。王城で行われる、シーズンの始まりの秋の夜会と、新年の訪れを祝う夜会だ。そこで国王と王妃に挨拶し、白い花を髪に挿してもらうことで、一人前と認められる。

「用意もできませんし……」

夜会に着ていけるようなドレスはなく、礼儀作法やダンスにも自信はない。それに、アルベルトやビアンカ、レーニシュ男爵夫妻もいるだろう。そんな場に出て行くことで、何か良いことがあるとは思えなかった。

思わず俯（うつむ）いたソフィアを、ギルバートの真摯な声が揺さぶる。

「――ソフィア、聞いてくれ。私はこのままお前がこの家の中にいても良いと思っている。ここにいる限りは安全だ。……だがそれは、お前の世界を狭めることになるだろう。外にいても、側にいれば私が必ず守る。事情は一度忘れて、どうしたいかを聞かせてくれ」

顔を上げると、ギルバートの藍色の瞳も揺れている。ソフィアはそれをじっと見つめ返して、目を伏せた。今の自分に即答できるだけのものは何もない。

「ギルバート様、あの……」

どう答えていいか分からず、言葉は中途半端に途切れる。ギルバートの小さな溜息が、耳に残った。

「会いたくない人もいるだろう。――年始の夜会だ。少し考えて決めていい」

ソフィアを甘やかすようなその言葉は、ギルバートには珍しくどこか自信無さげな声だった。僅かに首を傾げるが、軽く頭を撫（な）でて誤魔化されてしまう。

「ありがとう……ございます」

お礼を言うと、ギルバートはソフィアの手を離した。右手が行き場を失ったようで、少し寂しい。

「今日はもう遅い。寝た方が良い」

背中を軽く押され、ソフィアはギルバートと共に立ち上がる。続き部屋の扉を抜けて、廊下に繋（つな）がる扉に手を掛けた。

それから数日間、ソフィアはギルバートからの提案について考えていた。

ずっとこのフォルスター侯爵邸の中で、外と関わらずに生活していく——それは実はソフィアにとって、とても甘やかで欲望に忠実な選択だった。

外へ出れば理不尽に傷付けられることもある。犯罪や戦争もある。そんな現実を、ギルバートと関わることで知ってしまった。

ソフィアは手元のランプを丁寧に磨きながら、そのガラスに映る歪（ゆが）んだ自身の姿を見つめる。侯爵家では旧道具と呼ばれている、アンティーク調度だ。

「私に、何ができるのかしら……」

誰もいないギルバートの執務室で、ソフィアは一人溜息を吐いた。何もできず閉じ篭（こも）っているという意味では、レーニシュ男爵邸にいた頃と何も変わっていないのではないか。場所がフォルスター侯爵邸に変わっただけだ。

ぐるぐると回る思考は、また夜会についてのことに戻ってくる。新年を祝う夜会は、この国において最も盛大な夜会の一つだ。貴族達が華やかな夜会服に身を包み、ダンスに興じ恋に落ちる――絵本の中ではそう描かれていた夜会というものは、大人向けの小説の中では腹の探り合いや駆け引きの場として使われていた。おそらくそれは、どちらも事実なのだろう。

絵本の世界への憧れはあるが、そこで一人の大人として立ち回る自身の姿をイメージすることはできない。レーニシュ男爵家の人達と会うであろうことも含めて、ギルバートの迷惑になりはしないだろうかと不安だった。

「ソフィア、お昼行くわよー！」

ランプを執務机に戻して家具を磨いていると、扉からカリーナが顔を出した。考え事に夢中で、昼の鐘を聞き逃していたらしい。ソフィアは頷いて雑巾を持ち、執務室を出た。

もうすっかり冬になってしまった裏庭を使う者は誰もいない。ソフィアとカリーナも皆に倣って、使用人ホールのテーブルに昼食を広げた。

「カリーナ、呼びに来てくれてありがとう」

眉を下げて言うと、カリーナは少し心配そうにソフィアを見た。

「別に良いけど。最近ソフィア、ぼーっとしてるから心配よ。何かあったの？」

「あったと言えば、あったんだけど……」

友人の指摘は的確だ。しかし今の悩みをそのまま口にするのは躊躇われた。魔力が無いことは勿論のこと、夜会の招待のことも含めて、昼食の話題としては重過ぎる。カリーナの優しさに甘えて、相談して頼ることが正しいとは思えなかった。

「なによ、言えない感じ？　無理にとは言わないけど、大丈夫なの？」

少し拗ねたような口調でカリーナは言う。ギルバートもカリーナも、こんなにもソフィアを気にしてくれるのかと嬉しく、同時に申し訳なくも思う。

「あのね、私、何もできてないなって思ってたの」

曖昧な言葉で誤魔化しつつ、手元のサンドイッチを口に含んで咀嚼する。香ばしいベーコンと卵の味が広がって、少し元気をもらえた気がした。スープはコンソメがベースになっていて、煮込んだ豆が入っている。日によって味が違うのは、料理人達が交代で作っているかららしい。彼らは向上心を持って仕事に取り組んでいる。

「え。ソフィアの仕事はいつも丁寧だから見習いなさいって、私こないだメイド長に叱られたわよ」

「……カリーナ、何したの？」

おそるおそる聞くと、カリーナはもう過ぎたことだとからっと笑った。

「それがね、使用人会議に出す紅茶を間違えちゃって――」

執事頭やメイド長、料理長などの侯爵家使用人の役職者会議で、茶葉を間違えて煮出し、とても渋い紅茶を出してしまったそうだ。

「それは」

ソフィアは言い淀んだ。カリーナの主な仕事は来客対応をするパーラーメイドだ。家人が少なく来客も少ないフォルスター侯爵家なので、他の雑務もこなしているだけに過ぎない。その仕事内容からして、確かに叱られるだろうと思わず目を逸らす。

「ま、その後お湯で割って出し直したけど」

「えっ！　――それ、もっと怒られない？」

「それが、結構気付かれないものよ。そのときは失敗して落ち込んだけど、誰も気付かないからなんだか可笑しくって」

明るく笑うカリーナは、もう間違えないから大丈夫だと言ってサンドイッチをぱくぱくと食べている。ソフィアの悩みとは関係のない話だったが、その態度が面白くて笑い声を漏らした。

「ふふ、そうね」

「だから、ソフィアも何か知らないけど元気出して！　昨日より成長すればそれで良いのよ……多分」

少し自信なさげな表情になるのが愛らしい。励ましてくれるカリーナはやはりソフィアに優しかった。

「――ありがとう、カリーナ。私、もっとちゃんと考えてみる。これからのことも」

目の前のことに必死で、ギルバートの側にいたくて、強くなりたいとばかり願って、何をすれば良いのかを考えていなかった。分からなかったと言ってもいい。世間知らずで何も知らないままで、守られていることで得られるものは何だろう。

ソフィアはスープを飲んで、ぎゅっと拳を握った。

「私にできることがあれば言ってね。できる限り力になるわ」

カリーナが自身の胸元を叩く。ソフィアはそれに頷き、軽くなった心とひらけた視界でもう一度考えてみようと決心した。

「うん。……いつも頼りにしてごめんね」

「ううん、良いのよ。ソフィアが笑ってる顔、私結構好きだもの」

食べ終えた食事を籠に纏(まと)めて、準備室から厨房(ちゅうぼう)に返す。手を振るカリーナと別れて、ソフィアは執務室で仕事の続きに戻った。


二人きりで過ごすギルバートの私室は、いつだって穏やかな時間が流れている。ときめく胸が鼓動を速めることこそあれ、ソフィアはその時間を大切に思っていた。しかし少し前のギルバートからの提案以来、どこか気まずい雰囲気である。

「――ギルバート様」

ソフィアは覚悟を決めて口を開いた。カリーナと話をしてから、更に数日が経っている。自分でこれからのことを決めるのは不安で、これまでよりずっと色々なことを考えた。それでも最後に心に残った大切なことは、一つだけだ。

「何だ？」

軽く返事をしたギルバートは、しかしソフィアの表情を見て口を引き結んだ。きっと、答えを決めたことに気付いたのだろう。ソフィアの覚悟を後押しするように、重ねていた手が握られる。

「私……行きたいです、夜会」

その答えにギルバートは一度目を伏せ、まっすぐにソフィアの目を見る。その藍色の瞳にもまた、強い意思が宿っていた。

「分かった」

「ありがとうございます。あの、ドレスとか買いに行かないとなんですけど――」

一緒に行ってくださいますか、と続けようとした言葉は、ギルバートによって阻まれた。人差し指を立てた右手が、ソフィアの唇に一瞬触れる。その感触に頬を染めた。

「私と夜会に行くんだろう」

「あ、あの……っ」

「なら、今回は私に任せてくれ」

表情が変わらないままのギルバートに小さな不安が湧き上がる。まさか贈ってくれようとしているのではないか。そんなことはさせられないと、ソフィアは慌てて口を開いた。

「あのっ、お給料から引いてください！」

ドレスのような高価なものを贈られる関係ではないはずだ。ギルバートは僅かに目を細めた。

「ソフィアの給料なら把握している。私がエスコートするのだから気にしなくていい」

それは安いドレスで隣に立たれても困るという意味だろうか。確かにあまりお金はないが、それでも安価なドレスなら買えるだろうと思って決めたのに。ソフィアは困惑して瞳を彷徨わせた。

「あの、そこまでしていただくわけには」

「構わない。私の稼いだ金を何に使おうが私の勝手だ」

ギルバートの理屈はやや横暴であるが、ある意味では正しい。

「ですが……」

それでも珍しくソフィアは食い下がった。以前貰ったワンピースだって、ソフィアには買えないものだったはずだ。カリーナに教わって物の値段を知ったソフィアにとっても、ドレスは未知の領域だった。まして貴族が夜会で着るようなドレスとなると、安物でも使用人の一月分の給料でやっと買えるくらいだろう。

「――……ハンスに話しておく」

ギルバートが溜息混じりに言った。分かってくれたのだろうか。ソフィアはその言葉にほっとして息を吐く。

「よろしくお願いします」

「だが、何故行こうと思ったんだ。私から話したことだが……まだ怖いだろう？」

ギルバートの率直な問いに、ソフィアは一度緩めた気持ちの糸を張り直した。聞かれるかもしれないと思っていたが、実際に面と向かって答えるのには勇気がいる。

「あの……」

ソフィアは自由な左手をぎゅっと握った。俯いてしまいそうになるのを堪え、顔を上げる。

「――私、ギルバート様のこと……もっと知りたいんです」

藍色の瞳が驚いたように見開かれた。一度話し始めてしまえば、堰を切ったように想いが溢れてくる。胸の中に押し込めていたのは、隠していたはずの願望だ。

「ギルバート様の見ている世界に、近付きたいんです。守られてばかりじゃ駄目なんです。私が――私がギルバート様のお側にいるには、もっと頑張らないと……駄目、なんです……っ」

いつの間にか視界がぼやけていた。ギルバートの姿も滲んで、今どんな表情をしているのか分からない。迷惑かもしれない気持ちを曝け出していることに気付いていながら、ソフィアは言葉を止められなかった。

「だから……っ。だから怯えてちゃ駄目で、強くなりたくて——だけど、ギルバート様はお優しい、から」

ぽろぽろと涙が零れる。辛いのではない。ただ心の中がいっぱいで、まだ言葉にしていない想いが涙になって次々と溢れていくようだった。ギルバートが好きだ。守られているだけだと気付いていて、いつかは離れる日が来るかもしれなくても、恋心を捨てることはできなかった。

「だから私……っ」

少しでも貴方のことが知りたい。そう続けようとしたソフィアは、強く腕を引かれて言葉を呑み込んだ。引き寄せられ、ギルバートの腕の中に抱きとめられる。繋いでいた手よりも熱い体温が、密着した身体を通して直接伝わってきた。

ソフィアの涙が、ギルバートの服に吸い込まれて染みになる。

「ギ、ギルバート様……」

名前を呼んで僅かに身動ぎをするが、ソフィアを抱き締める腕の力は弱まるどころか増していく。ギルバートの背に腕を回すことは躊躇われた。次第に頬は熱くなり、涙は止まっていく。

「——ありがとう、ソフィア。お前が私に親しもうとしてくれることが、私は嬉しい」

ギルバートがソフィアの耳元で囁いた。低く艶のある声が鼓膜を揺らす。どこか甘さを含んだそれは、ソフィアの心に直に響いた。ゆっくりと身体の力が抜けていく。

「無理はしなくて良い。守ると誓った。……私も、お前が大切だ」

言葉と共に額に柔らかな感触が触れた。それがギルバートの唇だと理解したときには、既に離れた後だった。風邪でもひいたかのように身体が火照っていく。落ち着こうと意識して深く呼吸をすると、ギルバートが使っている石鹸の香りがした。

「あ……」

反射的に漏れた声に、ギルバートの腕の力が弱まった。ゆっくりと離れるにつれ、互いの身体の間に空気が流れ込んでくる。その温度の差に、上がった体温を否応なしに理解させられた。ソフィアはギルバートの手によって、支えるように立ち上がらされる。

「今日はもう戻れ。夜会の件はハンスに伝えておく」

「――ありがとうございます」

ソフィアはあまりの恥ずかしさに、顔を上げることができなかった。平静な声に戻っているギルバートを羨ましく思いながらも、就寝の挨拶をして部屋を出る。

「穏やかな幸せが似合うと言ったのは、私じゃないか――」

ソフィアが去った後の部屋で、ギルバートは誰にも聞かれることのない呟きを漏らした。


翌日、昼休憩の終わりにソフィアはハンスから執務室へと呼び出された。間違いなく夜会についての話だろうと、何を言われても良い心算をして扉を叩くと、予想外に上機嫌なハンスがソフィアを待っていた。

「ソフィアさん、お疲れ様です」

「お疲れ様です、ハンスさん」

ハンスは執務室の来客にも使うソファをソフィアに勧めた。少し悩むも、ハンスが向かい側に座ったのを見て腰を下ろす。

「夜会に出席すると聞きました。準備は私共にお任せいただきますね」

当然のように和やかに言うハンスに、ソフィアは首を傾げた。慌てて昨夜ギルバートに言ったことと同じことを口にする。

「あの。お金、私のお給料から引いてくださいますよね……？」

フォルスター侯爵邸で生活するには充分なだけ貰っている。まして保護され暮らしているソフィアは、これ以上何かをしてもらうわけにいかないと思っていた。正面からじっと見つめるが、ハンスは呆れたと言わんばかりに深く嘆息した。

「ギルバート様からもその話はお聞きしていますが——よろしいですか、ソフィアさん」

「は、はいっ」

ハンスは姿勢を正してソフィアを見た。長く執事頭を務めてきただけあって、貫禄がある。ソフィアも自然と背筋が伸びる。

「ギルバート様のエスコートで社交界デビューをするのに、安物のドレスで出席させられるわけがないでしょう！　ただでさえソフィアさんは王太子殿下とも面識があるのです。今期のデビュタントの中で最も輝くくらいでないと、私共は納得できません」

私共、とは侯爵家の人達を指すのだろうか。あまりに大きな話に、ソフィアは目を見張った。正直なところ、それほどまでは考えていなかったのだ。しかし言われてみれば、ソフィア自身もギルバートを素敵だと思っている。そして夜会では、隣に並ぶことになるのだった。

「あの。私……そんなに美人じゃないですし、礼儀作法だって」

十二歳までは家庭教師から学んでいたが、両親を亡くしてからは叔父母によって家庭教師も外されている。五年もの間、ソフィアは本以外の知識に触れていない。

「大丈夫です。ソフィアさんの作法は、基本がしっかりしています。家庭教師もこちらで用意しますよ」

「そんな、そこまでしていただくわけには参りませんっ」

思わず口が開き、慌てて右手で口元を押さえて隠す。ハンスのあまりに親切すぎる話に、ソフィアは目を白黒させた。何か裏があるのではないかと疑ってしまいそうになる。

「――ソフィアさん。これはギルバート様のためでもあるのです」

ハンスは急に深刻な口調になった。まだ動揺しながらも、ソフィアは気持ちを落ち着けようとハンスの話に耳を傾けた。

「ギルバート様のため、ですか？」

「はい。ギルバート様は、侯爵家の権力やその魔力を利用することを目論んだ縁談を望んでおりません。まして特殊な能力を持っていらっしゃるのです。そんな理由で嫁いできた女性との結婚生活など、上手くいくはずがないでしょう」

「そんなっ、ギルバート様はお優しいですし……どんな方だって、側にいればきっと――」

それが当然であるように言われ、咄嗟に反論してしまう。言ってから後悔して、言葉を切った。

ハンスはソフィアにとって上司だ。それにこれでは、ギルバートを好きだと言っているようなものである。

「も、申し訳ございません……っ」

慌てて頭を下げた。しかしハンスはソフィアの予想に反し嬉しそうに微笑んで、言い聞かせるようにゆっくりと話を続ける。

「――頭を上げてください、ソフィアさん。そうですね……私達はそう思っていても、世間はそうは見ていないという意味です」

ソフィアは悔しくて唇を噛んだ。ハンスの話が事実なのだろうと思うと、胸が痛い。

「なので、ソフィアさん。ギルバート様の隣で、ギルバート様の素晴らしさを夜会に参加する貴族の方々に見せつけてきてください。そうですね……お似合いだと言われるように振る舞ってきてください」

「お、お似……っ？」

「はい。女性はきっとソフィアさんの立場に自身を置いて、ギルバート様を見直すはずです」

ハンスの言葉は、ソフィアの予想の範囲を大きく超えていた。頼まれたとんでもない内容に、かっと顔が熱くなる。ギルバートの隣で似合いの令嬢になるのは、ソフィアにとっての夢でもあるのだ。

恥ずかしさが先に立ったが、次にやってくるのは不安だった。そんなことが今のソフィアにできるのだろうか。ただ参加して少しでも外の世界を知ろうと思っていた夜会のハードルが、どんどん上がっていくような気がする。

「そうです。これもギルバート様のため。私から、仕事の一環として依頼しましょう。夜会の準備や勉強の時間も、労働時間として数えます。残り二週間と少しですが、立派な淑女として夜会に出席できるように頑張りましょうね」

「は、はい……」

ソフィアはあまりに好条件過ぎると思いながらも、ハンスの勢いに押されて頷くことしかできなかった。しかしギルバートのために何かできるのだと言われてしまえば、ソフィアに拒むことなどできるはずがない。こんなにも感謝し、こんなにも深く想った人は、初めてなのだから。覚悟を決めるように、ぐっと両手を膝の上で握った。

「あの、ありがとうございます。私、頑張るので……よろしくお願いしますっ」

深く頭を下げる。ソフィアらしくもない、大きすぎる役割に目眩がしそうだった。それでも逃げ出したいとは思わない。昨日ギルバートに話したことは全て本当の気持ちだった。怖くて仕方がなかったけれど、少しでも同じものを見たい。

ソフィアの中の何かが、もう戻ることはできないと警鐘を鳴らしていた。

夜会に出席することは気が重かったギルバートだが、ソフィアの決意を聞いて気が変わっていた。きっと怖いだろうに、涙を流しながらもギルバートに親しもうとしてくれた姿に、少なからず心を動かされた。

訓練場では、第二小隊の隊員同士での訓練が行われている。

ギルバートはまだ若い隊員二人を同時に相手していた。調子の良い若い隊員を相手にするのはやりがいがある。稽古の間にも成長していく彼等を見ていると、自身に足りないものを突き付けられているような気もする。ギルバートは攻撃補助魔法の強さを確認しながら剣を振るった。

「今日は調子が良いな」

「ありがとうございますっ」

返事をしたケヴィンの剣と重なった剣を持つ右手の力を緩めないまま、ギルバートは僅かに口角を上げる。左手は同時に相手をしているトビアスを牽制するように魔法を使い、防御壁を構成した。それを越えて飛び掛かろうとするトビアスから距離を取るために、一度大きく剣を振るった。咄嗟に距離を取ったケヴィンと切っ先を向けられたトビアスは、体勢を変えてまたギルバートへと向かってきた。

第二小隊の訓練では、ギルバートは魔法を使っていた。それは隊員達の対魔法騎士の戦闘訓練のた

めであり、またギルバート自身の訓練のためでもある。

今日の二人はなかなか骨がある。特にケヴィンとトビアスは相性も良く、互いに意思の疎通が取れ

ている分攻撃が連携していた。嬉しそうに剣を構える相手に、ギルバートも気分が上がる。

「――ギルバート、客だ！」

まさに今から打ち合おうと再度距離を詰めた瞬間、アーベルの鋭い声がそれを止めた。もう慣れた

ことであったギルバートは、それまで向き合っていた二人に背を向け剣を鞘に収める。ケヴィンとト

ビアスは拍子抜けしたようにその場に立ち竦んでいた。

「隊長、客とは誰でしょうか」

ハンカチを取り出し、汗を拭う。訓練中の客が良い知らせを持ってくることは殆どない。眉間に皺

を寄せて歩み寄ると、アーベルもまた不機嫌そうに嘆息した。

「特務部隊の連中だ。またお前に頼み事だとよ」

特務部隊は国王直属で、国家の安定のための活動を主な任務としている。ギルバートに呼び出しがかかるときは、何らかの事件の取り調べが依頼内容であることが多かった。

ギルバートが近衛騎士団に入団する際、その魔力の強さと特性から特務部隊に勧誘された。しかしギルバートは、当時から交流のあったマティアスについて働く第二小隊を選んだ。特務部隊の誘いを断ることは異例で、彼等の自尊心を無意識のうちに傷付けたらしい。以来第二小隊に当たりの強い特務部隊を隊員達が良く思っていないことを、ギルバートは知っていた。

「分かりました。隊長、こっちの訓練の続きをお願いします」

ギルバートの言葉に、ケヴィンの顔が引き攣った。アーベルの訓練はギルバートより厳しい。

「分かったよ。遅くなるだろうし、今日は終わったら直帰して構わないからな！」

「ありがとうございます、お疲れ様です」

ギルバートが挨拶をして鍛錬場の入口へと向かうと、特務部隊の隊員が二人立っていた。二人はこちらを確認して頭を下げる。

「フォルスター侯爵殿、お呼び立てして申し訳ございません。ご協力お願いします」

向けられた無機質な声に、ギルバートは無言のまま頷いた。

王城の敷地内には北に裁判所があり、その地下には拘置所がある。取り調べは地下の取調室で行われる。手前の会議室で、ギルバートは事件についての説明を聞くこととなった。

「王城の内務にエラトスからの潜入者がおり、確保しました。しかし、度重なる取り調べにも口を割ることがなく──」

説明していた特務部隊の隊員は、居心地悪そうに目を落とした。エラトスはこの国の南に隣接する国だ。血の気が多く、最近も国境線上での争いがあったばかりだ。

「エラトスですか。知りたいのは何でしょうか」

口を割らない罪人を取り調べ、捜査を進めることがギルバートに課された役割だ。特務部隊は国王直属、たとえ貴族であれ断ることなどできない。まして魔力の揺らぎを読むことができるのは、この国ではギルバートだけだ。頼られるのも当然だった。

「目的と協力者を。数週間にわたって潜入していたようですので、高位の協力者がいる可能性があります」

差し出された資料に目を通す。そこには今回の逮捕までの経緯と、これまでの取り調べで得られた情報が書かれていた。殆ど口を割ってはいないようだ。

「分かりました」

数ページの資料を読み終え、ギルバートは右手の指を眉間に当てた。久しぶりの依頼だ。意識を集中させ、雑念を払う。意図的に感情を遠くに置いた。

速記を行う隊員の後に続いて取調室に入る。潜入者だという男は、捕らえられているにも拘らず不遜な態度で椅子に座っていた。手錠で両腕が拘束されている。

「何だ、俺は話すつもりなど――」

顔を上げた男と目が合う。男はギルバートの姿を見て目を見開いた。分かり易く顔を青くする姿に、ギルバートは挑発的な笑みを貼り付ける。

「ギ……ルバート・フォルスター……」

「私を知っているのか。話が早い」

ギルバートはつかつかと男に近付き、有無を言わせず手錠の掛けられている手首を掴んだ。

「――ひっ」

男が怯えた表情で視線を彷徨わせる。ギルバートの能力を知っている者は多いが、その詳細を知る者は一部に限られている。ただ心を読まれるという噂を聞いて、何となく恐れている者も多い。それもこのときばかりは好都合だった。

速記をする隊員がペンを持ったことを視界の隅で確認し、流れ込んでくる映像と音声を選別するように口を開く。

「お前は誰に命じられてこの国に来た？」

「し、知らない」

男は力一杯首を左右に振った。しかし意識の流れは正直で、脳内には煌びやかな部屋と、跪く男と、身なりの良い男が映し出される。身なりの良い男は調子の良い言葉を並べ立てており、男はそれに高揚していた。ギルバートはその男の姿に見覚えがあった。確信を持ち、低く絞った声で告げる。

「第二王子か。前に会ったことがある」

「ど、どうして分かった……！」

男の口から焦ったような声が漏れる。それまで一切の情報を漏らさなかった男の変化に、速記をしていた男の口角が上がった。

「だが可哀想に。捨て駒にされたか」

大事な腹心なら単身で敵の王城に潜入するような無茶はさせないだろう。映像の中の跪き方は騎士や兵士のものではなく、エラトスでは貴族が王族に対してするものだった。体格から見ても、大して強い者ではないように思われる。

「止めてくれ――」

人間は自分の内心を晒すことを恐れるものだ。感情を殺して向き合っているギルバートにとって男のことなどどうでも良いが、本人にとっては重要なことだろう。それが肉体に与えられる拷問などより余程耐え難いことを、ギルバートは知識として知っている。

「自分から話す気になったか？」

そもそもギルバートが見たものは、男の証言無しに証拠にすることはできないのだ。男はそれを知らない。どうにかして本人の確かな証言を引き出したかった。

「それは――」

こうしている間にも、次々と男の情報が流れ込んでくる。最初に特務部隊に言われた目的と協力者の情報も既に見ていたが、それは口にはしなかった。今浮かんでいるのは家族だろうか。

「私は偽証はしないが、お前の記憶は嘘を吐かない。兄へのコンプレックスが引き金か？　随分とお粗末な理由だな」

男の顔色が変わった。そこに浮かんでいるのはより決定的な怯えの色だ。ギルバートは手首を握る力を強めた。男の感情が、次第に昂っていくのが分かる。

「煩い……」

震えた声だが、男の目の色が変わった瞬間をギルバートは見逃さなかった。感情を揺らさないよう、じっと男を見据える。

「何だ？」

「煩いと言ったんだ。俺の気持ちがお前なんかに分かってたまるか！」

突然激昂した男は、自由な足でだんと床を踏み鳴らした。ギルバートは表情を変えないままに手首を掴んでいた手を外し、男の向かい側に座る。

「――そうだな、聞こう。お前のことはお前自身で語るべきだ」

男はその言葉をきっかけに、何かの箍が外れたかのように饒舌になった。男が話す内容の真偽は、先程のうちに既に把握している。嘘や誤魔化しがあった場面だけ口を挟めば、充分な証言が手に入る。速記をしている隊員は背を向け手を動かしながら、愉快そうに声を出さずに笑っていた。

一度口を割らせてしまえば、協力者の貴族の名前も潜入の目的も、情報は簡単に引き出せた。これまで無言を貫いていたことが嘘のような呆気なさだ。

元々貴族の家の息子のようだった。訓練など何も受けていないのだろう。次に攻めるときに有益な情報を探すという曖昧な目的にも、エラトスの第二王子の底が知れる。すぐに何かを仕掛けてくることはなさそうだと、ギルバートは内心で安堵した。

「潜入に協力したのはバーダー伯か」

「ああ、そうさ。あのじじい、エラトスでの厚遇を約束したら簡単に靡いてくれたぜ。お前への私怨もあったようだけどな」

バーダー伯爵家は、このアイオリア王国の南部地域に領地がある貴族の一人だ。息子が違法な商品取引に関わって逮捕されたことが記憶に新しい。取り調べを担当したのはギルバートだった。それまで地味に無難な領政を敷いてきた分、その不祥事は衝撃的で、国内貴族に広まるのも早かった。エラトスにもその情報が伝わっていても不思議はない。

先に読んだ資料の中にも、バーダー伯爵は容疑者として名前が挙がっていた。エラトスでのやり直しを目論んだのだろうが、外患誘致は重罪だ。愚かすぎる行動にギルバートも呆れるしかない。

そろそろ良いかと速記をしている隊員に視線を送ると、そうと気付かれぬ程度の頷きが返ってきた。

ギルバートは立ち上がり、男の側に歩み寄る。逃げるように身体を引いた男に構わず、再度手首を掴んだ。

「な、なんだよ……」

「最後にお前がエラトスに流した情報を見せてもらう」

それは男の罪状には直接関係のないことだ。国防のために把握すべき情報なので、必ずしも証言である必要はない。後でギルバートが報告書に書けば済むことだった。

男は内務にいたらしいが、あまり深部まで食い込んでいたわけではなかったようだ。得られる情報も精々年間予算や個人の情報ばかりで、国政そのものに関わるものではない。だが、個人の情報は場合によっては大きな影響を与えることもある。ギルバートは注意深く一つ一つを精査し、記憶に刻みつけていった。個人の弱味になり得るものこそ、早急に対処する必要がある。

男は魔道具で書状をエラトスとバーダー伯爵へと飛ばしていたらしく、その書状の文章を映像の中で読んでいくことは容易かった。人が何かを書いているときの感情は、書状に向いているためだ。

「――お前……」

ギルバートは得られた情報の中からある一つに目を止め、男を見下ろした。自然と鋭くなる視線に、少し余裕を取り戻してきていた男はまたも顔を青くして震えている。ギルバートには、今自分がどれほど恐ろしい表情をしているのか分からない。しかし一度荒れてしまった心の波は、簡単に収まってはくれなかった。

　それは見ようによってはあまり問題のない文章だった。フォルスター侯爵は猫を溺愛している、とだけ書かれている。文章中の猫の文字に丸が書かれており、そこには疑問を示す記号が付けられていた。

　確かに最近噂になっていたし、魔法騎士であり侯爵でもあるギルバートを知らない者は王城にはいないだろう。普通なら何の問題もないそれは、ギルバートにとっては重大な情報だった。バーダー伯爵に個人的に恨まれており、エラトスとの先の戦で『黒騎士』としてその名を知られているギルバートの、弱味。疑問を示す記号が何を意味しているのか、行き着く答えに眉間の皺は深くなる。

「あの子のことを、どこまで知っている」

　問いかける声は、低く地を這(は)うような音になった。ギルバートの意思に関係なく、右手首の白金の細い腕輪が僅かに光る。脳内に流れ込んでくる映像には、男がギルバートについて調べている姿が映し出された。本当に猫か怪しいものだ、と言ったのは、ギルバートの知らないどこかの若い貴族子息のようだった。

「ひっ、ひひ……っ」

　恐怖が突き抜けたのか、男は気味の悪い笑い声を上げた。ギルバートは現状にはたと気付いて手を離す。途端に男はがたがたと音を立てて椅子から転げ落ち、ギルバートから距離を取るように背後の石壁まで下がっていった。しかし不気味な笑い声は未(いま)だに続いている。

　速記をしていた隊員が、手を止めて何事かと振り向いた。

「――もう良いだろう、情報は充分だ」

　ギルバートは男に背を向け、取調室の扉に手を掛けた。突然の展開に戸惑っている隊員に構わず、ノブを捻る。

「可愛い可愛い子猫ちゃん。お前みたいな化け物に愛されるなんて、可哀想になーあ！」

　追いかけてきた声が、ギルバートの鼓膜を揺らした。ざらりとした感触が心を撫でていく。それは負け惜しみであり、男なりの精一杯の反抗でもあったのだろう。

　ソフィアはフォルスター侯爵邸にいるのだ。エラトスの人間と関わることなどなく、現状害される可能性は殆どないと言える。そもそもソフィアが猫ではないと確実に知っている人間は、王城内にはマティアスを含めてこの国の王族しかいないはずだ。

　ギルバートは無言のまま取調室を出た。廊下にいた特務部隊の隊員に報告書を後で提出する旨を伝え、北の建物から外へと向かう。

　外はすっかり暗くなっていた。既に訓練は終わっており、鍛錬場にも第二小隊の執務室にも、誰も残っていない。

「――っ」

　ギルバートは怒りに任せ、自身の執務机に拳を叩きつけた。鋭い音が無人の執務室に響く。鈍い痛みが手から腕へと伝わり、昂った感情を少し落ち着かせた。

　自身の問題にソフィアを巻き込みたくないとマティアスに言ってから、あまり日は経っていない。既に巻き込んでいたとは知らず、悠長なことを言っていたと後悔する。ただでさえ苦労の多かった彼女の幸せを守ると、誓ったはずだった。両手を机について俯くと、目の端がぴりりと痛んだ。

「ソフィア……」

小さな声で名前を呟く。ギルバートはその音に混じる自身の感情に身震いした。何度も否定してきた認めてはいけないそれを、ぐっと押し込めるように両手を握る。少しでも早く侯爵邸に帰るべきだと思い直し、椅子に座り使い慣れたペンを手に取った。

報告内容は多いが、書き始めれば止まることはない。一時間程度で書き上げ、鍵付きのケースに入れた。急ぎ足で特務部隊の執務室に向かい、報告書を提出する。これから行うというバーダー伯爵の逮捕と伯爵邸の捜索は特務部隊に任せ、ギルバートは焦る心のままに馬を走らせた。それでもフォルスター侯爵邸へと帰宅できたのは、いつもよりかなり遅い時間だった。

その日ソフィアは侯爵邸の玄関で、ギルバートの帰宅を待っていた。今日から一週間、ギルバートの帰宅の当番になったのだ。当番はギルバートを出迎え、食事の配膳をするのが仕事だ。終わりが遅くなる分、夜食も出るらしい。
夜会の参加が決まり使用人としての仕事を外してもらっているソフィアだが、以前から決まっていた当番を他の人に変えてもらうことは躊躇われた。それに、帰宅して最初にギルバートの顔を見ることができるという楽しみもある。この仕事だけはとハンスに言って、了承を貰っていた。
ハンスと共にサルーンで待機していると、馬の足音が聞こえてきた。きっとギルバートだろうと、速まる鼓動を抑えて玄関の扉を開ける。ギルバートは珍しく馬車ではなく、騎馬で玄関前に乗り付けた。初めて出会ったときに乗っていた黒毛の馬だ。ハンスは溜息を吐いてギルバートの元へと駆け寄った。

「ギルバート様、馬車はどうされました？」

既に馬から降りたギルバートから、ハンスがあまり多くない荷物を受け取る。外は暗く、ソフィアの位置から二人の表情は見えない。声だけが扉の前にいるソフィアの元まで届いた。

「後から来るように伝えている」

なんとなくいつもより硬く低い声に、ソフィアは耳を澄ませた。

「左様ですか。お疲れ様でございました」

「……何だ。ハンスがそんなことを言うとは、珍しいな？」

話しながら近付いてくる二人に、ソフィアは扉を開いたままで押さえる。玄関の明かりが、ギルバートの銀の髪を暖かい色に照らした。それまでよく見えなかった表情も見えてくる。眉間に刻まれた皺と引き結ばれた唇に、ソフィアの心が騒めいた。

「珍しいのはギルバート様です。お忙しかったのですか？　お顔色があまりよろしくありません」

「いや……ソフィアはどうしている？」

ハンスがその問いに片眉を上げる。気付いていなかったのかと言わんばかりに、ソフィアに目を向けてきた。どきりと高鳴った胸を抑え、ソフィアは頭を下げた。

「——お帰りなさいませ、ギルバート様」

慣れない挨拶が少し恥ずかしい。顔を上げると、ギルバートは驚いたようにソフィアを凝視していた。ハンスの言う通り、確かに顔色はあまり良くないようだ。疲れているのか、何かがあったのか、分からなくて不安になる。

「あ、ああ……ただいま」

返された言葉の柔らかさに安堵する。僅かに微笑んで返すと、眉間の皺が消えないままのギルバートに手首を掴まれた。驚きに目を見開くが、ギルバートは構わずに邸内へと腕を引く。ソフィアは突然の行動に足を縺れさせたが、ギルバートの力はソフィアの身体を容易に支えきるほど強かった。

ハンスが閉まる直前の扉の隙間から、慌てて駆け込んでくる。

「ギルバート様、何事ですか！」

主人とはいえ幼い頃から見てきたギルバートに対して、ハンスもいくらか気安いのは知っていた。しかしはっきりと不満を伝えるのは珍しい。ギルバートも自覚していたのか、ソフィアの手首を掴んだ右手を見下ろし、小さく嘆息した。

「すまない」

硬い声のままのギルバートに、ハンスは表情を険しくして頷いた。ソフィアは、ギルバートの右手がいつもより冷たいことが気になった。白金の腕輪が無機質にサルーンの明かりを反射している。いつも手を繋ぐときは左手だった。右利きのギルバートが右手でソフィアを掴むのは珍しい。踏み込めないままのソフィアは、どうして良いか分からずに俯いた。

「ソフィア、待っていてくれてありがとう」

手首から離れたギルバートの右手が、ソフィアの纏め髪から解れた毛束に触れる。長い指で梳かれて顔を上げると、ギルバートはどこか悲しげな顔をしていた。

「ギルバート様……？」

不安から上げた声を遮るように、ギルバートはソフィアの頭を撫でた。まるで壊れ物を扱うような手つきに、それどころではない何かがあったのだろうと思っても、勝手に頬が熱を持っていく。ソフィアは指先で制服のスカートに触れた。

「食事の支度を頼む。ハンスと話してすぐに行く」

その言葉でソフィアはここがサルーンで、ハンスもいることを思い出した。今はまだ仕事中だ。自らの失態に気付いて慌てて姿勢を正す。三人の他に誰もいないことが、唯一の救いだった。

「——は、はいっ」

慌てて返事をすると、ギルバートはやっと眉間の皺を緩めた。すぐに踵を返して階段を上っていき、ハンスがその後を追う。

ソフィアは一人、その背中を見送った。先程の表情が気がかりだったが、後で話ができると思い直して食堂へと向かう。昼間のうちにカリーナとメイド長から教わった通りに準備室でカトラリーを選び、料理に合わせて並べていった。

ギルバート一人の食事は、料理を全て最初に出してしまうらしい。確かに話す相手もいなければ、ゆっくり食べる利点はないように思う。まだ慣れないソフィアにとってはありがたかったが、広い侯爵邸の食堂に一組だけ置かれたカトラリーが少し寂しく感じた。

「これで、良し……っと」

準備ができてしまえば、ギルバートが来るまでソフィアにすることはない。一人きりで食堂の端に控え、直すまでもない制服を整える。

ギルバートがやってきたのは、それから三十分程の時間が過ぎた頃だった。食堂にやってきたギルバートは部屋の端に控えていたソフィアに小さく頷き、カトラリーの置いてある席に座った。ソフィアはすぐに厨房へと向かう。

「ギルバート様がいらっしゃいました。お食事お願いしますっ」

準備室から厨房に声をかけると、中にいた料理人達がそれぞれの皿の仕上げを始めた。朝や昼は別の使用人が給仕をしているので、ソフィアがこれを見るのは初めてだ。料理長が怒号にも近い声で指示を飛ばしており、戦場と言っても過言ではない。大きな声に思わず肩をびくつかせる。

「――あれ、今日はお嬢ちゃんなの？」

カウンター越しにひょいと顔を出したのは、まさに今まで怒号を飛ばしていた料理長だ。大きな声に反射的に怯えてしまっていたソフィアは、身体を縮めて頷いた。

「は、はい……っ」

「ごめんごめん、怯えないで。もう準備できるからね」

何度か見かけていた料理長だが、直接話したことはなかった。まるで先程までとは別人のようににこにこと話され、肩の力が抜ける。

「ありがとうございます」

準備室の端に置いてある料理用のワゴンをカウンターに寄せる。食事のとき用の茶器を揃えて、ワゴンに乗せた。

「おいっ！　もう良いか!?」

「はい……！」

響いた声に飛び上がって返事をするが、厨房の中での話だったようだ。ソフィアが中を窺うと、料理長が料理の仕上がりを確認していた。咄嗟に返事をしてしまったことが少し恥ずかしい。すぐにいくつかの皿がカウンターに並べられた。

「よろしくね、お疲れ様」

一緒に渡された小さなメモ書きには、その日のメニューが書かれている。説明するのに使えという意味だろう。ソフィアは皿をワゴンに乗せて頭を下げる。最後に水の入ったポットを受け取り、茶器の横に置いた。

「ありがとうございますっ」

「良いから、早く届けてあげて」

その声に押されるように、ソフィアはワゴンを押して廊下へと出た。


食事の名前はそれぞれ複雑で、イメージのようにさらりと言うことはできなかった。帰宅したときよりもいくらか雰囲気が柔らかくなったギルバートが、笑わずに聞いてくれたことが救いだった。

「家の料理は美味（うま）いと思うが、料理長の付ける名前は長い」

フォークでサラダを口に運びながら、ギルバートがぽつりと言った。

食堂にはギルバートとソフィアの二人きりだ。他に誰もいない状況でメイドとして働いているのはこれが初めてで、話しかけられたことに戸惑った。どうしていいか分からず視線を彷徨わせる。ギルバートの言葉は、ソフィアを励まそうとして言ってくれたのだろう。

「ええと、その……」

確かに長いと思うが、ソフィアの立場から素直に同意することは憚（はばか）られた。ちなみに今ギルバートが食べているサラダは、『トマトとハーブのサラダ、オーロラマヨネーズソース、ナッツを纏った一口エビのフライを添えて』という名前だ。

「――どうせ私とお前しかいない」

その言葉にソフィアはほっと肩の力を抜き、少しテーブルに寄った。離れていては会話がし辛い。

「はい。あの……長いと思いました」

おずおずと言うと、ギルバートは喉の奥でくつくつと笑った。解れた空気が呼吸を楽にする。

「ソフィアは今日は夜食があるんだったか」

「そうなんです！　実は、楽しみにしていたんです」

普段の使用人用の食事は料理人達が作っているらしいが、夜食は料理長が作るらしい。それは料理人の修行のためだとも聞いていた。

「そうか」

食事の手を止めたギルバートがソフィアを見る。藍色の瞳が揺らいでいるのが珍しいと思った。何故か心がざわざわする。

「何かございましたでしょうか？」

不安になり聞き返すと、ギルバートは首を左右に振った。

「いや、後でいい」

それだけ言って食事を再開する。一人で食べているだけあって、ギルバートの食事は速かった。しばらくして、ソフィアは食後の紅茶を準備しようとワゴンに向かう。

「あ……」

思わず声が漏れた。ティーポットとカップには問題がない。茶葉も適量が既に入れられており、迷うことはない。

「――どうした？」

問題は水の入ったポットだ。これは魔道具で、触れることで水を温めるものだった。ソフィアには扱えない。心配そうにこちらを窺っているギルバートに、紅茶を淹れることもできないのが情けない。しかしこの場でそれを口にすると、きっとギルバートに湯を沸かしてもらうことになるだろう。使用人として働いている今、それはいけないような気がして、目を逸らす。

「あの、なんでもありません……」

厨房に戻ればスイッチを入れてくれるだろうか。しかし何故それすらできないのかと怪しまれたりするだろうか。ソフィアに魔力が無いのを知っているのは、ギルバート以外にはハンスとメイド長だけだ。どうしようかと考えを巡らせ、俯いた。

「素直に言えばいい」

かつかつと音がして、ソフィアははっと顔を上げた。残りの食事を終えたギルバートが、立ち上がってソフィアの前に歩いてくる。

「ギルバート様――」

思わず声を上げた。しかしギルバートは構わない様子で、すぐ側で立ち止まりワゴンの上を見た。

「これか」

ギルバートが右手でポットのスイッチに触れた。少しして温度が上がってきたのか、白い蒸気が浮かんでくる。ソフィアはいたたまれなくて頭を下げた。

「……申し訳ございません」

頭上で聞こえた溜息が、ソフィアの心を沈ませる。

「いや、良いんだ。そうではない。ただ――お前はもっと私を頼って良い」

かけられた言葉は予想よりもずっと優しかった。しかし素直に頷けないソフィアは、両手をぎゅっと握り締める。ギルバートは一度ソフィアの髪に触れ、椅子へと戻っていった。

「ありがとうございます。……すぐにお淹れします」

紅茶の淹れ方は知っていた。適温になった湯をポットに入れ、砂時計の砂が落ちるのを待ってカップに注ぐ。ふわりと華やかな花のような香りがした。その香りが、落ち込んだ気持ちを慰めてくれる。テーブルに置いたそれを口にした瞬間の、ギルバートの僅かに緩んだ表情が嬉しかった。


夜食はとても美味しかった。ギルバートの食事にあったスープをアレンジしたものだったが、スパイスが効いていて、冬でも身体が温まる味だった。ギルバートを待たせてはいけないと急いで片付けて部屋に戻り、ギルバートの私室に向かう。入浴を終えたソフィアは、隣に座るギルバートの表情を盗み見た。いつもと変わらない表情にも見えるが、よく見るとやはり少し顔色が悪いようだ。

ソフィアは心配から、手を伸ばしてギルバートの頬に触れた。予想より冷たい皮膚が、熱を持ったままの指先に触れる。

「ギルバート様、やっぱり今日はお疲れのようです。何かございましたか?」

上目遣いで窺うようにギルバートの瞳を覗き込む。ギルバートは目を見開き、上体を引いてソフィアから距離を取った。何かを躊躇うように視線が逸らされる。そっと触れていたソフィアの手が、ギルバートから離れて落ちた。

「――すまない」

低く響く声が鼓膜を揺らし、ソフィアを現実に引き戻す。自分からギルバートに触れてしまった。自身がした大胆過ぎる行動に驚いて、かっと頬が熱くなる。戸惑っているであろうギルバートを見るのが怖い。慌てて俯き、顔を隠した。

「わ、私……ごめんなさいっ！」

謝って済む問題だろうか。しかしギルバートが心配で、少しでも理解したいと思ったのは本当だ。まさか自分からギルバートの頬に触れるなど――そんなことをする日が来るなんて、思ってもいなかった。恥ずかしくておかしくなってしまいそうだ。

黙ったままで俯いていると、ソフィアの頭が少し雑な手付きで撫でられた。髪をぐしゃぐしゃとかき回されているようで、擽ったい。

「――大丈夫だ。心配してくれてありがとう」

温かい声にはっと顔を上げると、ギルバートは柔らかな表情で、目尻を下げて微笑んでいた。その表情に安心する。分かり易く速くなっていく鼓動が煩い。

「あ、あの。私……ごめんなさいっ。おやすみなさいませ……！」

ソフィアは慌てて立ち上がって一礼し、ギルバートの部屋を飛び出した。今日のことがぐるぐると頭の中を回っている。自分の部屋に戻っても、その微笑みは頭の中から消えてくれなかった。

ギルバートによるエラトスからの潜入者の取り調べが終わった後、特務部隊はすぐに令状を取り、バーダー伯爵邸へと向かった。証拠を隠蔽される前に確保したい。取り調べの成果を出すのに時間もかかってしまっている。多くの人員を連れて、王都のタウンハウスへと向かう。

「これは――」

近衛騎士団特務部隊隊長代理を務めるフェヒトは、貴族街の端の方にあるその邸を見て目を見張った。

バーダー伯爵家は、このアイオリア王国で、長年伯爵として政治の一翼を担っていた一族のはずである。昨年嫡男であった息子が違法な商品取引によって逮捕された後に、国に多額の賠償金を支払ったとも聞いていた。その結果、豪商から嫁いできた妻が出て行ったとも。だがこの邸の惨状は、それだけが原因ではないのではないかと思わざるを得なかった。

垣根は荒れ放題で、ところどころが枯れてしまっている。庭と言って良いのかも分からないほど伸び放題の草が、玄関までの通路を邪魔していた。土地自体の広さがある分、夕暮れ時の薄闇の中では幽霊屋敷のようにも見える。住民と使用人のいる家が、一年でこんなにも寂れてしまうものだろうか。

フェヒトはやや焦りを感じながら、隊員達を引き連れて邸内へと歩を進めた。扉を開けても人の気配はない。フェヒトは先を急いだ。造りは一般的なタウンハウスのようだ。当主の部屋は二階にあるだろう。玄関に隊員を配置し、目星をつけた部屋に踏み込んだ。

その部屋は不思議なほど小綺麗に片付いていた。直前まで誰かが生活していたことが分かる。几帳面な性格の男なのか、棚に仕舞われている本一つとっても、種類ごと、大きさごとに整理されているようだった。机の上だけが不自然に乱れている。そこに置かれている書類の日付は今日だ。

「慌てて出て行ったようだ。まだそう遠くへは行っていないだろう」

フェヒトは数人の隊員に声をかけ、街の警備兵への伝達を頼んだ。まだ近くにいれば、警備兵の数の多さで攻めた方が効率が良い。指示を受けた者達がばたばたと部屋を出て行く。フェヒトは引き続き執務机の調査を続けた。引き出しを開けて、中の書類を出して中身を確認する。一番下の鍵のついた引き出しは、剣で鍵を破壊した。

「これは、決定的な証拠だな」

フェヒトはその中に押し込まれていた大量の紙束ににんまりと口角を上げた。それはエラトスからの潜入者がバーダー伯爵に送ったらしい報告書だ。筆跡で個人が特定できるだろう。後はバーダー伯爵の身柄を拘束するだけだ。

そこまで考えて、フェヒトはその報告書の内容に目を走らせる。

「バーダー伯の狙いは……フォルスター侯爵だったのか？」

その報告書の殆どには、ギルバートについての情報が書かれていた。経歴から、現在の所属と、そうなった経緯。黒騎士と呼ばれるようになったきっかけの先の戦争での活躍や、最近の勤務状況。潜入者が内務にいたからか、侯爵家の大まかな財政状況の一覧まである。

その底の方に、一枚の紙があった。契約書らしきそれには、潜入者を手助けする代わりにギルバートの弱みになる情報を集めるようにという内容が書かれていた。

「だが、あの男に弱みなどありもしないだろうに」

「どうされたのですか」

「いや、バーダー伯の動機は、フォルスター侯爵への恨みのようだ」

フェヒトが嘆息すると、問いかけてきた隊員が納得したような顔になった。

「ではこの日記に出てくる『あの男』とはフォルスター侯爵殿のことなのですね」

隊員が分厚い革張りの日記帳を広げて見せてくる。フェヒトはそれを覗き込み、思わず眉間に皺を寄せた。

「何だこれは」

頁いっぱいに書き込まれた恨み言は、見るに堪えないようなものばかりだった。遡っていくと、息子が逮捕されたことも、伯爵家の零落も、妻が出て行ったことも全てがギルバートのせいだと書かれている。

「完全に逆恨みだな」

フェヒトはギルバートが好きではなかったが、その能力は買っていた。かつて特務部隊に推薦したこともある。だからこそ、内心で同情せざるを得なかった。

日記も最後の方になると、目ぼしい情報が得られないことに痺れを切らしたのか、唯々その不幸を願うような、幸福を恨むような言葉がひたすら並んでいる。もう先を見るのは止めようかと思いながら頁を捲ったところで、フェヒトはそこに書かれた言葉に目を止めた。

――侯爵は猫を溺愛している。

猫ならば仕留めるのは容易いが、それは本当に猫なのか？

薄茶の毛、深緑の瞳。

女であれば尚良い。

私の大切なものを奪った男に制裁を。

「これは……伝えてやった方が良さそうだな」

日記を閉じ、隊員に突き返す。

「貴重な証拠品だ。持ち帰ってくれ」

「はい！」

隊員が日記を慎重に袋に入れている。フェヒトはそれを見ながらギルバートを捜査に巻き込むことができると確信し、今にも笑い出しそうになるのを必死で堪えた。

ギルバートが取り調べを行った翌日、朝早く、第二小隊の執務室の扉が乱暴に叩かれた。まだ朝礼をしている時間で、隊員はマティアスの護衛に付いている者と非番の者以外、ギルバートを含め全員が揃っていた。一番近くにいたトビアスが扉を開ける。

「え、うわ……どのような御用ですか」

トビアスの声に皆が扉の方を向いた。

「ギルバート・フォルスター侯爵殿に用がある」

そこにいたのはフェヒトと数人の特務部隊の者達だった。ギルバートは昨日の取り調べで何か問題があったかと思い、朝礼の輪から外れた。

「何かありましたか」

「昨日バーダー伯爵家を捜索したところ、侯爵殿、貴殿に関する資料が多く見つかりました」

「私に関する資料ですか」

ギルバートはフェヒトの勿体ぶった言い回しに、眉間に皺を寄せた。昨日の取り調べで、エラトスの潜入者が言った言葉が脳裏を過ぎる。

「伯爵は、貴殿への復讐のために潜入者に手を貸したようですよ。心当たりはございますね？」

「私への復讐……」

フェヒトがバーダー伯爵の日記をギルバートに差し出してくる。ギルバートはそれを受け取って、表紙を捲った。そこに書かれている内容に、ギルバートは自身の顔が強張っていくのを感じていた。

それは完全に逆恨みだった。そういった負の感情自体は、向けられることに慣れているため今更ギルバートはなんとも思わない。問題は、ソフィアのことがどう伝わっているかだ。ギルバートは先へ先へと頁を捲り、その言葉が書かれたところで手を止めた。

「バーダー伯は、現在行方不明です。昨日踏み込んだときには、既に邸を出た後でした。使用人もいなかったようです」

一年前の事件から、バーダー伯爵家の財政状況は逼迫していただろう。使用人がいないのは納得できる。しかしその分身軽で、どうとでも動けるということの裏返しだった。

「全く、貴殿はよく恨みを買う人ですね」

フェヒトがわざとらしく言う。ギルバートは何も言い返さなかった。自覚はしている。

「おい、……どういう意味だ」

低く重いアーベルの声が、ギルバートの代わりにフェヒトに怒りをぶつけた。

「そのままの意味ですよ、アーベル殿。侯爵殿は余程問題がある人物なのでしょう」

あえて神経を逆撫でするような言い方だ。

「そもそも特務部隊がうちの副隊長に頼らなければそんなことにならないんじゃないですかー？」

ケヴィンが言葉を重ねてフェヒトの言葉を否定した。いつの間にか隊員達が朝礼を止め、皆こちらを向いている。

「そうですよ」

「大体、頼ってるのはそっちなのになんて言い草ですか」

「お前達、少し黙れ」

アーベルが隊員達に向き直って、彼等の言葉を止めた。ギルバートはしかし日記のその頁を閉じることができずにいる。

「――ですが、侯爵殿への恨みが動機になったのは確かです！」

フェヒトが第二小隊皆の意見を突っぱねるように言う。隊員達は何も言えずにぐっと息を呑む。ギルバートは深く嘆息した。このままではらちが明かないだろう。

「フェヒト殿。私が動機となっている以上、放置するわけには参りません。動かせていただきます」

「……当然です。ですが、情報は共有していただかなければ困ります」

「それは、こちらとしてもお願いしますよ」

フェヒトはギルバートの手から日記を奪い取って、執務室を出て行った。

「なんですか、あれ！」

「失礼すぎますよ！」

「なんで副隊長も黙ってるんですか!?」

隊員達が分かりやすく怒りを噴出させている。アーベルがギルバートの肩を叩いた。

「殿下に許可を取ってくる。こいつらもこのままじゃ引かないだろう」

「申し訳ありません」

個人的な事情に隊を巻き込んでしまった。謝罪をして頭を下げたギルバートに、アーベルは何でもないことのように軽く笑う。

「いや、特務の奴等は最初から俺達を巻き込むつもりだったと思うぞ。だからお前は気にしなくて良い。――それより、お前の猫は大丈夫か。復讐が目的なら、お前の場合は大事なものが標的になるが」

会話の流れから予測したのだろう、アーベルがギルバートを気遣うように言った。直接ギルバートを攻撃することができる一般人は、おそらくこの国にはいないだろう。剣の腕だけならまだしも、魔法まで駆使してしまえば個人ではとても戦えない。

「そう……ですね」

ギルバートはきっと今頃家で夜会に向けて準備をしているであろうソフィアを思った。ギルバートと共に参加すれば、否応なしに注目を浴びる。やはり参加させない方が良いだろうか。

「お前のところなら大丈夫か」

アーベルは独りごちて執務室を出て行った。マティアスのところに行ったのだろう。ギルバートは奇妙な熱気に包まれた隊員達を見渡し、朝礼の続きをしようとその輪に加わった。

その日、第二小隊が特務部隊の補佐としてバーダー伯爵の捜索に加わることが正式に決まった。帰宅したギルバートはソフィアの出迎えを受け、自身の私室へと向かう。

「ギルバート様、何があったのですか」

部屋に着き二人きりになるなり、ハンスは騎士服の上着を脱いでいる途中のギルバートを問いただした。先日から、やはり自分はおかしかったようだ。ハンスは話しながらも椅子の背に置かれている上着を手に取り、丁寧にハンガーに掛け直す。

「やはり、ソフィアは夜会に参加させない方が良いだろうか」

「何かございましたか」

「行方不明のバーダー伯爵が、私を逆恨みしているらしい。私の噂も聞いているようだ」

「噂とはどのような……」

ハンスがギルバートを気遣いながらも、おずおずと聞いてくる。

「――私が、猫を溺愛している、と」

改めて口にすると間が抜けた話だ。猫を大切にしているからといって、その猫をどうにかしてしまえば良いなどと馬鹿げたことを考える者は、普通はいないだろう。ハンスが溜息を吐いた。

「ギルバート様、猫という噂でしたら、問題はないのではございませんか？」

「だが……」

日記には、猫ではなく女である可能性が書かれていたのだ。まして髪と瞳の色は、王城で聞かれたときにソフィアのものをそのまま口にしてしまったのが悪かった。ギルバートが夜会に連れて行けば、きっと一瞬でソフィアがギルバートの『愛猫』であると気付かれてしまうだろう。やはり自分はフェヒトが言う通り、問題がある人物なのだ。

「ギルバート様がどう仰っても、ソフィア嬢はもう夜会の準備を始めていますよ」

ハンスが困ったように言う。ギルバートは煮え切らない自分を情けなく思いながらも、どうしてもソフィアを人目に触れさせることを躊躇する気持ちを振り切れずにいた。

◇　◇　◇

仕事を終えたソフィアは、夜食を食べた後、誰もいない客間の一室でダンスの練習をしていた。使用人の部屋ではどうしても狭く、思うように動けない。日中勉強やダンスを教わるために使っている部屋で、今日教わってできなかったことをもう一度復習したいと思ったのだ。

魔道具の明かりは点けられないため、カーテンを開けて差し込む月明かりを頼りにしている。

「一、二、三……」

小さな声でリズムをとりながら、身体を動かす。一人だと教わっているときよりもいくらか気が楽で、身体もよく動いてくれた。基本のステップを覚えてしまえば、応用はそう難しくないと言われている。

くるりくるりと身体を動かすときの顔の向きがまだ上手く定まらずに目は回ってしまっているが、足の動きはだいぶ良くなってきているだろうとソフィアは少し自信を持った。

「――ソフィア？」

突然声をかけられ、ソフィアは驚いて振り返った。ギルバートが扉を押さえ、驚いたようにこちらを見ている。勝手に部屋を使って、更に扉まで閉めるのは申し訳ないと思ったことが災いした。できれば、ギルバートにはまだ見られたくなかった。

「ギルバート様……勝手に使って、申し訳ございません」

「構わない。だが、こんな時間に何を」

ギルバートは部屋に入ると、卓上のランプを点けた。部屋に仄かな暖かい明かりが灯る。

「今日教えていただいたことを、復習していたのです。あまり身体を動かすことはなかったので、どうしてもダンスは不安で」

レーニシュ男爵家にいた頃、ソフィアはその殆どを自室で過ごしていた。無邪気にダンスや社交に憧れたのも、随分前のことだ。自分には訪れない機会だと諦めていた。

「ソフィアが嫌ならば、今からでも断ることはできるが」

ギルバートがソフィアの目を見て、窺うように問いかけてくる。自信がないソフィアに逃げ道を示してくれているのだろうか、やはりギルバートは優しい。

「いいえ。私、もう決めたんです。——それに」

ソフィアは言葉を切って、ギルバートを見上げた。藍色の瞳の中にはソフィアが映り込んでいる。言葉にはできないけれど少しでも伝われば良いと、勇気を出して口を開く。

「ギルバート様と踊るの、楽しみにしているんです。あ、あの……お笑いになるかもしれませんが、実は、憧れていて」

夜会の話を楽しそうにするビアンカ。物語の中にあった、華やかな場所。

「そうなのか？」

ギルバートは意外そうに言う。ソフィアは耐えきれない恥ずかしさに曖昧に笑って、話を続けた。

「はい。私が子供の頃、両親に貰った絵本の中に、王子様とお姫様のお伽話があって。よくある物語なのでしょうが、色もとても綺麗でした。だからお気に入りで、何度も読み返していたんです」

ソフィアが男爵家を出るときに持ち出した本だ。まだビアンカも子供だった頃に、取り合いになって、一頁破れてしまっている。母親の手で綺麗に貼り合わせられたその頁すら、ソフィアが両親に愛されていた確かな証だ。両親が死んでしまってからも、ずっとソフィアの心の支えだった。

どんなに叔父と叔母に虐げられても、ビアンカにきつく当たられても、ソフィアに生きていて良いと言ってくれていた絵本。王子様がお姫様の手を取って踊り、二人は永遠に結ばれるのだ。

ギルバートが苦笑した。

「それは、私にとっての騎士物語のようなものかもしれないな」

きっとソフィアの気持ちの全部を知ってはいないギルバートが、それでも尊重しようと言ってくれた言葉が優しい。ソフィアは眉を下げた。

「そう、かもしれません」

ギルバートが眉間に皺を寄せた。

「どうかなさいましたか？」

「ああ、いや。大丈夫だ。——もう少し練習するのか」

軽く首を振ったギルバートが問いかけてくる。ソフィアは頷いた。まだ眠るには早い。もう少しならば良いだろう。

「はい。まだ基本のステップですが、少しずつできるようになっているんですよ」

少し自信がついてきたばかりだ。ここで練習を終わらせてしまうのは惜しかった。

「そうか。なら……ソフィア。私は王子ではないが、共に踊ってもらえるか？」

ギルバートが軽く腰を折ってソフィアと目線を合わせ、左手を差し出してくる。それは夜会で正式に女性をダンスに誘うときの姿勢だ。吸い込まれてしまいそうな真摯な瞳に、ソフィアは捕らえられてしまう。

「え、でもあの。まだまだ下手で……っ」

「相手あってのダンスだ。共に踊っても良いだろう」

「それは、そうです、けど」

「大丈夫だ。私に任せて」

ソフィアはその言葉に促されて、そっと右手を差し出した。ゆっくりと手を引かれる。腰に腕を回され、ソフィアもギルバートの腕に手を添えた。あまりに近い距離に、ソフィアは慌てて俯いた。

「背筋を伸ばして、顔を上げて」

ギルバートの言う通りだ。踊るには姿勢を整えなければならない。

ソフィアが勇気を出して顔を上げると、ギルバートは薄く微笑んでいた。リードされるままに最初の一歩を踏み出せば、自然と次の一歩がついてくる。初めての感覚にソフィアは思わず笑った。

ただの使われていない客室だが、そこはまるで二人のためだけのダンスフロアのようだった。窓から差し込む月明かりすら、二人を照らすスポットライトのようだ。くるりくるりと回っても、ギルバートに目を奪われているせいで、目が回ることもない。

「ソフィアは筋が良い」

「ギルバート様が、お上手だからです……っ」

身体を動かしているせいか、それともギルバートと踊っているせいか、鼓動が速い。頬が上気しているのが分かる。幸いにも部屋は薄暗い。ソフィアはギルバートに気付かれていなければ良いと思いながら、少しでも長く踊っていたくて次のステップを踏んだ。

「——あっ」

ソフィアは右足を起毛の絨毯に引っ掛けて躓いた。ふらついた身体をギルバートが抱き寄せて支える。直接感じた厚く硬い胸板に寄り掛かるようになって、慌ててソフィアは身体を離した。

「も、申し訳ございませんっ」

「いや……楽しかった。当日、共に踊るのが楽しみだ」

励ましの言葉に、ソフィアは勢いよく頷いた。

「はい。ありがとうございます。私、練習頑張りますね」

ギルバートも楽しみにしてくれていると思うと、ソフィアはこれまでよりももっとやる気が湧いてきた。不安が小さくなって、代わりに期待が高まっていく。当日はソフィアはドレスを着て、ギルバートは盛装をして、共に王城に向かうのだ。それはお伽話の王子様とお姫様よりも、ソフィアの憧れる未来の姿だった。

「――今日はそろそろ休め。おやすみ、ソフィア」

ギルバートがソフィアの頭をぽんぽんと軽く叩いて部屋を出て行った。少しずつ遠くなる足音を聞きながら、ソフィアはギルバートが触れた頭を押さえた。

◇◇◇

翌日、ギルバートは第二小隊と共に王都の街を見回っていた。バーダー伯爵の居場所が分からない今、目撃証言を探して聞き込みをするのが逮捕までの最短経路だろう。証言はなかなか集まらないが、先に調べた関所に通行記録は無かった。まだ王都にいることは確かである。ならば雑多な建物が多い商業地区か、長屋も並ぶ居住区域の端だろうと予想していた。

ギルバートの大切なものが狙われている状況で、ソフィアを夜会に連れて行くべきか悩んでいた。しかし冷静に考えれば、それまでにバーダー伯爵を捕まえてしまえば済むことである。夜会まで二週間を切っている。残された時間は短いが、まだ諦めることはない。

「副隊長、こっちは目ぼしい証言は取れませんでした」

「こっちもです……。本当、貴族だってのに、どこに隠れているんでしょうね」

貴族の男、それも五十歳を超えた男が、一人きりで生きていけるとは思えなかった。他人に世話をされることに慣れてしまえば、一人きりではどうにもできないものだ。どこかの宿に泊まっている可能性が最も高いが、中心部の宿は一通り確認してしまっている。もっと端の方だろうか。

「関所周辺まで調査を広げてみるか」

ギルバートは指示を出しながら、どこか納得し切れずにいた。ギルバートへの恨みが大きく、日記にその大切なものを奪うとまで書いていたのだ。そんなに簡単に、ギルバートとその邸から離れるだろうか。

「分かりました、伝えます！」

隊員の一人が走っていった。アーベルの元にギルバートの提案を伝えに行ったのだろう。だが、アーベルもギルバートと同じようなことは考えているはずである。

「ならば、もっと遠くか？　それとも逆に……」

こんなことになるならば、以前社交の場でバーダー伯爵と会ったときに、しっかりとその魔力の波動を覚えておけば良かった。覚えていれば、ギルバートは魔力のある者ならば追跡できたのだ。今更考えてもどうしようもない。

「もう一度聞いてみるか」

やはり中心部にいる可能性は高いだろう。ギルバートは商業地区の広場を見渡した。先程聞き込みをしたときから時間が経ち、人が入れ替わっている。制服の襟元を正して、ギルバートはまた歩き始めた。

◇　◇　◇

ソフィアは夜会に向けた勉強と仕事の合間に、少しずつ刺繍を進めていた。以前ギルバートと出かけたときに買ったシルクの白いハンカチだ。藍色の糸でギルバートのイニシャルを、銀糸で縁取りをするつもりだった。少しずつ進めているためなかなか完成しない。

「ソフィア、調子はどう？」

ここ数日側に付いてくれているカリーナが、ソフィアに声をかけてきた。

「うーん、どうにか夜会の日にはお渡ししたいのだけど」

夜会はもう三日後に迫っている。

イニシャルの刺繍は終えたものの、縁取りの刺繍はまだ途中である。細かい模様のデザインにしてしまっているため、思った以上に時間がかかり、銀糸もかなり消費していた。

「間に合わなさそうなの？　これだけできるのなら、間に合いそうなものだけど」

カリーナがソフィアの手元を覗き込んだ。

「違うの。糸が足りなくなるかなあ、って」

銀糸は高級で、以前ギルバートと買い物に行ったときには最低限の量しか買えていない。やはり足りなかったかと思いながら、ソフィアはどうしようか悩んでいた。代わりの色を使ってしまうこともできるが、それではせっかくギルバートの色で作っている意味がなくなってしまう。邸内に銀糸の余りはあるだろうか。侯爵家はお抱えの仕立て屋がいるようなので、それも難しいかもしれない。

ソフィアが悩んでいると、カリーナが何でもないとばかりにからりと笑った。

「なんだ、そんなこと？　足りないんなら、買いに行けば良いじゃない」

「え？」

「今日の勉強は終わってるんでしょ。まだ遅い時間でもないし、ちょっと糸を買ってくるくらいなら、大して時間かからないわよ。一人だと危ないし、一緒に行こうか？」

「あ……そっか。でもカリーナ、仕事は」

「私の今の仕事は、ソフィアの側にいることだもの。ハンスさんが、夜会まではソフィアの側にいて助けてあげなさいって。だからソフィアが買い物に行くのなら、私も一緒に出かけられるわ」

悪戯な表情のカリーナが、ソフィアを促す。以前ギルバートと出かけたとき、ソフィアが思っていたよりも魔力を必要とする機会はなかった。手芸店に行って帰ってくるくらいならば、魔力が無くても問題ないだろう。まだカリーナに魔力が無いことは話せていないが、使う機会がなければ大丈夫だと思う。

「そうだね。じゃあ、一緒に行ってくれる？」

「勿論よ。じゃあ早速着替えましょう」

カリーナがソフィアの手を引く。ソフィアは頷いて立ち上がった。早く買ってきて、刺繍を完成させたい。完成した刺繍のハンカチを渡したら、ギルバートはどんな顔をするだろう。いつもソフィアに親切で、優しくしてくれるギルバートに、喜んでもらえたら嬉しい。

「カリーナ、ありがとう」

「良いのよ、ソフィアと買い物に行けるんだから、役得だわ」

ソフィアとカリーナはメイド長に許可を取り、使用人がお遣いのときに使う馬車を使って侯爵邸を出た。どんなに迷っても二時間はかからないから、夕食の時間には戻ってこられるだろう。以前も行った大きな手芸店を目指して、馬車はがたがたと走っていった。

捜査はなかなか進展していなかった。一度は特務部隊が潜伏先であったホテルを突き止めたが、既に移動された後だった。ギルバートは内心で焦りながらも、冷静に聞き込みを続けていた。

「なかなか情報って集まらないですねー」

ケヴィンが溜息と共に言葉を吐き出した。そろそろ嫌になってくる気持ちも分かる。ギルバートはつられて溜息を吐き出さないように堪(こら)えなければならなかった。

「地道な捜査が解決の元だろう。ケヴィンは焦り過ぎだ」

トビアスがケヴィンに呆(あき)れたような目を向けた。ケヴィンは戯(おど)けた仕草で舌を出す。

「分かってるって。トビアスは真面目だなー」

「煩(うるさ)い」

トビアスが冷たい声音で言う。じゃれ合う二人を横目に、ギルバートは周囲に注意を向けていた。何かないだろうか。手掛かりになってくれるのならば、今のギルバートにとっては何でも良かった。

「何かないか。何か……」

ぐるりと見渡しても、そこにはいつも通りの街並みが広がっているだけだ。道行く人達も変わらない様子である。楽しそうに歩く者、駆け回る子供達、仕事のために先を急ぐ者。それぞれが何らかの目的を持って通り過ぎていく。

「フォルスター侯爵殿、お久しぶりです！」

ギルバートは突然かけられた声に振り返った。

「……アルベルト殿。このようなところで何を？」

そこにいたのは、前にも数度会ったことがあるフランツ伯爵家嫡男のアルベルトだった。ギルバートにとっては、ソフィアのかつての婚約者で、あんな目に遭わせた原因の一つだというだけでも気に入らない相手だ。小綺麗な服を着て、どこを目指していたわけでもないのか呑気な様子で笑顔を向けてくる。

面倒だと思いながらも、ギルバートはアルベルトに問いかけた。今までバーダー伯爵の行方の手掛かりは殆ど見つかっていない。何がきっかけになるか分からないだろう。

「街を見に来ました。フォルスター侯爵殿は、今日はお仕事でございますか？」

「ああ。第二小隊の仕事でこの辺りの聞き込みをしている」

「左様でございましたか。お疲れ様です」

アルベルトは少し不思議そうに言った。侯爵であるギルバートが聞き込みという単純な捜査を自らしていることが疑問なのだろう。だがギルバートは他の隊員達から爵位で区別されないように、進んで現場に足を運ぶようにしている。

「アルベルト殿は、また視察ですか」

以前ソフィアと出かけたとき、アルベルトは父親である伯爵に言われて街を見て回っていた。今日は一人のようだ。護衛はどこにいるのだろう。

「はい！　やはり街を実際に見て回るのは良いですね」

爽やかに笑っているアルベルトにとって、最早視察ではなく遊びになっているのではないか。ギルバートは皮肉にもそんなことを思ったが、言葉にはしなかった。

「そうか。——アルベルト殿に聞きたいのだが、バーダー伯爵との面識はあるか？」

これ以上余計な話をしても無駄だと思ったギルバートは、すぐに本題を切り出した。

「バーダー伯爵でしたら、夜会で何度かお会いしました。ああ、それと数日前にも、我が家の側で見かけてお話ししましたが」

「……っ」

ギルバートは思わず息を呑んだ。数日前にフランツ伯爵家の側で見たということは、居場所は貴族街ということになる。

「ああ、そういえば、侯爵殿のことを聞かれましたよ。恩があるから何を贈れば喜ぶか知りたいと仰っていて、しばらくお話ししました。それが何か——」

ギルバートはアルベルトの手を握った。許可を取る余裕も無かった。どうせアルベルトは、ギルバートの能力のことなど知らないのだ。多少変わった人間だと思われても問題ない。

太陽の角度から、その時間が昼間だと分かる。

アルベルトが伯爵邸を出て馬車に乗る。少し行ったところで、窓からバーダー伯爵の姿が見えた。伯爵は無精髭を生やしていたが、姿勢良く、目には力があった。見つけたアルベルトが律儀にも馬車を止める。

『伯爵殿、お久しぶりでございます。徒歩でいかがなさいましたか？　今から街に出ますので、よろしければお送りしますよ』

アルベルトはバーダー伯爵の息子が逮捕されたことは知っていても、伯爵自身が指名手配されていることは知らなかった。

バーダー伯爵は周囲にきょろきょろと視線を彷徨わせてから、アルベルトを見た。

『アルベルト君か。久しぶりだなあ。自邸の馬車が故障して困っていたんだよ。良ければ、森の側までご一緒できますか』

アルベルトは頷いて、バーダー伯爵を馬車に乗せた。

『アルベルト君は、フォルスター侯爵と面識はあるのかい？』

『はい！　王太子殿下からご紹介いただき、何度かお話しさせていただいています』

『そうか。私はフォルスター侯爵に恩があってお礼をしたいと思っているのだが、何を贈れば良いか悩んでいたんだ。アルベルト君は、何か彼のことを知らないかい？』

『侯爵殿について知っていることですか……好みとかは分かりませんが、先日は商業地区の広場でお会いしました。私服でいらっしゃったので、休日に街で買い物などもなさるのかと、なんだか意外に思いましたよ』

『侯爵が、街を……いやそれは思いもしなかったよ。そうか、彼にもそんな一面があるんだね。——

誰かと一緒だったのかな？』

『いえ、お会いしたときはお一人のようでしたよ。あ、でも』

『でも？』

『知人の令嬢とそのすぐ前に同じ場所で会ったもので、面白い偶然だなと』

『――令嬢』

　バーダー伯爵が聞き返す。アルベルトは僅かに口籠（くちごも）ったが、すぐに口を開いた。

『私の婚約者の従姉（いとこ）と、その少し前に同じ場所で再会しまして。久しぶりで印象深かったものですから。私事ですので、お忘れください』

『……もしかしてその従姉とは、薄茶の髪に深緑色の瞳の令嬢ではないか？』

『伯爵殿は、ソフィアとも面識があるのですか⁉』

　アルベルトが驚いて目を見張る。窓の外には、森が見えてきていた。

『ああ、いや。――ここで結構。助かったよ、アルベルト君』

　バーダー伯爵は止まった馬車から降りて、口角を上げた。アルベルトが挨拶をして馬車を動かすよう御者に指示を出した。窓の外では、バーダー伯爵が森の方をじっと見つめていた。


「侯爵殿、突然どうなさったのですか？」

　アルベルトは突然掴（つか）まれた手に驚き、しかし振り払うこともできずにいた。

「――バーダー伯は、現在外患誘致の罪で指名手配されている」

　ギルバートはアルベルトが知らないであろう事実を端的に伝えた。アルベルトは驚きに目を見開き立ち竦む。

「そんな、私は知らなくて……」

「部下を呼ぶ。彼に伯爵と会ったときの詳細を伝えてくれ」

やっと見つけた目撃者だ。しっかり証言させなければならない。ギルバートはすぐにトビアスを呼び、事情を話して放心状態のアルベルトを預けた。

アーベルに許可を取って一度邸に戻る。ソフィアのことが気がかりだった。侯爵邸にいる限りは安全だろうが、バーダー伯爵にその素性が知られてしまっている。念のため、用心するようにハンス達にも伝えておきたい。逸る気持ちに任せて馬の速度を上げる。傾きかけた太陽が、街を赤く染め始めている。それが余計にギルバートの気持ちを焦らせた。

玄関扉を勢いよく開ける。掃除をしていたメイドが驚いて動きを止めた。

「ギ、ギルバート様!?」

「ハンスはいるか」

「ただ今お呼びしますっ」

構わず聞くと、メイドは慌てて奥へと走っていく。この時間、ハンスは執務室だろう。

ギルバートは玄関扉の横の壁に軽く寄りかかった。馬を急かしすぎただろうか、ギルバートの息も少し乱れている。意識して呼吸を落ち着かせようとゆっくりと息を吸った。

「ギルバート様、おかえりなさいませ」

「ソフィアはどうしている」

いきなり質問をしたギルバートに、ハンスは面食らったように息を呑んだ。

「ソフィア嬢なら、カリーナと一緒に買い物に出ているそうです。ですが先程、メイド長から、不審者が使用人に声をかける事案が頻発していると報告がありまして……」

ギルバートが詳しく聞くと、女の使用人が見知らぬ男に声をかけられるという報告が、ここ数日メイド長の元に届いていたという。声をかけられても何かをされるということはなく、ただ不思議に思った者達が報告してきたとのことだった。

「ギルバート様にご報告差し上げようとしておりましたが……まさか、既に何かあったのですか」

「その不審者はバーダー伯で、狙いはソフィアだ」

噂のギルバートのお気に入りがソフィアという人間の女だと分かって、どうにかしようと考えたのだろうか。ギルバートはすぐに探しに行こうと、ハンスに背を向けた。

「手芸屋に行くと言っていたようです！」

ハンスの声がギルバートの背中に届く。ソフィアが行く手芸店ならば、さっと共に出かけたときに行った商業地区の店だろう。

「分かった」

ギルバートは扉を開け、玄関前に簡単に繋(つな)いだままだった黒毛の馬に飛び乗った。

アルベルトがバーダー伯爵を見たのは貴族街だった。フランツ伯爵の邸は、このフォルスター侯爵邸のすぐ近くだ。出てくる者に声をかけていたのならば、ソフィアとカリーナも既にバーダー伯爵に目を付けられている可能性が高い。

第二小隊に伝えて、ソフィアの行った手芸店の周辺を探らせなければならない。逮捕のための絶好の機会だ。しかし何よりもソフィアが無事でいるのか心配で、早く手の届くところに行きたかった。

ソフィアは手芸店で以前購入したものと同じ銀糸を買って、カリーナと共に店を出た。

「ありがとう、カリーナ。楽しかった」

「私こそ。――すっかり長居しちゃったわね。早く帰りましょ。お腹空いちゃった」

女二人でする買い物は会話が弾んで、予定よりもだいぶ時間がかかってしまっている。関係のないコーナーで変わった道具に目を止めたり、見本として飾られている刺繍の図案に夢中になったりと、ソフィアにとっても良い息抜きになった。

馬車は邪魔にならないように、商業地区の端で待ってもらっている。夕暮れで空は真っ赤に染まっており、もうすぐ日が暮れてしまうだろう。王都の治安が良いとはいえ、女だけで夜に出歩くのはあまり良くない。

「うん、馬車って向こうだよね？」

ソフィアの問いかけにカリーナが頷く。

少し細い路地に入ったところで、二人の行く手を阻むように、見知らぬ男が立っていた。男は五十歳くらいだろうか。少し汚れているが仕立ての良い服を着ている。無精髭を生やしていて、あまり綺麗な印象は無い。しかし姿勢は良く、おそらく貴族なのだろうとソフィアは思った。強い意思が込められているような目がじっとソフィアに向けられ、背筋がぞわりとする。

「どなたですか？」

カリーナがソフィアの前に出て男に尋ねた。

男は返事をしないまま、なおもソフィアを見続けている。

「あ、あの……」

気味が悪くて、ソフィアは堪え切れずに声をかけた。男はにやりと笑う。

「薄茶の毛に、深緑の瞳。――お前がソフィアとかいう女か」

その目がかっと見開かれる。そこにあるのは間違いなく他者を害そうという強い意思で、初めて向けられた感情にソフィアは身動きが取れなかった。

「誰かって聞いてるのよ！　ちゃんと答えなさい⁉」

カリーナがソフィアを隠すように両手を広げる。男の手元で、銀色の何かが夕日を反射して光ったのが見えた。男はしっかりとした足取りで、ソフィア達へと近付いてくる。

「ソフィア、逃げて」

カリーナが鋭い声でソフィアに言う。しかし固まってしまった足は震えて、動いてくれそうもない。

男との距離がどんどん近くなる。

「逃げるの！」

カリーナが痺（しび）れを切らしたのか、ぐっとソフィアの腕を掴んで引いた。今のソフィアが反応できるはずもなく、足を縺（もつ）れさせて転んでしまう。膝が擦れて血が滲（にじ）んだ。それでもカリーナはソフィアの手を離そうとしない。

「ごめん、カリーナだけでも逃げて」

「そんなこと、できるわけないでしょう！　ソフィアがいなかったら、ギルバート様だって幸せになれないんだからね！」

カリーナが殆ど泣いているような声で言う。男が迫ってきていた。立ち上がろうとしても思うように力が入らない。その手に握られているものがナイフだと、きっと男は自分を殺すつもりなのだと、ソフィアにもはっきりと分かった。

ソフィアは咄嗟にカリーナを反対方向に突き飛ばした。カリーナを巻き込みたくない。狙いがソフィアならば、どうか唯一の友人は傷付けないでほしかった。

カリーナの悲鳴が遠くに聞こえる。目の前でナイフを持った右手が振り上げられる。見ていられなくて、ぎゅっと目を瞑った。声さえ出てこなかった。思い出すのは、ギルバートがたまに見せる甘い微笑みだ。最後になると分かっていたら、昨夜もっと話しておけば良かった。

覚悟した痛みはなかった。死の直前は時間を長く感じるとはいえ、まさかこんなにも長いはずがないと思いながら、ソフィアはゆっくりと目を開ける。

「――え？」

男が何度も振り下ろしているナイフは、見えない壁に阻まれてソフィアまで届いていない。何もないはずの空間で、かつんかつんという何かにぶつかる音だけが響いていた。

「くそっ！　何で通らないんだ！」

男は突然の状況に対応できていないのか、意味もなくナイフを振るい続けている。顔を赤くして興奮している男の横から、若い男が飛び出し、剣でナイフを弾き飛ばした。

「もうちょい手ごたえあっても良いんだけどなあ」

見慣れない色の騎士服が男に向かって言う。弾かれたナイフを取りに行こうとした男の目の先で、別の騎士がナイフを踏み付けた。

「バーダー伯。無駄な抵抗はお止めになった方が、賢明かと」

「く……っ、お前達もあの男の差し金か？　私は悪くない……悪いのは、私の人生をめちゃくちゃにしたあの男だ。フォルスター侯爵さえ、彼奴(あいつ)さえいなければ……っ」

「――そんなにも私を恨んでくれるとは、光栄だ」

声はソフィアの背後から聞こえた。はっと振り返ると、そこには見慣れた騎士服姿のギルバートがいる。その黒に少し安心する。

ソフィアを守ってくれたこの壁は、ギルバートの魔法だったのだろう。

「だが、私を調べていたのなら……私のものに手を出したらどうなるかくらいは、予想できるかと思うが」

ギルバートは剣を抜いて、逃げ出した男の足を軽く斬りつけた。男は転んだまま立ち上がれないでいる。

「外患誘致に殺人未遂だ。重罪だな」

「あーあ。副隊長、怒るのは分かりますけど、控えてくださいよ」

「逃走防止だ。腱(けん)は切っていない」

「うわ、狙ってやったんですか」

ギルバートが騎士の一人と話しているうちに、もう一人が男の手に手錠をかけた。男は斬られた痛みで抵抗の意思を失くしたのか、されるがままになっている。

「副隊長は、その子をお願いしますよ」

バーダー伯爵を取り押さえている騎士が声を上げる。ギルバートは頷いた。

「助かる、トビアス。ケヴィン、あの娘を頼んだ」

ケヴィンと呼ばれた騎士はギルバートの指示に短く返事をして、ソフィアが突き飛ばしたときのまま地面に座り込んでいたカリーナの元へと走っていく。

「――ソフィア」

ギルバートの声が、ソフィアの頭上から降ってきた。その温かさに、やっと身体の強張りが解けて肩の力が抜ける。顔を上げると、心配と安堵(あんど)が入り混じった表情のギルバートがソフィアを見下ろしていた。

「ギ……ルバート、様……」

身体が震えている。名前を呼ぶと、ギルバートがソフィアに右手を伸ばしてきた。

「遅くなった。無事で……良かった」

ソフィアは差し出された手に目を向ける。その右手の指先が、僅かに震えていた。それほどに心配してくれていたのだと、ソフィアの心は温かな感情でいっぱいになる。

「ギルバート様……っ」

ソフィアは両腕を伸ばして、ギルバートの首に縋(すが)るように抱き付いた。ギルバートが片膝をついて、まだ立ち上がれずにいるソフィアに高さを合わせてくれる。溢(あふ)れ出てくる涙が、ギルバートの黒い騎士服に吸い込まれていった。

6章　令嬢は黒騎士様に近付きたい

バーダー伯爵をギルバート達が逮捕した日の夜、ソフィアはギルバートから詳しい話を聞いた。ギルバートがバーダー伯爵から恨まれていたこと、ソフィアが狙われる可能性があったこと、その日皆がソフィアを探してくれていたこと。

バーダー伯爵はギルバートの弱みとなる愛猫の正体がソフィアという令嬢だと知ってから、フォルスター侯爵邸を探っていたらしい。街で侯爵家の馬車を見つけ後を追ったバーダー伯爵は、馬車を降りたときに見た髪と瞳の色からソフィアを特定し、買い物を終えて馬車に戻るために人目の少ない路地へ入るのを待ち伏せていた。

何も知らなかったことを謝罪したソフィアにギルバートから与えられたのは、無事で良かったという言葉と、いつもよりも優しい抱擁だけだった。

その翌日、ソフィアはカリーナと共にメイド長に呼ばれていた。

怪我（けが）の具合を心配され、ソフィアが膝の擦り傷だけだと答えるとメイド長は安堵（あんど）した。

「膝の擦り傷なら、ドレスで見えませんね。良かったです。――明後日の夜会の支度ですが、カリーナにも手伝わせます。私の補佐として勉強してもらいましょう。良いですね、カリーナ」

メイド長はいつもの厳しい声だったが、その表情は穏やかだった。

カリーナはぱっと顔を輝かせて両手を胸の前で組んだ。カリーナの腕にも、ソフィアが突き飛ばしたときにできた浅い擦り傷が残っている。どちらの傷も跡は残らないと言われていた。

「ありがとうございます！」

嬉しそうなカリーナに反して、ソフィアは夜会の支度をメイド長にしてもらうことに気が引けていた。メイド長になる前は、先代侯爵夫人の侍女もしていた人である。しかし以前ハンスに言われた、ギルバートのためだという言葉を思い出して、遠慮の言葉を呑み込んだ。

「ありがとうございます、メイド長。あの……よろしくお願いしますっ」

深々と頭を下げる。メイド長は苦笑してソフィアに頭を上げるように促した。

「いえ、私こそ嬉しいことです。今日までよく頑張りました。残りの日はゆっくりと休んで、夜会に備えましょう」

珍しくメイド長がソフィアにかける言葉が優しい。ここ数日、確かに良く眠れていなかった。見抜かれていたことが居た堪れず、思わず俯く。しかし今日までに身に付けたことを思い出して、ソフィアはすぐに顔を上げて微笑んだ。

「はい。お気遣いありがとうございます」

背筋は伸ばして、目は話す相手をまっすぐに見ること。微笑みを忘れず、はっきりと言い切る話し方をすること。手の行き場が無いときは前で組み合わせること。染み込むほどしつこく繰り返された言葉が、頭の裏側で響く。

「ソフィア、すごいわよ。なんかこう、仕草が……ご令嬢って感じ」

「そうですね。付け焼き刃にしては良くできています」

自分でないようで恥ずかしいが、褒められることは素直に嬉しい。ギルバートの隣に立つために、少しは近付けただろうか。

「頑張ります」

夜会が迫って、ソフィアは緊張していた。毎日勉強に追われて、眠っていても夢で見るほどだった。昨日の事件のせいもあって、今日は今までずっと気を張っていた。

二人の言葉に安心して息を吐くと、夜会への恐怖心が少し和らいだような気がした。

夜会当日、ソフィアは昼からカリーナの手伝いで入浴をし、髪に香油を丁寧に塗られていた。ベルガモットの爽やかで甘い柑橘と花のような香りが、ソフィアの心を軽くする。

「この香り、なんだか安心する」

呟くと、カリーナが悪戯に口角を上げた。ソフィアは何故そんな顔をするのか分からず、首を傾げる。

「ハンスさんから聞いたけど、ベルガモットの香油は、ギルバート様の香水にも使ってるらしいわよ」

ギルバートの香水は、侯爵邸で調合していたのか。納得しつつも、自身の発言に恥ずかしくなった。つまりソフィアは、ギルバートの香りに安心したのか。頬が赤く染まっていくのが分かる。

「ソフィア。気持ちは分かりますが、今は落ち着いてください。化粧の色味が分からなくなります」

「申し訳ございませんっ」

メイド長の冷静な声に、ソフィアははっと口を引き結んだ。カリーナも気を引き締める。

「……ですが、もう少しリラックスして大丈夫ですよ」

温かい声音にほっと息をする。カリーナと目が合い、くすくすと笑い合った。やがて化粧が仕上がり、メイド長はカリーナの手を借りながら、ソフィアの髪を巻き始めた。

「ソフィアさんの髪は長くて綺麗ですね」

「そっ……そうでしょうか？」

レーニシュ男爵家にいた頃は、ビアンカの艶やかな金髪と比較して落ち込んでいた髪だ。当時手入れもできずにくすんでいたソフィアの薄茶色の髪は、今はさらさらと室内の光を反射して輝いている。

メイド長はその髪を複雑に編み込みながら、ハーフアップに纏めていった。カリーナが白い小花と控えめなレースの髪飾りを差し出すと、メイド長はそれを受け取り、バランスを見ながらソフィアの髪に挿していく。

鏡の中に映る自分は、まるで自分ではないようだった。そこにいる清楚で可憐な貴族令嬢の姿に、どきどきと鼓動が速くなる。

窓の外は少しずつ暗くなってきていた。

「ええ、とても素敵ですよ。さぁ、着替えましょう」

ソフィアは完成したドレスをまだ見ていなかった。採寸のときには布はなく、どのようなものになるのか全く分からなかったのだ。実はハンスが気を遣って見せないようにしていたのだが、ソフィアはそれを知らない。

「メイド長、持ってきました！」

カリーナがぱたぱたと布の塊を抱えて早足で歩いてくる。それを見て、ソフィアは息を呑んだ。

「あの、これって」

「ギルバート様がお選びになったものですよ」

それは胸元が淡い水色で、裾にかけて萌黄色へとグラデーションになっているプリンセスラインのドレスだった。艶やかなシルクの素材で、腰にシフォンのリボンがあしらわれている。ところどころに白い花を模した飾りが付けられているのが愛らしい。

メイド長とカリーナにそれを着せ付けられ、ソフィアは身動きが取れなかった。

「そんな、これ、汚したらどうしよう……！」

「似合ってるわよ、大丈夫でしょ」

カリーナが少し呆れたように笑う。メイド長は満足そうに頷いていた。

「――あとはこれですね」

鏡台に置いていたベルベット張りの箱をメイド長が手に取り、ソフィアの目の前で開けた。中に入っていたのは、ギルバートの瞳にも良く似た藍晶石の耳飾りと首飾りだ。

「綺麗な色です……」

誰に言うでもなくぽつりと呟くと、メイド長とカリーナが微笑んだ。それまでの緊張や不安が、その石の輝きの中に消えていく。きっと高価であろうそれが、何故か心の支えのように感じた。

「――ソフィア、安心して。すごく綺麗だから」

カリーナがソフィアの背中を押す。サルーンでは、先に準備の済んでいるギルバートが待っているはずだった。

「ギルバート様……お待たせ致しました」

階段を下りながら、ソフィアはギルバートに声をかけた。歩き易いようにと用意された低めのヒールの靴が、かつんかつんとゆっくりとしたリズムで響く。先に支度を終えたギルバートは、サルーンでハンスと話をしていた。

夜会服姿は騎士服のときよりも艶めいて見える。マティアスの護衛を務めることの多いギルバートは、仕事以外で夜会に出席することはあまりない。ソフィアも初めて見るその姿は、凛々しくも美しかった。隣に立つのだと思うと、どうしようもなく緊張する。

「待っていない。女性は準備に時間が――」

ギルバートがハンスとの会話を止め、ソフィアへと顔を向ける。言いかけていた言葉が止められたことに、ソフィアは首を傾げた。ついに階段を下りきり、ギルバートの前へと歩み寄る。

「素敵なドレスをありがとうございます。似合っていますでしょうか……？」

綺麗なドレスと宝石。今のソフィアに似合っているだろうか。

正面からギルバートを見上げると、藍色の瞳が揺らめきつつもソフィアに向けられた。

「ああ、良く似合っている。……綺麗だ」

ギルバートの耳が僅かに朱に染まったのを見て、ハンスが喉の奥で笑う。ソフィアは呟くように言われた褒め言葉が嬉しくて、頬が緩んだ。同時に身体に血が通ったような安心感に包まれる。

「ありがとう……ございます」

ふわりと自然に微笑みが浮かぶ。ギルバートの隣に並ぶことができるだけの自分に、少しはなれただろうか。

「ソフィアさん、とてもお綺麗ですよ。想像以上です。今日は頑張って、楽しんできてくださいね」

「はいっ」

ハンスの後押しがソフィアに勇気をくれた。認めてもらえる嬉しさに、心はまた少し強くなる。

「――行こうか、ソフィア」

ギルバートが左手をソフィアに差し出した。いつもよりもやや格式ばった姿勢で、目線がソフィアと同じくらいの高さになる。正面から見つめられて、心臓が一度大きく跳ねた。

「はい。今日はよろしくお願いします」

夜会にいる大勢の貴族の中で、ソフィアにはギルバートの手だけが頼りだ。レースの手袋に包まれた右手を、差し出された手にそっと重ねる。慣れた温度が気分を落ち着かせてくれた。

王城の入口手前で二人は馬車から降りた。着飾った貴族達が、次々と明かりに照らされた白亜の王城へと吸い込まれていく。その光景に、ソフィアは思わず手に力を入れた。

「大丈夫か？」

声をかけられ、はっと隣を見る。ギルバートが気遣わしげにソフィアに目を向けていた。

「……大丈夫です」

もう一度王城を見る。初めて入るそこは、どんな建物より美しく大きく感じた。

夜会が行われる大広間は一階にあって、開始を前に既に多くの人が集まっていた。中央では大きなシャンデリアが輝き、壁際には魔道具の明かりが点けられている。磨き抜かれた床がそれを反射し、室内をより明るく感じさせた。ソフィアは一歩入って、その光景に圧倒された。

「すごいですね」

華やかに着飾った貴族達と、光と音の波。反射的に恐怖を感じたソフィアは、意識して深く呼吸をした。飲まれてはいけない。ギルバートの隣という場所に見合った行動をしなければと、自らに言い聞かせる。

「今日は新年最初の夜会だ。参加者も多い。逸れないように」

ソフィアは、ギルバートの左腕に控えめに手を掛けた。握っては皺になってしまうだろうと思うと、指先が緊張して固くなる。薄く笑ったギルバートが、そのままソフィアをエスコートして大広間の奥へと歩を進めた。

かつんかつんと音が鳴る。先程まで騒めいていた夜会会場で、靴音がはっきりと聞こえる違和感にソフィアは首を傾げた。ギルバートが眉間に皺を寄せる。

「すまない。――どうやら、余程私達に興味があるようだ」

その言葉に周囲の様子を窺い、ソフィアははっきりと後悔した。好奇の目を向ける者や、唖然とした表情で固まる者。近くにいる者同士でひそひそと話している者。これまでに向けられたことのない種類の注目に、足元がふらつく。慣れない靴の踵が揺れた。

「きゃ……っ」

周囲には分からない程度で僅かにバランスを崩したソフィアを、ギルバートが手を伸ばして支えた。引き寄せられて近付いた距離に、頬が染まるのが分かる。顔を上げると、ギルバートは眉を下げてソフィアを見ていた。

「珍しいだけだろうが……辛いか？」

「いえ。驚いただけ、です」

今のソフィアには、ギルバートしか見えていなかった。気付いて支えてくれた優しさが嬉しい。ギルバートが胸元から銀時計を取り出し、時刻を確認して口を開いた。

「そうか。そろそろ王族が入場する。そうすれば、あまり気にならなくなるはずだ」

その言葉通り、それからすぐに国王と王妃が入場してきた。王太子であるマティアスが、妃のエミーリアと共にそれに続く。

やがて国王の短い演説で、あちらこちらでグラスが交わされる。新年を祝う夜会が始まった。

通常の夜会と異なり、社交界デビューが行われる夜会は、最初にデビュタントが王族に挨拶をすることから始まる。名前を書いたカードをコールマンに渡し、読み上げられた順に国王と王妃と言葉を交わすのだ。そこで男は国王から白い花を受け取り、それをブートニエールとして襟に飾る。女は王妃から髪飾りに追加で花を一輪挿してもらう。それがその日デビューした者の証になるのだ。

ソフィアもまたカードをコールマンに渡し、列に加わった。

今日の夜会でデビューする若者は、ソフィアを含めて三十人程度のようだ。挨拶の手前までは一人だけ同行できることになっており、他のデビュタント達は皆、父親か母親らしき人と共に並んでいる。

「――ギルバート様、申し訳ございません」

そのような場で、ギルバートにエスコートされているソフィアは間違いなく浮いていた。横にいるギルバートも居心地が悪いだろうかと思い、視線を落とす。

「いや、私は気にならない。お前はもっと自信を持って良い。特に今日は……本当に美しいから」

ソフィアはこんな状況でも、ギルバートのその言葉で前を向くことができた。

ソフィアは気付いていなかったが、事実、ソフィアは大広間に入ったときから多くの人の注目を集めていた。それはギルバートの隣に居ても見劣りのしない、清楚で儚げな雰囲気の美しい令嬢としてである。今日がデビューのソフィアを知る者はこの会場には未だおらず、侯爵であり黒騎士とも呼ばれるギルバートが、愛しむようにエスコートしていることも注目を集めた理由の一つであった。

レーニシュ男爵家の者も、ソフィアがここにいるなど思いもしない。彼らがそれに気付くのは、カードを読み上げるコールマンの声が朗々と響き渡ったときだった。

「——ソフィア・レーニシュ嬢！」

コールマンの声は良く通り、会場全体に響く。名前を呼ばれて視線が集まるのを感じながら、ソフィアはギルバートの腕から手を離した。ほんの数歩の距離に、国王と王妃がいる。その緊張感は、初めて体験するものだ。

ソフィアは背筋を伸ばして前に進んだ。貴族令嬢らしく、精一杯優雅に深く礼をする。

「貴女がソフィアちゃん？」

かけられた声は予想よりずっと優しくて、ソフィアはゆっくりと顔を上げた。そこにいたのは、歳を重ねて美しさが劣るどころか凄みを増している、この国の王妃だ。

「……はい」

思わずぽかんと見惚れてしまったソフィアは、慌てて微笑みの表情を作った。家庭教師に教わった、困ったときの笑顔だ。王妃はそれを見て眉を下げる。

「あら、警戒されちゃったみたいだわ。ねぇ、貴方」

「君が驚かせるからだろう。——ソフィア嬢、安心すると良い。私達は、貴女の成長を祝い、今後を応援しよう」

優しくも威厳のある国王の声に、ソフィアは改めて背筋を伸ばす。

「ありがとうございます」

視線を下げ、また礼をした。王妃の手元には箱が置かれていて、そこには季節もばらばらの様々な白い花が入れられている。王妃はその中から、一輪を選んで立ち上がった。

「貴女にはこの花を。まずは貴女が貴女自身を信じて。そして、侯爵が貴女を信じることができますように」

王妃は一瞬ソフィアの背後のギルバートを見たようだった。知られていたのか。選ばれた白い花は、ソフィアの髪飾りに重ねて綺麗に挿し込まれる。

「頑張ってね」

その言葉にソフィアは頬が染まるのを感じた。初めて会ったこの国の王妃は、とても素敵な人だと、確信を持って言える。そして国王もまた、優しく立派な人だった。これが、ギルバートが守っている国なのだ。

「――はい。頑張ります……っ」

泣いてしまいそうなほど胸がいっぱいで、ソフィアはぐっと奥歯を噛み締めた。作法に則って、深く礼をして下がる。すぐに、ギルバートがソフィアの手を取り支えてくれた。

「どうした？　ソフィア、大丈夫か？」

「いえ、ただ――素敵な方々だと思いまして」

ソフィアの髪に飾られたのはアスターの花だ。それまで白い小花だけで少し寂しかった髪が、今は華やかに見える。白く細かい花びらと、中心の鮮やかな黄色。白いアスターの花言葉は『私を信じてください』だ。花言葉に因んだ言葉は、ソフィアの胸に強く響いた。

「そうか。……殿下にも挨拶に行かねば」

ギルバートは深く聞くことはなく、そのままソフィアの手を引いた。今日は社交界デビューのある夜会のため、国王と王妃の席とマティアス達の席は少し離れている。ソフィアはちらちらと向けられる視線を意図的に無視しながら、ギルバートに寄り添った。

「殿下には一度お会いしているな。今日は妃殿下もいる。お前に会いたがっていた」

ギルバートの予想もしない話に、ソフィアは目を丸くする。

「妃殿下が、でございますか？」

「ああ。殿下が色々と話しているらしい。……あの二人は相変わらず仲が良い」

何かあったのか、溜息混じりの言葉が少しおかしくて、ソフィアはくすりと笑った。ちょうどマティアスとエミーリアの席のすぐ前だ。マティアスとギルバートの目が合い、マティアスの方がソフィア達が礼をとるより先に口を開いた。

「ギルバート、来たね。ソフィア嬢も久しぶりだ――」

「――ソフィア！」

慌てて頭を下げようとしたその瞬間ソフィアを呼び止めたのは、聞き覚えのある声だった。上品な夜会の雰囲気の中、あまりに不似合いな足音がばたばたと近付いてくる。ソフィアは反射的に身体を強張らせてギルバートを見上げた。

繋いでいた手がソフィアを支えるようにぎゅっと強く握られ、僅かに身体を引いて庇われる。

「ソフィア！　お前は……一体何をしているんだ⁉」

恰幅の良い中年の男――ソフィアの叔父であるレーニシュ男爵が、周囲など見ていないとばかりにまっすぐにソフィアに向かってきた。隣にはレーニシュ男爵夫人であるソフィアの叔母がいる。

「全く、貴女はこんなところにどうやって――」

怒りのままに顔を真っ赤にしているレーニシュ男爵と異なり、夫人はソフィアの隣にいるギルバートに気付いて言葉を切った。ソフィアは、ギルバートに庇われている場所から一歩前に出る。

怖い。何度も向けられた冷たい言葉の刃と心の傷が、振るわれた暴力の記憶が、嫌でも蘇ってくる。それでも負けたくなかった。ギルバートの隣にいる今は、どうしても俯きたくない。ソフィアは何度も練習した微笑みの仮面を貼り付けて、震える足を気付かれないように叱咤し、優雅に礼をする。

「――ご機嫌よう、叔父様、叔母様。お久しぶりでございます」

声が揺れてしまわないよう、ギルバートの手を握り返した。

「全くよろしくないわ！　何故ここにいるのかと聞いている！」

激昂しているのか、レーニシュ男爵は夫人の制止も振り切る勢いだ。冷静になってこっそり周囲を窺うと、冷ややかな目が向けられているのが分かる。ソフィアはできるだけゆっくりと口を開いた。

「色々とご縁がありまして、この方に助けていただいたのです」

「この方だと？」

そこでレーニシュ男爵は初めてギルバートに気付いたようだった。明らかに身なりの良いギルバートに、慌てた様子で嘘臭い笑みを浮かべている。

ソフィアが見上げると、ギルバートは不機嫌そうに眉間に皺を寄せていた。

「ギルバート・フォルスターだ。貴殿も名前くらい知っているだろう」

「――まぁ！　フォルスターって、フォルスター侯爵家の？」

レーニシュ男爵夫人が急に甘ったるい声で口を挟んだ。フォルスター侯爵家を知らない貴族などいないだろう。古くから続く名家だ。当主は特殊な強い魔力を持つ魔法騎士としても有名だ。

しかしまだ年若いギルバートがその噂(うわさ)の当主であるとは思ってもいないようで、権力に弱い二人はすっかりソフィアからギルバートに視線を移し、擦り寄る態度に変わった。

「彼女とは偶然知り合った。親族がいると知りながら挨拶に伺わなかった非礼、お詫(わ)びしよう」

小さく頭を下げたギルバートに、ソフィアは驚いて目を見張った。

「いえ。私共こそ……実の娘のように大切にしていたのですよ。お世話になっていると存じておりましたら、こちらからご挨拶に伺いましたのに――」

思ってもいないであろう言葉を口にする男爵に、ソフィアは何も言えなかった。ギルバートが自然な仕草で右手を差し出す。当然のように、レーニシュ男爵がすぐにそれを握って返した。ソフィアはギルバートが何をしようとしているのか気付き、咄嗟(とっさ)に声を出さないよう口を引き結んだ。

その力を使うのを見るのは初めてだった。僅かに表情を動かした以外に、特に変化はない。

「――ああ、レーニシュ男爵」

「王太子殿下！　これは大変な失礼を……」

ギルバートと握手をしているレーニシュ男爵に声をかけたのはマティアスだ。男爵は王太子の御前であったことに今更気付いたのか慌てている。しかしギルバートはその様子を見てなお、握手の手を離そうとはしなかった。

「レーニシュ男爵は、ソフィア嬢の叔父上だったね。男爵には娘がいただろう。区別なく育てたとは、本当に素晴らしい話だ」

マティアスが微笑んでいる。レーニシュ男爵はソフィアをちらりと見て、すぐにマティアスに視線を戻した。

「……もったいないお言葉でございます！」

興奮からか、頬を紅潮させている。男爵が王太子とこれほど長く話す機会など、殆どないと言っていいはずだ。舞い上がるのも頷ける。

「そうか。私は男爵の娘を社交界で何度も見かけているよ。いつも美しい姿だと感心していたんだ」

マティアスがちらりとギルバートとソフィアに目を向ける。ギルバートがマティアスに向かって小さく頷いた。

「ソフィア嬢を見つけたのは私だが……随分と、異なる扱いをしていたようだ。男爵、貴殿は彼女に、一体何をしたんだい？」

マティアスの目が細くなる。レーニシュ男爵は目を見開き、かっとソフィアを睨み付けた。ギルバートは男爵の手を離し、すぐに動けずにいるソフィアの前に立った。

「お前、余計なことを！」

今にも掴みかかろうとして距離を詰めてくるレーニシュ男爵から、ソフィアは目が逸らせなかった。何度も見てきた映像と重なって当時の感情が呼び覚まされ、身体が強張る。

ギルバートがソフィアを隠し、男爵を睨み返した。

「貴方っ！」

それを止めたのは男爵夫人だった。よく通る甲高い声に、その場の空気が固まる。

「恐れ入りますわ、殿下、侯爵閣下。私、体調が優れませんの。今日は失礼させていただきましょう。——ねえ、貴方？」

レーニシュ男爵夫人は全く体調が悪くなさそうである。問いかけの体でありながら、男爵にとってはそれは強い命令であったらしい。途端に結んでいた拳を解いた。

「あ、ああ……。そうだな。殿下、御前失礼致します」

周囲の冷ややかな視線を受けながら、二人は大広間から逃げるように出て行った。

ソフィアは肩の力を抜いて、ギルバートの腕に寄りかかる。服越しに僅かに感じる体温に、浅くなっていた呼吸が少しずつ落ち着いてきた。ギルバートがソフィアを気遣うように背中を優しく撫で、すぐにマティアスに向き直る。

「ギルバート、男爵はどうだい？」

マティアスは僅かに目を細めた。

「そうですね……色々と後ろ暗いところがあるようですよ」

「やはりか」

マティアスが嘆息する。ソフィアはギルバートの険しい表情に不安を覚えた。男爵家にいた頃、ソフィアがされていたことを見られてしまったのだろうか。惨めな姿はあまり見られたいものではない。

「ギルバート様……どうなさいましたか？」

怯えた表情のまま見上げると、ギルバートはゆっくりと表情を緩めた。

「大丈夫だ。私が側にいる」

ソフィアは見つめる藍色の瞳に浮かぶ暖かさに安心して、縋るようにしていた腕の力を抜いた。姿勢を正し、深呼吸をする。まだ今日の夜会は始まったばかりだ。そして、ここはマティアスとエミーリアの御前である。

「――そろそろいいか、ギルバート。アーベルが困惑しているよ。エミーリアもソフィア嬢と話したがっている」

マティアスがそれを見計らったように声をかけた。

「失礼致しました、殿下。先程はお助けいただきまして、ありがとうございます」

ソフィアは頭を下げた。マティアスに助けられたのは、これで二回目だ。

「構わない。ソフィア嬢も苦労するな。紹介しよう。私の妻、エミーリアだ」

マティアスの隣に座っていた清廉な雰囲気の美女がふわりと微笑んだ。女なら誰もが憧れてしまうだろう陶器のような白い肌で、すっきりとした印象の女性だ。

「はじめまして、妃殿下。ソフィア・レーニシュと申します」

「やっと会えたわ！　貴女が噂のフォルスター侯爵の猫ちゃんでしょう？　本当に可愛(かわい)いわね。薄茶色の髪に、瞳も綺麗な森の色。隠したがるのも頷けるわ、貴女とっても綺麗だもの。ねえ、侯爵？」

少し王妃に雰囲気が似ているが、王妃よりも無邪気でくるくると表情が変わる。ソフィアは見た目の印象とは違い次々と話を振ってくるエミーリアに、何から返せば良いか分からず言葉に詰まった。

そもそも、猫とは何のことだろう。

「妃殿下、猫の話はお止めください」

ギルバートが眉間に皺を寄せる。エミーリアは楽しそうにころころと笑った。

「ねえ、猫ちゃん。今度、私のところに遊びにいらっしゃいな。もっとゆっくりお話ししたいわ」

「え、あの。よろしいのですか……？」

あまりに畏れ多い話に、ソフィアは目を見開いた。素直に頷いて良いか分からないまま、首を傾げる。

「ええ、もちろんよ。良いわよね、侯爵？」

「……はい」

ギルバートは苦虫を噛み潰したような顔で頷いた。ソフィアがその顔を見ていると、マティアスの背後から押し殺したような笑い声が聞こえてくる。

「何だ。もう我慢できなくなったか、アーベル」

マティアスがそこに立つ屈強な男に声をかけた。赤い癖毛を雑に散らし、鋭い目をしたその男を怖いと思っていたソフィアは、くしゃりと笑った顔でその印象を改めた。

「申し訳ございません、殿下。ギルバートが面白くて、つい」

「隊長……」

ギルバートが溜息混じりに言う。その言葉で、マティアスにアーベルと呼ばれていたその男がギルバートの上司であると分かった。会話には入れず、ソフィアは向けられた目から逃げるように俯きがちに礼をする。

「アーベルも気付いただろうが、この子がギルバートの愛猫だよ」

揶揄うようにマティアスが笑いながら言う。アーベルはにっと口角を上げた。

「そうでございますか。明日、ゆっくり話そうな、ギルバート」

「……私には話すことはございません」

眉根を寄せたギルバートは、それでもソフィアの側を離れなかった。それを見たマティアスとエミーリアは、言葉にしないながらもそこにある確かな思い遣りと信頼に気付き微笑ましげな表情になる。ソフィアは自分の話がどのように伝わっているのか理解できないまま、目を白黒させるばかりだった。

　気付けば社交界デビューをする若者達の挨拶の列は消えており、ソフィア達の周囲に多くの視線が注がれていた。夜会の場で分かり易く騒ぎを起こし、そこには今日最初に噂の中心だったギルバートとソフィアがいる。しかもそれに王族であるマティアス達まで関わってしまったのだから、仕方がないことだった。

　既にもう少しでダンスの時間が始まることを知らせる音楽が演奏されている。ソフィアは恥ずかしくて俯きそうになるのを堪えた。

「――あー、ソフィア嬢、ギルバートも。この騒ぎもじきに落ち着くだろう。せっかくのデビューだからね。ゆっくり楽しんでいくといい」

　その場を誤魔化すようにマティアスが重ねた言葉に、ギルバートが小さく嘆息した。ソフィアは少し救われたような気がして、やっと微笑みを浮かべる。マティアスに会ったら言いたいと思っていたことがあった。

「お気遣いありがとうございます、殿下。それと……あの日助けてくださって、本当にありがとうございました」

　ギルバートに出会い、こんなにも知り合うことができたのは、マティアスのお陰だと思った。あのときソフィアを拾い、ギルバートの元に保護させることを決めたのはマティアスだ。

「いや……ソフィア嬢を侯爵邸に置くと決めたのは、ギルバートだよ。私は思い付きだった。今となっては、それが最良だったのだろうな」

ゆったりと話すマティアスにソフィアは首を傾げた。それはあまりにソフィアにとって都合の良い話だ。しかしマティアスはそれ以上何も言おうとはしない。痺れを切らしたギルバートが、ソフィアの手を引いた。

「ありがとうございます。また明日、お伺いしますので」

ギルバートはそのままつかつかと王族席とは反対側に向かって歩いた。ソフィアは絡まりそうになる足を慌てて動かす。いつも気遣ってくれるギルバートらしくない動きからは、余裕がないことが窺えた。

「ギルバート様っ、如何なさったのですか……？」

ソフィアの声が届いて、ギルバートはやっと立ち止まった。会場の中心では、国王と王妃が今日のファーストダンスを踊っている。ソフィアは会場の端から、初めて見るそれに目を向けた。そこにマティアスとエミーリアが加わる。あまりに優雅で美しいそれに、ソフィアは思わず見入った。ドレスの裾まで神経が通っているかのような、無駄がない動き。そして互いがパートナーを信頼していることを隠そうともせず見せつけるように寄り添う姿には、心惹かれた。

じっと見ていると、ギルバートの声がすぐ隣から聞こえてくる。それは聞き慣れた穏やかで静かな声だった。

「――すまない。揶揄われる経験があまり無いので、取り乱した」

素直過ぎるほどの感情の吐露に、ソフィアは息を呑んだ。

「いいえ。私こそ……先程は、ありがとうございました」

レーニシュ男爵からソフィアを守ってくれたのは、間違いなくギルバートだった。いつの間に、こんなにもその背中を信頼して全てを預けていたのだろう。煩い鼓動がギルバートに聞こえてしまうのではないかと不安になる。

「ソフィア。お前が最初に踊る相手に、私を選んでほしい」

それはまるで自身が物語のヒロインになったようだった。ギルバートがソフィアの前に立ち、ゆっくりと左手を差し出してくる。なんて夢のようなことだろう。熱の混じったその言葉に、否を唱えるはずもない。ソフィアは緊張を隠すこともできず、しかし喜びを前面に出しながら頷いた。

「はい。私で宜しければ」

「光栄だ」

右手を重ねる。緩やかに引かれ、ソフィアはダンスに加わる他の貴族達と共に、大広間の中心に足を滑らせた。

くるり、くるりと軽やかなワルツに合わせて足を動かす。練習のときにはこんなに上手くできなかった。いつの間にか音楽が耳に貼り付き、世界には自身とギルバートしかいないような気持ちになる。それがダンスの魔法か自身の恋心故か分からないままに、ソフィアは目の前のギルバートを見つめた。

吸い込まれそうな藍色の瞳が、すぐ近くにある。腰を抱く腕の熱が、鼓動を高鳴らせた。

「ギルバート様は、ダンスがお上手なのですね」

「いや。普段はあまり踊らないが」

それにしては練習のときも今も、随分と優しく丁寧なリードである。自然と足が動く。ギルバートと触れ合っていて、身体を動かしていて、ソフィアの頬が染まっていく。

「ですが、とても踊りやすいです。楽しいです。私のために……本当にありがとうございます」

「礼など。今日のために、練習してきたのだろう？　私と踊ってくれてありがとう」

ギルバートは表情を甘くする。ソフィアにしか聞こえない声が鼓膜を揺らす。まるで自分がギルバートの特別であるかのように錯覚してしまいそうだった。

先程までとは違う理由で、ソフィアとギルバートはすっかり目立っている。ソフィアの二曲目のダンスの相手を狙う男と、ギルバートが滅多に見せない微笑みに見惚れている女だ。

「このまま、もう一曲良いだろうか」

ギルバートがソフィアの腰を軽く引き寄せる。ソフィアはくらくらして、何も考えられないままに頷いた。そのまま一曲を踊った後、ギルバートはソフィアの腕を引いて会場の端へと寄った。

「ギルバート様？」

「そろそろ疲れただろう。他の男に誘われる前に休んでおけ。——何か飲むか？　酒が苦手なら果実水もある」

ギルバートが少しぶっきらぼうに言う。そんな言葉一つにも、ソフィアの鼓動は煩くなる。今日はどきどきしてばかりで、心臓が壊れてしまいそうだ。

「あ、では果実水を——」

言い切る前に、ソフィアはギルバートの背後から近付いてくる影に気が付いた。動揺が隠せない。ギルバートもソフィアの視線を追いかけるように振り返った。

「——本当にソフィアなのね」

その声はとても可愛らしく、それでいて嗜虐的な艶やかさをもはらんでいる。それに気付いている者は、きっとソフィアの他にはいないだろう。

「ビアンカ、アルベルト様……」

彼らとの遭遇は予測していた。それでも現実に起きてほしくないと願ったことの一つだった。

「ソフィア、社交界デビューおめでとう」

アルベルトが爽やかな笑みを浮かべて言った。

「ありがとうございます」

ソフィアの声はどうしても硬くなる。ギルバートといるときに話しかけられるとは。以前話をしているとはいえ、やはり気まずい。アルベルトはすぐにギルバートへと向き直った。

「フォルスター侯爵殿はソフィアと知り合いだったのですね。どちらでお会いになったのですか？」

「以前、街で会った」

「何という偶然でしょう！　彼女は私の幼馴染なんです」

何でもないことのように幼馴染と言い切るアルベルトに息を呑む。ギルバートの目が細くなった。

しかし気付かないのか、アルベルトはギルバートと話をするのに夢中だ。

「――ソフィア」

アルベルトとギルバートが話をしている間に、ビアンカがソフィアに話しかけてきた。

「ビアンカ、ご機嫌よう」

ソフィアは精一杯の微笑みを浮かべて優雅に礼をした。ギルバートの隣で、怯えた顔は見せられない。ビアンカはソフィアを舐めるように上から下までじっくりと観察している。

「そのドレス、すごく綺麗ね」

「ありがとう。ギルバート様が用意してくださったの」

ドレスの胸元から裾にかけての美しいグラデーションと、シルクの光沢感。ギルバートの瞳とよく似た藍晶石は、ソフィアは知らなかったがこの国ではとても希少で高価なものだ。手袋のレースは緻密で、控えめで柔らかな仕草がソフィアをより上品に見せている。そして、艶やかに輝く柔らかな薄茶の髪。

「ギルバート様、ですって……？」

微笑みを浮かべているビアンカの口元が、ぴくぴくと引き攣るように動いた。周囲からは知り合い同士が話をしているようにしか見えないだろう。しかしソフィアにはそのビアンカの表情の意味が分かっていた。それは、本気で怒っているときのものだ。

ギルバートの左腕に掛けている手で、思わず夜会服の生地を握り込む。アルベルトはギルバートに話をするのに夢中でこちらの変化に気付かない。

ソフィアが背筋を伸ばし負けないと心に決めるのと、ビアンカが手に持っていたワインをグラスごと投げ付けたのが、ほぼ同時だった。

「——きゃ……っ」

小さく悲鳴を上げ、左手で顔を覆った。しかしグラスはソフィアの前で、何も無い空間に当たって落ちる。床に落ちても不思議とそれが割れることはなかった。ただ中に入っていた赤い液体が、ソフィアのドレスに触れる手前で違和感のある弧を描いて床を伝っていく。

ソフィアはじっとそれを見つめた。早足でやってきた給仕が慌ててそれを片付け、ソフィア達に掛かっていないことを確認していく。

「どうして……？」

声を上げたのはビアンカだ。驚愕に目を見開いている。その目にはソフィアしか見えていないようだった。

「どうして、だと？　私のいる場所で、ソフィアを傷付けられるはずがないだろう」

隣にいるギルバートが怒りを隠そうともせず口を開いた。数日前にも見た、魔法の壁。また守られてしまったと、嬉しさと共にぎゅっと胸が痛んだ。

「ビアンカ、どういうことだい？」

アルベルトがビアンカを窺い見る。ビアンカははっと瞳を揺らしてアルベルトに顔を向けた。すぐに眉を下げて、可愛らしい表情を作る。

「申し訳ございません。少し酔って、手からグラスが落ちてしまいました」

にこりと微笑めば、アルベルトは納得するだろうとの確信があるようだ。たとえ、それにしてはグラスが遠くに落ちていたとしても。

「そうか。来たばかりだが、今日は帰るかい？」

「ええ、そうですわね……」

気遣わしげな表情に頷くビアンカをソフィアはじっと見ていた。いつだって他人の目がないところでソフィアは虐められてきた。ビアンカは外では綺麗な仮面を被っている。それが剥がれかけるほどに、今日の彼女は動揺していたということだろう。

「——ねえ、ビアンカ」

恐怖を微笑みで覆い隠す。声が震えたり掠れたりしないように、ドレスで隠れた両足に力を入れた。

「何が気に入らなかったの？　どうして貴女が私を嫌うのか、私、分からないの」

僅かに首を傾げる。逃がさないとばかりにまっすぐ見つめると、ビアンカは怒りに目尻を赤く染めた。

「分からない、ですって……？」

「ええ。だって私には、心当たりがないのだもの。教えてくれると嬉しいわ。直せるのなら直すから。……せっかくの、二人きりの従姉妹じゃない」

話をしなければ分かり合えない。ギルバートが繰り返した言葉が、ソフィアの支えになった。

怯えるばかりで、これまでビアンカとはろくに話をしてこなかった。諦めることに慣れていた。だけど互いに逃げ場のないここでなら、話もできるかもしれない。ソフィアは期待を持ってふわりとドレスの裾を優雅に揺らした。

「――ソフィアの言う通り、私達は二人きりの従姉妹よ。でも私、ずっと貴女が嫌いだったわ！」

反射のようにきつい言葉が向けられ、ソフィアは肩を震わせた。アルベルトが驚いてビアンカの表情を窺っている。ビアンカはそれらが目に入っていないように、顔を赤くして言葉を続けた。

「貴女のその、良い子ぶってるところが気に入らなかった。本当は私よりずっと美しいことも、愛されていたことも気に入らなかった。私は貴女に興味なんてないのに、どうして……どうしていつも、私が一番嫌だと思うときに、私の目の前に現れるのっ！」

「興味がないなんて……そんなはずないわ」

ソフィアは僅かに目を落とした。新しい服や、アンティーク調度や、ソフィアのお気に入りだった絵本。かつてビアンカに壊され破られたそれらは、どれもソフィアの大切なものだった。

　ビアンカがソフィアにしてきた嫌がらせは、いつだってソフィアを見ていたことの裏返しだ。

「私、もう逃げないって決めたの」

　誰に言うでもなくぽつりと零すと、隣にいたギルバートが、組んだ腕を解いて気遣わしげにソフィアの手を握った。ビアンカはその仕草をきっと睨み付ける。

「そうやって、貴女はいつも可愛こぶって。小さいときからそうよ。私の欲しかったもの、貴女は全部持ってたわ！」

「そんなこと——」

「ないって言うの？　綺麗な服を着て、皆から優しくされて、アルベルト様との婚約だって。それで両親が死んだら悲劇のヒロインよね。……笑わせないで。今は私のお父様がレーニシュ男爵だもの。貴女のものだった幸せは、全部私のものになるのが当然でしょう？　——まさか生きているなんて思わなかった！」

　まくし立てるように言われ、ソフィアは驚いた。初めて会った幼い頃、ビアンカは確かに笑っていたのに。

「そんなに私が邪魔だったの……？」

　唖然としたまま声を振り絞る。少しずつ身体中の血が流れ出ていくような気がして、手足が冷えていく。分かり合いたかった。本当は、もう一度笑い合いたかった。

「ええ、邪魔だったわ。きっと行き倒れていると思って嬉しかった。——貴女なんて、最初からいなければ良かったのに……っ！」

「——ビアンカ！」

大きな声でそれ以上の言葉を止めたのはアルベルトだった。ビアンカの腕を掴んで、強く引いている。ビアンカははっと気が付いたように目を見張り、はっきりと後悔を顔に出した。

ソフィアはいつの間にかギルバートの腕の中にいた。両手で耳を塞がれている。

「もう良い。お前は聞かなくて良い」

ソフィアはその声音から、ギルバートの強い怒りを感じた。しかし音は完全に遮断されていない。本当に聞かせたくないのなら魔法でも使ってしまえば良いのに。不器用な優しさが、たった今できたばかりの心の隙間を埋めていく。

「ビアンカ、どういうことだ。家を出て行ったソフィアを、君は心配していたのではなかったのか？」

「アルベルト様……」

顔を青くしたビアンカが、アルベルトを見つめる。アルベルトが真実を探るように、ソフィアとギルバート、そしてビアンカを順に観察した。

「——アルベルト、何をしているんだ!?」

硬直した空間に割って入ったのは、歳相応に威厳のある男だった。ソフィアはその人を知っていた。長く会っていなかったが、厳しい人だとかつてアルベルトから聞いたことがあった。

「父上！」

その男はフランツ伯爵家当主であり、アルベルトの父親だった。フランツ伯爵はアルベルトから視線を順に移し、ギルバートに向けて礼をする。

「ビアンカ嬢といるのは分かるが、そちらはソフィア嬢と――これは、フォルスター侯爵殿。愚息が何か失礼なことでも致しましたでしょうか」

「フランツ伯爵殿、久しぶりだ。貴殿の息子の婚約者が、私の大切な女性を酷く侮辱するのでな……聞くに堪えないと思っていたところだ」

無駄の無い言葉の中には、あまりに多くの情報が詰まっていた。すっかり注目を集めていたが、周囲の人々もその言葉に分かり易く騒つき始める。

「ソフィア嬢か。愚息達の失礼、私からお詫び申し上げる」

フランツ伯爵は真意を見せずに、ギルバートとソフィアに向かって頭を下げた。ソフィアはギルバートの腕の中で小さくもがいてそこから抜け出し、慌てつつもできるだけ丁寧に一礼する。

「伯爵様、お久しぶりでございます。私こそ……このような騒ぎになり、申し訳ございません」

「いや、きっと貴女のせいでは無いのでしょう。――アルベルト、帰るぞ」

フランツ伯爵はアルベルトに厳しい視線を向けた。アルベルトはびくりと肩を震わせる。

「父上。しかしビアンカが――」

アルベルトが帰ると、既にレーニシュ男爵夫妻もいない会場から、ビアンカは一人で帰ることになる。それに同情したのだろうか、それとも本性を見てもビアンカへの愛は残っていたのか。アルベルトは後ろ髪を引かれるように振り返った。

「もはやアルベルトに対応できる範疇を超えている。大人しく帰って女を見る目から学び直せ。――それに今日の騒ぎを見る限り、レーニシュ男爵家との関わりも考え直さなければなるまい。侯爵殿があのようなことを言う相手を、信用できるはずがないのだから」

　ふんと息をして、フランツ伯爵はアルベルトを引き摺るように連れて行った。

　伯爵はギルバートの能力を知っているのだろう。その言葉からすると、ビアンカとアルベルトの婚約も今のままとはいかないかもしれない。残されたビアンカは少し遅れて現実と向き合ったようで、俯き肩を震わせている。

　ソフィアは何を言えばいいか分からず、無言のままその場に立ち尽くした。

「──ビアンカ嬢、我が家の馬車をこちらに向かわせる」

　ギルバートが最低限の情けだろうか、一人残されたビアンカに声をかけた。このままでは、ビアンカがここから家に帰る術がない。ソフィアもさすがに心配で、ギルバートの申し出をありがたく思った。

「いいえ、結構です。──それでもソフィアに助けられるなんて、御免だわ……っ！」

　ビアンカはそのまま早足で大広間を出て行った。どうやって帰るつもりか気になったが、ソフィアは何も言わなかった。今のソフィアには、それを口にする資格はない。

「ソフィア」

　優しい声がソフィアを呼んだ。ギルバートがぎゅっとソフィアの手を握る。顔を上げてどうにか微笑むと、ゆっくりと頭を撫でてくれた。

「ありがとうございました、ギルバート様」

「いや……すまない。もっと上手く対処すれば良かった」

　ビアンカに投げられたワイングラスのことだろうか、それとも大事になってしまったことだろうか。

「いいえ、私がいけなかったのです。もっと、ちゃんとできていれば……」

後悔はあった。本当はビアンカと分かり合いたかったのだ。思うようにいかないこともあるのだと、ソフィアは緩く首を振る。

「ソフィアは頑張った。無理に強くなろうとしなくて良いのに、お前は……」

ギルバートが深く嘆息する。ソフィアはギルバートを正面から見つめた。互いの瞳に互いが合わせ鏡のように映るほどの距離だ。近くにいる人々がこちらを見ているのが分かる。

「――守られるばかりでは、いたくありません」

決意を持って言う。しかしソフィアはすぐにギルバートの腕に縋り付くように寄りかかった。勇気を振り絞ったせいか、思うように足に力が入らない。ギルバートがふらつく身体を支えて、ソフィアを人目の多い夜会の会場から連れ出してくれた。

連れ出されたのは、大広間と繋がっている庭園にある小さな四阿だった。ソフィアはギルバートと隣り合って座り、ほっと息を吐く。

「ギルバート様、ありがとうございます」

季節はすっかり冬だ。四阿の周囲の花壇にはノースポールの花が敷き詰められるように咲いていて、夜を少しだけ明るく見せている。外に出る者など二人の他にはいないだろう。しかし四阿の中だけは、いつかと同じ魔法のお陰でとても暖かかった。

「いや。無理をさせてしまった」

夜会会場から漏れる明かりと騒めきがここまで届いてくる。さっきまでそこに自分もいたことが信じられないほど、この場所は穏やかな空気で満ちていた。

「いいえ。私、嬉しかったです」

まるで一夜の夢のような幸福だと思う。綺麗なドレスを着てギルバートの隣に立ち、社交界デビューをし、二人で踊ることまでできた。ビアンカとは決別してしまったが、それでも対等に話をすることができた。

贅沢過ぎる幸せは起きたら消えてしまうような気がして、少し寂しい。

「ならば何故そんな顔をする？　──言わねば分からない」

ギルバートはソフィアを見つめ、頬に触れた。近くから探るように見つめられて、目のやり場に困る。そんな顔とはどんな顔だろう。ギルバートのその言葉にはいつだって他意はないのだ。

言わなければ分からない。言ってほしいと、知りたいと思ってくれているのだろうか。ソフィアはおずおずと口を開いた。

「私……夢のようだと思っておりました。ギルバート様の隣にいられるこの時間が、朝になれば覚めてしまうようで、寂しいと……」

素直に言葉にするのは恥ずかしかった。俯いてギルバートから目を逸らす。ギルバートの手が頬から離れ、ソフィアの手を握った。

「夢でなければ寂しくないか？」

「ギ……ルバート、様？」

ソフィアは顔を上げた。言葉の意味が分からずに首を傾げる。しかし、なおもギルバートは問いを続けた。

「私の隣にいる今が、朝になっても続くなら――ソフィアはずっと笑っていられるか？」

「そんな……っ」

驚きに目を見開く。ギルバートは真剣な瞳をソフィアに向けていた。そこに感じられる本気に、喘ぐように息をする。ソフィアに返事を促すように、藍色の瞳は逸らされない。

「私には、過ぎた願いです。ギルバート様の隣にはきっと、もっと素敵な方が似合います。侯爵家に相応しい……ご令嬢が――」

話しているうちにも、視界が滲んでいくのが分かった。ここで泣いてはいけないと、奥歯を噛んで堪える。ギルバートがソフィアの手をぎゅっと握った。少しずつ、溢れそうだった涙が引いていく。

「私は、そんなものは望んでいない。――ソフィア、お前には私と添うよりも穏やかな幸せが似合うと、何度も考えた。私は他人を幸せにできる人間ではない。この前のように、お前を危険に晒すかもしれない」

話しながら自分を否定するギルバートに、ソフィアは必死に首を左右に振った。

そんなことはない。ギルバートはいつもソフィアを守ってくれた。ソフィアにたくさんの幸せをくれた。レーニシュ男爵邸にいた頃は知らなかった、たくさんのことを教えてくれた。そしていつだって前を向く力をくれた。想いが溢れて、上手く言葉にできない。

「だが、私はソフィア――お前が欲しい」

息を呑んだ。本当に夢ではないだろうか。鼓動が耳元で鳴っている。しかし繋がれた手の温度と確かな感触が、今を現実だと教えてくれていた。

「必ず守る。だから、側にいてくれ」

「わ、私――」

藍色の瞳が揺れた。そこに映り込む自身の姿は、やはり頼りなげに見える。それでもギルバートが望んでくれるのなら、側にいることを許されるのなら。ソフィアは強くあろうと決意した。

「ギルバート様のことを……お慕いしております」

どうにかそれだけ言葉にする。押し殺し続けた言葉はいとも短く、口にすればすぐに夜の闇の中に消えていった。顔に熱が集まっていく。ギルバートが、優しく包み込むようにソフィアを抱き締めた。ソフィアは初めてその背中に腕を回して返す。広い胸に身体を預けると、自分のものではない鼓動の音がした。

「――ソフィア、すまない。私はもう、お前を離すことはできない」

切実な響きをはらんだ言葉が、ソフィアの耳元で囁かれる。

「愛している」

とくんと大きく胸が鳴った。

それは両親が死んでしまってから、ソフィアが誰にも言われることがなかった愛の言葉だ。

「離さないでください。どうか、ずっとお側に置いてください……っ」

一度は堪えたはずの涙が、ぽろぽろと零れていく。ソフィアが初めて自分自身のために言った我儘(わがまま)だった。ギルバートのためでも、他の人のためでもない、自身のために望んだ幸せだ。

ギルバートは少し身体を離して、指先でそっと涙をすくい上げた。

「ありがとう」

ふわりと微笑んだギルバートが、ソフィアの髪を崩さないように優しく撫でる。近付いてくる距離に、ゆっくりと目を閉じた。一瞬だけ唇に触れた柔らかな感触はすぐに離れていく。それが口付けであったと理解したときには、ソフィアはまたギルバートの腕の中にいた。

「――夜会に戻りたくないな」

ギルバートが苦笑混じりに呟いた。その口調が面白くて、ソフィアもくすりと笑い返す。それまでの甘やかな時間から、現実に引き戻されたようだった。それでもなお、胸を満たす幸福感が薄れることはない。

「そうですね、ギルバート様」

不思議な感覚だった。今ならどんな視線も苦痛も怖くない。これが想いが通じ合うということなのだろうかと、初めての感覚にソフィアは戸惑った。

ギルバートはソフィアから身体を離すと、立ち上がって左手を差し出した。

「だが、初めての夜会であまり早く帰るのもまずいだろう。――お前は私の妻になるのだから」

正面から言われた言葉に、ソフィアは思わず目を見張った。重ねようと伸ばしかけた手が、途中で止まる。

「……妻、ですか？」

何も持たないソフィアが、頷いて良いのだろうか。逡巡（しゅんじゅん）していると、ギルバートがゆっくりと言葉を続けた。

「悩むことはない。私はソフィアがいてくれれば良い。全力で守ると誓った――あの言葉は違わない。だから、この手を取ってくれ」

ギルバートはじっとソフィアを見つめている。ソフィアは引き寄せられるように、その手に手を重ねて立ち上がった。いつまでもギルバートの側にいられるのなら、今よりもっと強くなることも、頑張ることもできる。

誰も見ていない庭園の、ここだけが暖かい四阿の中、二人は密(ひそ)やかに未来を誓い合った。

ソフィアとギルバートは、できるだけ気付かれないようにそっと大広間に戻った。端にある扉を開けて人混みに紛れるように移動する。それでも気付いた何人かが、ちらりとこちらを窺っていた。

「手を離すな」

ギルバートがソフィアを見下ろして言う。ソフィアはギルバートに頷き返した。

「はい。逸れてしまってはご迷惑になりますから……」

この人混みだ。ソフィアなど、すぐに見失われてしまうだろう。ギルバートに探させるわけにはいかない。改めて右手をギルバートの腕に添わせ、逸れることがないよう意識を向ける。

「いや。——いずれは仕方ないが、今日だけは私以外と踊らないでほしいという意味だ」

「そ……れって」

突然向けられた言葉に頬が染まった。無機質な声音なのに内容は甘い。愛されている実感が心を満たしていく。先程までの時間が現実だと、教えてくれているようだった。

それから少しして、ギルバートはソフィアと共に夜会を辞した。疲れを見せていたソフィアだったが、ギルバートが抱いて運ぼうと言うと首を振った。しかしどうにかフォルスター侯爵家の馬車に乗り込んだ後、隣に座るギルバートの肩に頭を預けて眠ってしまったようだ。滑り落ちそうになっているストールをそっと掛け直す。夜会に出席することも初めてなのに、無理をさせてしまった。ギルバートは少し後悔し唇を噛んだ。

「――ソフィア」

名前を呼んで、眠っていることを確かめる。僅かに瞼が震えたが、目を開けることはなさそうだ。ギルバートは深く嘆息し、顔を上向けた。

あの日、ソフィアがギルバートを知りたいと言って泣いた夜から、ギルバートはずっと悩んでいた。ハンスに言われた言葉を素直に受け入れて良いものだろうかと、自問を繰り返した。それはあまりに自身にとって都合の良い選択のように思えた。

しかし何度も理不尽に傷付けられるソフィアを見て、ギルバートは怒り――そして決めたのだ。側で守り続けるため、想いを言葉にする覚悟を。まっすぐなソフィアを少しでも泣かせることがないように、一番近くでその憂いを自らの手で取り除いていこうと。

ゆっくりと馬車が速度を落としていく。窓の外を見ると、侯爵邸の前にハンスが立っているのが見えた。

起こしてしまうのも忍びなく、ギルバートはソフィアを抱き上げて馬車から降りた。ハンスがぎょっとしたように目を開く。ギルバートは一度苦笑し、すぐに表情を引き締めた。

「ハンス、今帰った。――話がある。後で私の部屋に来てくれ」

「承りました。ソフィア嬢は？」

ハンスがソフィアを見る。玄関のドアを抜けると、ポーチにはメイド長とカリーナが控えていた。

カリーナが眠っているソフィアの様子を心配そうに窺っている。

「疲れて眠っているだけだ。部屋まで運ぶから、寝支度を頼む」

「……良かったです」

カリーナが小さく嘆息した。ギルバートはそれを見て少し安心する。ソフィアが友人と言っていたカリーナは、やはりソフィアを大切に思っているのだと確信できた。

ハンスはギルバートの私室へ、メイド長とカリーナはソフィアが夜会の準備のために使っている客間へとそれぞれ先に向かった。ギルバートも階段を上り、客間へと向かう。部屋は丁度良く暖められており、侯爵家の皆がソフィアの帰りを待ってくれていたことが分かる。

起きないままのソフィアをそっと客間のソファに下ろし、ギルバートは小さく嘆息する。無防備な姿が愛らしく、そっと額に唇を寄せた。視界の端で、様子を窺っていたカリーナが目を丸くしている。

「ありがとう。おやすみ、ソフィア。——愛している」

ギルバートは短い言葉を残して踵を返した。愛の言葉には慣れていない。それでも熱い感情が湧き上がり、眠っているのを知っていながら言葉にせずにはいられなかった。誰かに対してこんな気持ちになるのは初めてだった。

部屋に戻ればハンスが待っているだろう。ギルバートは自室に向かう途中の廊下で立ち止まり、何となく壁に寄りかかる。そのまま目を閉じて、胸を満たす温かい感情に心を傾けた。

エピローグ

　カーテン越しに差し込む日光が心地良い。真冬のはずなのに部屋は暖かく、微睡みは幸福だ。雲の上にいるような柔らかな寝具に包まれているのが分かる。夢の中で眠っているのかと思いながらもゆっくりと目を開け、ソフィアはそこに広がる光景に、はっと勢いよく起き上がった。

「――ここって」

　ベッドには薄布の天蓋が付いていて、カーテン越しの光を更に柔らかくしている。寝台もいつも使っているものの倍ほどの大きさがあった。

「おはよう、ソフィア。起きた？」

　聞き慣れた声がして、慌てて乱れていた夜着を整える。

「カリーナ、おはよう。ここは？」

　カリーナが天蓋を開いてそれぞれの柱に括り付けていく。にこにこと笑っているが、何か良いことでもあったのだろうか。

「やだ、ソフィア。ここは昨日使ってた客間よ。帰ってきた後ここで寝たの、忘れちゃった？」

　カリーナが当然のように言う。ソフィアはゆっくりと昨日のことを思い出した。夜会で叔父母や従妹のビアンカと会い――ギルバートの求婚に応じた。

「え、本当に？」

　確かに曖昧な意識の中、カリーナとメイド長に着替えと湯浴みを手伝ってもらったような気がする。そのまますぐに眠ってしまったのだ。

「すっかり寝坊しちゃったみたい」

　まだぼんやりとしているソフィアを、カリーナがくすくすと笑う。ソフィアはどうして良いか分からないまま、次の言葉を待った。

「今朝、ハンスさんからソフィアがギルバート様と婚約するって知らされたの。お陰で邸中大騒ぎよ」

　まだ正式には婚約していないはずだが、ギルバートの中では決定事項なのだろう。使用人に知らせないわけにはいかないのも頷ける。

　ソフィアは顔を青くした。

「あ、大騒ぎって、もちろん祝福の意味よ。——私はソフィアの侍女にしてもらえるらしいから、一緒に頑張りましょう」

　寝起きの頭には多過ぎるほどの情報にソフィアはぱちぱちと瞬きをした。しかし、今一番気になるのはもっと現実的なことだ。

「ねえ、今日の私とカリーナの仕事は？」

「ソフィアの仕事は掃除の人が分担してすることになったから心配しないで。私は今日からこれが仕事よ」

　カリーナが盥に洗顔用の湯を入れて持ってくる。これまで侍女など付けられた経験のないソフィアは、驚き目を見張った。

「え、自分でやる……！」

「何言ってるの。私の仕事が無くなるじゃない」

呆（あき）れた顔をされ、ソフィアは眉を下げた。そう言われてしまっては、どうして良いか分からなかった。一旦カリーナの言葉に従うことにする。

「後でハンスさんが来るから、ぱぱっと準備しちゃうわよ」

「うん、分かった」

「でも、私は嬉（うれ）しいわ。侍女になるのが夢だったのよ。それがソフィアだなんて、もっと素敵じゃない！」

カリーナが満面の笑みを浮かべる。ソフィアは、カリーナがそう言ってくれることが嬉しかった。一使用人でしかなかった自身がギルバートと婚約をすることが、フォルスター侯爵家の人達から受け入れられるのか、不安だったのだ。その心配は杞憂（きゆう）に終わったようだ。

これから始まる新しい日々に、ソフィアは期待を込めて思いを馳（は）せた。

◇

その日、ギルバートはこれまでにないほどに居心地が悪かった。

昨夜の夜会での出来事――ギルバートがデビュタントの令嬢をエスコートし、大切な女性だと言ったことが、王城の貴族間ばかりでなく、近衛騎士団まですっかり伝わっていたのだ。まさかこれほど早いとは思っていなかった。ギルバートは自身の読みの甘さを痛感した。

「――それで、お前の愛猫は結局女の子だったわけだ」

まさにその現場を目撃していたアーベルがギルバートに絡んでくる。周囲にいる隊員達も、興味深げに話に耳を傾けていた。どうしても出てしまう溜息を隠す気にもならない。

「隊長は見ていたでしょう」

「いや、あんな子どこに隠してたんだと思ってなぁ。もっと早くデビューしてたら、とっくに売れてるぞ」

確かに昨日のソフィアはとても可愛らしく、美しかった。しかしそれだけで語られるのも気に入らない。今日は行く先々で似たようなことを言われ、真面目に答える気もなくなっている。真実をありのままに話すつもりもない。

暫し悩んで、ギルバートは最も短い言葉を選んだ。

「——家ですが」

「はあぁ!?　なんだその理屈！」

アーベルが大仰に驚いてみせた。周囲の隊員達も脱力しているようだ。黙って聞いていたケヴィンが、勢いを増して声を上げげる。

「隊長、どんな子ですか！」

「あー、それはそれは可愛い子だったぞ。こう、無垢な感じで……ああ、目が綺麗だった。猫じゃなかったが、毛色と目の色は嘘じゃなかったな？」

アーベルがにやにやと揶揄うように言う。ケヴィンとトビアスが、がたんと大きな音をたてて立ち上がった。

「あのときの子ですか!?」

「副隊長が珍しく女の子に優しいと思ってたら、そういうことだったんですか！」

二人はバーダー伯爵を確保するときにソフィアを見ている。あのときとはそのことだろう。面倒なことになったと、ギルバートは目を逸らした。

「副隊長。家に隠してたって、それはそうでしょうけれど、納得いきませんっ！」

「そうですよ。家にいたら……あ！　だから副隊長、最近ずっと帰りが早かったんですか？」

他の隊員達も話に乗ってきた。外の居心地が悪くて逃げてきたはずの第二小隊の執務室にも、生暖かい空気が漂う。

「……殿下の護衛に行ってきます」

せめてマティアスの側なら、他に誰もいないだろう。そそくさと執務室を出ようとしたギルバートを、アーベルが呼び止めた。

「大事にしてやれよ！」

その言葉には、確かにギルバートに特別な女性ができたことへの祝福が含まれていた。ギルバートは素直に礼を言う。

「ありがとうございます、隊長。ついでに噂も落ち着けてくださると嬉しいです」

「それは無理だな！」

アーベルはにっと口角を上げ、悪戯に笑った。ギルバート自身も本気で言ったわけではなかったので、小さく嘆息しただけで踵を返す。しばらくはこのような状況が続くのだろうか。

マティアスに相談して護衛の指名を増やしてもらうべきか、ギルバートは真剣に考えていた。

◇　◇　◇

いつもと同じ、二人きりの夜だ。隣り合って座って、手を繋いでいる。これまでと違うのは、二人の肩と肩が触れ合うほど近くにあることだった。

あの夜会の日から近付いた距離に、ソフィアはまだ慣れていない。それでも他のどこよりも居心地が良いのは、やはりギルバートがいるところなのだ。

「今日は何があった？」

ギルバートがいつもと同じ質問をする。ソフィアは少し身体を離して、ポケットから一枚の布を取り出した。

「今日は、刺繍が完成しました。あの、これ……受け取っていただけますか？」

それはシルクのハンカチだ。滑らかな白い生地には藍色の糸でギルバートのイニシャルが刺繍され、全体を縁取るように銀糸が細やかな模様を描いている。あの日銀糸を買い足して、今日やっと刺し終えた自信作だ。

夜会には間に合わなかったが、やっと完成した一枚だ。

ギルバートは身体を離し、両手でそれを受け取った。

「これは」

「ギルバート様にと思って、作りました。いかがでしょうか……？」

材料は、ギルバートに以前買い物に連れて行ってもらったときに購入したものだ。随分時間がかかってしまったが、初めて貰った給料で、感謝の気持ちを伝えたかった。今は恋心も一緒に伝わってくれているだろうか。

ギルバートはしばらくそのハンカチを広げてまじまじと見る。やがて右手で口元を覆い、ソフィアから視線を逸らした。

「――ありがとう」

「えっと、あの……お気に召されませんでしたか？」

ソフィアはギルバートの反応に不安になった。好みのデザインではなかっただろうか。やはりもっと綺麗なものの方が良いだろうか。

ギルバートはソフィアの声に顔を上げて、口元を覆っていた手を外した。その手が、すぐにソフィアの頭を柔らかく撫でる。上目遣いに表情を窺うと、ギルバートは目を細めて甘く溶けるような笑みを浮かべていた。少し目尻が赤いようだ。

「いや、とても嬉しい。お前は刺繍が上手いんだな。大事に使わせてもらう」

ソフィアは嬉しかった。ギルバートに褒められたことも、大事に使うと言われたことも。

「嬉しいです。あの、ありがとうございます」

思いのままに言葉を口に出すと、ギルバートは首を傾げた。どうしたのだろうと、ソフィアも同じように首を傾げる。

「ソフィアが礼を言うことはない」

「ですが、ギルバート様が使うと言ってくださって、嬉しかったです」

だからありがとうございます、と言えば、ソフィアは自然と笑顔になった。ぽかぽかと心の奥が暖かくて、日だまりの中にいるみたいだ。ギルバートはハンカチを丁寧にテーブルに置き、ソフィアを引き寄せてその腕の中に閉じ込めた。

「――なんだか、とても幸せです」

ソフィアは湧き上がる思いを口にした。森で行き倒れそうになっていたときには、こんなにも愛しく思う人に愛されるなんて幸せが、ソフィアの人生に訪れるとは思っていなかった。

「これから、もっと幸せにする」

ギルバートが抱き締める腕を緩めて、ソフィアの瞳を覗き込む。絡まった視線を解けないまま、気付いたときには唇が重なっていた。静かな室内に、ただ互いの息遣いだけが聞こえる。

角度を変えて繰り返される口付けは甘く、ソフィアは目を閉じギルバートに身体を預けた。

窓の外には、二人を見守るように真っ白な雪が舞っていた。

後日談　甘いお酒にご用心

ソフィアとギルバートが婚約の約束をした夜会から、二週間程が経った。距離の近づけ方に迷っていたソフィアは、いつも通りギルバートの部屋で、風呂上がりの夜着にカーディガンを羽織った姿のままソファに座っている。

隣に座るギルバートと繋いでいる手は、これまでと同じように二人の間に置かれていた。

「ギルバート様は、いつも何のお酒を飲んでいるのですか？」

ソフィアは棚に並べられた数本の瓶を見て言った。種類が違うのか、形や色などがそれぞれ異なっている。ギルバートは一人のとき、眠る前に酒を飲むことがあるようだった。ソフィアも数回見たことがあり、少し興味があった。

「私が飲んでいるのは蒸留酒だ」

「蒸留酒？」

この国では社交界デビューが成人とみなされる。これまでソフィアは酒を飲んだことがなかった。先日参加した夜会でも果実水しか口にしていない。勿論、酒についての知識もほとんどなかった。

「強い酒だ。初めて飲むには——……そうだな。丁度良いものがある。飲んでみるか」

「良いのですか？」

「ああ。飲んだことがないのなら、夜会で初めて飲むよりも良いだろう」

「ありがとうございます。では、少しだけ」

ギルバートはソファから立ち上がり、壁際の棚に近付く。ガラス戸を開け、そこから瓶を二本取り出してソファの前のローテーブルに置いた。片方には琥珀色の液体が入っており、もう片方にはそれよりも赤みの強い液体が入っている。ソフィアがまじまじと瓶を見ている間に、ギルバートは同じ棚からグラスを三つ持ってきた。

「これは領内で採れたプラムを使った果実酒だ」

ギルバートがソフィアの隣に座って、グラスに赤みの強い方の色の酒を注ぐ。水差しを取り、酒の倍量の水で割ってソフィアの前に置いた。

「ありがとうございます」

ギルバートは残り二つのグラスに琥珀色の酒と水をそれぞれ注ぎ、酒の入った方を軽く持ってソフィアに乾杯を促してくる。ソフィアは笑って、目の前の水で割られたプラム酒を手に取った。

「――では、二人で飲む初めての酒に乾杯」

「乾杯」

ギルバートは慣れた手つきでグラスを傾け、するりと軽く液体を喉に流すように飲んだ。その首でゆっくりと喉仏が上下する。襟元が開いた夜着でのリラックスした仕草は色っぽくて、ソフィアは頬を染めた。

「どうした？」

「いえ……」

ソフィアの様子に飲むのを躊躇っていると思ったのか、ギルバートが小さく笑った。

「まず、ゆっくりひと口飲んでみろ」

「はい」

ソフィアは恥ずかしさを隠すようにおずおずとグラスを傾けた。爽やかな酸味としっかりとした甘さ。元々は強いのであろうアルコールが水で割ることで薄められ、口当たりよく飲みやすくなっている。あまり酒らしさを感じなかった。思っていた以上に美味しいそれに、ソフィアは顔を輝かせた。

「わあ、美味しいです……っ」

両手でグラスを握り締め、隣にいるギルバートを見る。ギルバートは微笑ましそうにこちらを見ていて、その表情にどきりとした。

「フォルスターの領地には温暖な地域が多い。このプラム酒も、そういった土地で作られているものだ。甘味が強く飲みやすいだろう」

「はい、とっても美味しいです。あの、ギルバート様のお酒は……？」

ソフィアは自分のものとは違う酒が気になって聞いた。ギルバートはグラスをテーブルに置き、滑らせるようにしてソフィアの方に寄せる。

「舐めてみるといい」

飲んだばかりのプラム酒が美味しかったのもあって、ソフィアは特に心構えもせずギルバートのグラスを手に取った。顔に近付けると、濃厚なバニラのような甘い香りが鼻腔を擽る。強い酒だと言われていたのでおそるおそる、しかしきっと甘いのだろうと期待して少なめに口に含んだ。

「————……っ」

想像とは全く違う味がして、ソフィアは目を丸くした。口から鼻に抜ける香りは間違いなく甘いのに、味は全く甘くなく、それどころかやや苦味を感じる。口内に感じる独特の刺激を美味しいとも思えずにすぐに飲み込むと、まるで喉を焼くように熱い液体が通り抜けていった。

「大丈夫か？」

「だ……いじょうぶ、ですっ」

軽く咽せつつ言ったソフィアに、ギルバートは苦笑する。

「強い酒は喉を焼くから分かりやすい。酒を飲むときは感じる熱で強さを考えろ。——ただ、冷えていると熱も感じづらいから、そこは気をつけると良い」

「は、はい……」

ソフィアはギルバートが差し出してくれた水を勢いよく飲んで頷いた。好んで飲みたい味ではないが、社交界などで勧められたときのためにと教えてくれているのだろう。

「これが、お好きなのですか……？」

ソフィアはまたグラスを持ったギルバートに問いかけた。美味しいと思わなかったそれを、ギルバートは楽しそうに飲んでいる。

「ああ、香りと重さを感じる酒は好きだな。騎士団には酒に強い者が多いのもあるが」

「そう、ですか」

ソフィアも菓子に香り付けで使う酒の香りは好きだ。味にも芳醇さが加わる。同じようなことなのだろうかと不思議に思いつつ、自分のグラスに入ったプラム酒を手に取ってまたゆっくりと飲んだ。

◇　◇　◇

領地で作ったプラム酒をソフィアが美味しいと言って飲んでくれて、ギルバートは嬉しかった。

ソフィアがギルバートと婚約して妻になるということは、フォルスター侯爵家に嫁ぐことと同じ意味である。これまでの生活を思うと、ソフィアにとってそれは大変なことだろう。だからこそ、領地に好きなものが増えてくれることは喜ばしい。

ギルバートが初めて酒を飲んだのは、社交界デビューした日の夜だった。当時から仲良くしていて先に成人の儀を済ませていたマティアスが、ギルバートの祝いにと良い葡萄酒を用意してくれていたのだ。当然だがマティアスの好みに合わせて用意されたそれは香り高く濃厚な味わいで、次々に勧められたギルバートは初めての酒で寝落ちと二日酔いを経験した。朝起きたら王城の客間で夜会服のまま眠っており、更に猛烈な頭痛がしたときには、大変慌てて後悔したものだ。

ソフィアに同じ失敗をさせるわけにはいかない。まして女性がそんな醜態を晒せば、悪い男達の格好の餌にもなりかねないだろう。

今ソフィアが飲んでいる酒はプラム酒を水で割ったものだ。原液ならばそれなりに強い酒でも、水で割れば弱く飲みやすくなる。少しずつ慣れさせていけば良い。ギルバートは空になったソフィアのグラスに、二杯目の酒を注いだ。

「ありがとうございます」

「いや、気に入ってくれて嬉しい。ありがとう、ソフィア」

これまで男とばかり酒を飲んでいたが、愛しい女性が隣で共に飲んでいるとは何という幸せだろう。取り留めのない話をしながら飲む酒は、いつもより甘く感じた。

「ギルバート様は……そうやって、また優しいことを言って、ずるい、です……」

突然ソフィアに腕を引かれ、ギルバートは驚いてその表情を窺った。

赤く染まった頬と、上目遣いにこちらを見る少し潤んだ深緑の瞳。いつもは空いている二人の間の距離がぐっと縮まって、体温が薄い夜着の生地を通して伝わってくる。

「ソフィア、酔ったのか？」

返事がない。ギルバートはテーブルの上のグラスを確認した。ソフィアが飲んだのは、最初に飲んだ一杯と、二杯目のグラスに口をつけた程度だ。夜会で提供される酒に置き換えるならば、乾杯のシャンパングラスで一杯と少しのアルコール量だろうか。

「――弱いな」

ギルバートは呟いて小さく嘆息した。外で飲む前に家で飲ませておいて正解だった。

ソフィアはまだギルバートから離れず、それどころか腕に抱き付いてきてしまった。こんなに積極的にギルバートに近付いてきたことはない。酒のせいであると思えば少し悲しいが、親しんでくれていること自体は嬉しい。

「ギルバート様ぁ、聞いてますか？」

舌ったらずな甘い声に、ギルバートは頷く。

「ああ、聞いている。どうした？」

できるだけ優しい声で言う。ソフィアはギルバートの声に安心したのか、ふにゃりと顔を緩めた。

「ギルバート様は、優しくてぇ、ずるいって言ったんですー」

ソフィアが言っていることが全く分からない。どうしようか迷ったが、ギルバートはソフィアの話を聞くことに決めた。普段は口にしない本音が聞き出せるかもしれないと思ったのだ。

「優しいのが、ずるいのか？」

「はい、そうですよぉ。私ばっかり……私ばっかりどきどきさせられて、ずるいです。いつも、私ばっかり……」

ソフィアはそのまま俯いて、ギルバートの肩に額を寄せてしまった。普段からは想像できない甘え方にどきりとする。自分よりずっと細く柔らかいソフィアに遠慮なく触れられ、すぐ側にある髪から香る香油がギルバートの思考を乱していく。

「ソフィアは、私に、その……どきどき、しているのか？」

「しますよ。だって、ギルバート様のこと、大好きですすもん……」

肩に寄せられている額が、ぐりぐりと押し付けられる。ギルバートは自身の顔が熱くなっているのを自覚した。まだ酒に酔ってはいないから、この熱はソフィアのせいだろう。

「私は――」

こんなにも強く想った人はいない。これから先も愛する女性はただ一人ソフィアだけだと、自信を持って言える。想いを伝えようと口を開きかけた瞬間、ソフィアが抱き付いていた腕を解いた。

「ギルバート、様。まだ、遠い……ですっ」

ソフィアはおもむろに羽織っていたカーディガンを脱いで、今度は正面からギルバートを抱き締めた。ギルバートはあまりの衝撃に身動きが取れないまま固まった。部屋は暖めてあるので風邪をひくことはないだろうが、目の前に晒された肩紐が引っかかっただけの無防備な肩は心臓に悪い。

「ソフィア、それは流石に……あの、上着を」

「嫌です！　ギルバート様の側が良いんですっ」

「いて良い、むしろいてくれ。だからソフィア、服を」

「ギルバート様は、私とくっついているのは嫌ですか……？」

話が今一つ噛み合っていない。酔っているのが分かっていても、いっぱいに涙を溜めた目で見つめられると、どうにもくるものがある。普段は見えない胸元が、ソフィアが身動きする度にちらちらと覗いていた。

腕ごと抱き締められているギルバートは、抱き締め返してソフィアの動きを封じることも、引き剥がすこともできないでいた。いや、ソフィアの腕を振り解くことはできるが、それは勿体無い――いや、可哀想だと思う。ギルバートは持てる理性を総動員して、ソフィアがするに任せた。

「嫌ではない」

「好きじゃ……ないですか？」

問いかけてくる声音は弱々しく、ギルバートは慌てて首を振った。

「いや、好きだ。ソフィアの側にいるのは好きだ。好きだが……ソフィア。私も男で、その」

「好きなら、側にいてください。婚約していても、側にいる時間が少ないのは寂しいです……っ」

抱き締める腕の力が強まり、ぎゅむぎゅむと身体を押し付けられる。

これはどんな試練だ。何の罠だ。任務中のどんな色仕掛けにも引っかかったことがないギルバートだが、あまりに自分に都合が良い誘惑が目の前にある。

「いや、ソフィアは酔っているのだから」

ソフィアが明日になってこのことを覚えているかどうかも分からない。ならば、ギルバートが誘惑に負けるわけにはいかない。まだ二人は婚約中なのだ。

「何ですかー、ギルバート様？」

「一度手を離してくれるか」

「そんな……」

とろんとした目のソフィアが、傷付いたように眉を下げた。ギルバートは首を振る。

「いや、ソフィアに抱き締められているだけでなく、私もお前を抱き締めたい」

ギルバートが困った顔で言うと、ソフィアは顔を真っ赤にしてやっと腕の力を緩めてくれた。妙に姿勢良くギルバートの腕を待っているのが可笑しい。

「ソフィア」

名前を呼び、ゆっくりとその背に腕を回す。すっぽりと腕の中に収まってしまい、ソフィアは少し上を向いてゆっくりと息を吸った。ソフィアの腕が、ギルバートの背にそっと添えるように触れる。

「――えへへ、ギルバート様。ずっと一緒ですよ」

腕の中で安心しきった表情が可愛らしい。片手をソフィアの頭に乗せて繰り返し撫でると、気持ち良さそうに頬を擦り寄せてきた。まるで猫のような仕草に、ソフィアを猫だと言って誤魔化していたことを思い出す。揶揄われたり聞かれたりする度に説明しているが、説明することが余計に噂を大きくしているような気もする。

「そうだな。ずっと、側にいるよ」

しばらくそのままソフィアの頭を撫でていると、その身体がギルバートに凭れかかった。力の入っていない身体を確認すると、気持ち良さそうに眠っているようだ。眠ってくれたことに安堵し、ギルバートはほっと息を吐いた。

◇　◇　◇

「ソフィア、おはよう」

窓から差し込む日の光が眩しく、ソフィアはぎゅっと瞼を閉じてからゆっくりと目を開けた。天蓋の薄布越しに、カリーナの姿が見える。

「――おはよう、カリーナ」

「おはようじゃないわよ。ソフィア、昨日のこと覚えてる？」

上半身を起こしたソフィアの視界の中で、カリーナがせかせかと動いて、天蓋をそれぞれの柱に括り付けていった。ソフィアはぼんやりと靄のかかった思考の中、どこか曖昧な記憶を振り返った。

ギルバートの部屋に行って、浴室を借りた。夜着に着替えて、ギルバートと話していたことも覚えている。貰ったプラム酒は美味しくて、ギルバートの酒は甘くなくてアルコールが強かった。

「ギルバート様のお部屋で一緒にお酒を飲んで、美味しくて、ええと……」

二杯目を飲んで少ししてからの記憶に自信がない。そもそもこの部屋にはいつどうやって戻ってきたのだろう。カリーナが溜息を吐いた。

「昨日はギルバート様が酔って眠ったソフィアをここまで連れてきてくださったのよ。ソフィアったら上着着てなくて、私の方がどきどきしたわよ」

カリーナに言われて少しずつ蘇ってきた記憶に、ソフィアは顔を青くした。

「わ、私、ギルバート様に謝らなきゃ……っ」

しかし今は正面から顔を見る自信がない。青くなった顔が、今度は真っ赤になる。

大好き、側にいて、ずっと一緒。全てソフィアの本音だったが、積極的に言葉にすることは恥ずかしいことだ。まして夜着一枚で、子供のような駄々を捏ねて――普段のソフィアからは考えられない行動だ。

「ふふ。大体想像できるけど、今はギルバート様はお仕事に行ってるわよ。話すなら夜ね」

呆れたように言うカリーナに、ソフィアはがっくりと肩を落とした。

ソフィアはギルバートが帰宅したと聞いて、すぐに階段を駆け下りた。

「ギルバート様、おかえりなさいませ。昨夜は申し訳ございませんでした……っ！」

まだ騎士服姿でハンスと話していたギルバートは、ソフィアの姿を見て目を細くした。

「ただいま、ソフィア。出迎えありがとう」

ハンスが一礼し、ギルバートの荷物を持って下がっていった。すれ違いざまにハンスがソフィアに生暖かい笑みを向けてくる。ソフィアは小さく頭を下げた。

ソフィアは立ち止まったまま動けずにいた。黙っていると、ギルバートが革靴の踵を鳴らしてソフィアの前まで歩み寄ってくる。ソフィアは恥ずかしい気持ちをぐっと堪えて、ギルバートと目を合わせた。

「昨夜は、あの……ごめんなさい」

「いや、構わないが」

ギルバートが目を逸らした。昨夜の醜態を思い出されているのだろう。ソフィアは顔が熱くなっていくのを感じながら、ギルバートの騎士服の袖口を握った。

「お恥ずかしいところをお見せしました」

ソフィアは思い切り頭を下げた。嘘の気持ちではないから、言ったことは撤回できないししたくない。しかしギルバートには迷惑をかけてしまった。その後悔でいっぱいだった。

「いや……ソフィアは、外で飲むときは最初の一杯だけにしておけ」

「はい……」

しゅんと俯いたソフィアの頭上から、くつくつと笑い声が聞こえてきた。

「私といるときは飲んでも構わない。昨夜は、その……可愛かった」

「ギルバート様……っ！」

ソフィアは咄嗟に顔を上げた。ギルバートの袖口を掴んでいた手を離し、ぎゅっと拳を握って抗議する。ギルバートはソフィアの頭に手を置いた。

「食事にしよう。先に食堂に行っていてくれ。──昨夜は私も少し反省した。もっと二人の時間を増やせるよう努力する」

ギルバートはそう言って、軽くソフィアを抱き締めすぐに階段を上っていった。


二人は少しずつ婚約者として互いの距離を縮め始めた。

この一件以降、休日には仲睦まじく庭園を散策する姿や外出する姿が見られるようになり、二人の関係を心配していた使用人達も胸を撫で下ろしたという。

あとがき

はじめまして、水野沙彰（みずのさあや）です。『捨てられ男爵令嬢は黒騎士様のお気に入り』をお手に取っていただき、ありがとうございます。

この作品は第4回アイリスNEOファンタジー大賞にて金賞をいただき、書籍化させていただけることとなりました。受賞の連絡をいただいたとき、外出先でしばらく放心状態でした。それまで何をしていたのか忘れてしまいました。

この物語は、黒騎士と呼ばれるギルバートと孤独な少女ソフィアの、糖度高め（？）なラブストーリーです。挿絵にもしていただいた、ギルバートがソフィアに剣を突きつけるシーンが最初に浮かんで、執筆を始めました。そこから、気付けば世界が広がりキャラクターも増えて……同時に増えていく文字数にも驚きました（笑）。こうして書籍としてお読みいただける作品にまで成長してくれたことがとても嬉しいです。

話は変わりどうでもいいことですが、私の執筆時や作業時のお供は、紅茶（このときばかりは質より量！）とラムネ（駄菓子屋さんで売っている青い瓶の形の清涼菓子）です。ラムネは、鞄に一つ、机に一つ、ストック一つは常備して……ここまで書いた間でも、なかなかの消費量になりました。

最後に、この場を借りて、お世話になった方々にお礼を申し上げます。

応援してくださった読者の皆様。皆様の存在が、なにより一番の励みになっています。いつもありがとうございます。

ご指導くださった担当編集様。改稿に伴い様々なアドバイスをくださり、また予定調整等にもご尽力いただき、ありがとうございます。

本作のイラストを描いてくださった宵（よい）マチ先生。どのイラストも綺麗で可愛く、見る度幸せな気持ちになります。特に最後の一枚……本当にありがとうございます。

そしてこの本を手に取ってくださった皆様との出会いに、感謝を込めて。

水野沙彰

捨てられ男爵令嬢は黒騎士様のお気に入り

2020年4月5日　初版発行
2022年5月16日　第3刷発行

初出……「捨てられ男爵令嬢は黒騎士様のお気に入り」
小説投稿サイト「小説家になろう」で掲載

著者　水野沙彰

イラスト　宵 マチ

発行者　野内雅宏

発行所　株式会社一迅社
〒160-0022 東京都新宿区新宿3-1-13 京王新宿追分ビル5F
電話　03-5312-7432（編集）
電話　03-5312-6150（販売）
発売元：株式会社講談社（講談社・一迅社）

印刷所・製本　大日本印刷株式会社
ＤＴＰ　株式会社三協美術

装幀　世古口敦志・前川絵莉子（coil）

ISBN978-4-7580-9258-6

おたよりの宛て先
〒160-0022 東京都新宿区新宿3-1-13 京王新宿追分ビル5F
株式会社一迅社　ノベル編集部
水野沙彰 先生・宵 マチ 先生